ELOGIOS PARA *AQUELES QUE DEVERÍAMOS ENCONTRAR*
(primeiro livro da autora publicado pela Alta Novel)

"Eu me apaixonei… As palavras de Joan He ficarão com você muito depois da página final."
— MARIE LU, autora de *Skyhunter* —
A Arma Secreta, best-seller nº 1 do *New York Times*

"Um mundo estranho, inteligente e surpreendentemente original."
— EMILY SUVADA, autora de *This Mortal Coil*

"Este livro não segura sua mão. Ele te empurra para o abismo e confia que você encontrará o caminho de volta, mas cada passo vale a pena. Joan He está traçando um novo e ambicioso caminho na ficção, e eu a seguirei aonde quer que ela vá."
— V. E. SCHWAB, autora de *A Vida Invisível de Addie LaRue* e da série *Os Tons de Magia*, best-seller nº 1 do *New York Times*

"O melhor da ficção científica!"
— LAUREN JAMES, autora de *The Reckless Afterlife of Harriet Stoker*

★ "Uma meditação intrincada e ritmada sobre a natureza humana, escolhas e consequências."
— *Publishers Weekly*, resenha qualificada

"Este livro vai fazer os leitores quererem terminá-lo de uma só vez."
— *BuzzFeed*

"Escrito de maneira belíssima."
— *The Bulletin*

"Uma incursão intrigante em um futuro devastador, mas ainda assim um futuro no qual a esperança resiste."
— *Kirkus Reviews*

JOAN HE

O SOAR DA CÍTARA

TRADUÇÃO DE
João Costa

ALTA BOOKS
GRUPO EDITORIAL
Rio de Janeiro, 2023

O Soar da Cítara

Copyright © 2023 da Starlin Alta Editora e Consultoria Eireli.
ISBN: 978-85-508-1995-2

Translated from original Strike the Zither. Copyright © 2022 by Joan He. ISBN 9781250258588. Published by agreement with Folio Literary Management, LLC and Agência Riff. This translation is published and sold by permission of Roaring Brook Press, a division of Holtzbrinck Publishing Holdings, the owner of all rights to publish and sell the same. Cover illustration © 2022 by Kuri Huang. Cover design by Aurora Parlagrecco. Author's photo by Kat Hinkel. PORTUGUESE language edition published by Starlin Alta Editora e Consultoria Ltda., Copyright © 2023 by Starlin Alta Editora e Consultoria Ltda.

Impresso no Brasil — 1ª Edição, 2023 — Edição revisada conforme o Acordo Ortográfico da Língua Portuguesa de 2009.

Dados Internacionais de Catalogação na Publicação (CIP) de acordo com ISBD

H432s   He, Joan
         O Soar da Cítara / Joan He ; traduzido por João Costa. - Rio de Janeiro : Alta Books, 2023.
         288 p. ; 15,7cm x 23cm.

         Tradução de: Strike The Zither
         ISBN: 978-85-508-1995-2

         1. Literatura juvenil. 2. Ficção juvenil. I. Costa, João. II. Título.

2023-666   CDD 028.5
                                                  CDU 82-93

Elaborado por Vagner Rodolfo da Silva - CRB-8/9410

Índice para catálogo sistemático:
1. Literatura juvenil 028.5
2. Literatura juvenil 82-93

Todos os direitos estão reservados e protegidos por Lei. Nenhuma parte deste livro, sem autorização prévia por escrito da editora, poderá ser reproduzida ou transmitida. A violação dos Direitos Autorais é crime estabelecido na Lei nº 9.610/98 e com punição de acordo com o artigo 184 do Código Penal.

A editora não se responsabiliza pelo conteúdo da obra, formulada exclusivamente pelo(s) autor(es).

Marcas Registradas: Todos os termos mencionados e reconhecidos como Marca Registrada e/ou Comercial são de responsabilidade de seus proprietários. A editora informa não estar associada a nenhum produto e/ou fornecedor apresentado no livro.

Erratas e arquivos de apoio: No site da editora relatamos, com a devida correção, qualquer erro encontrado em nossos livros, bem como disponibilizamos arquivos de apoio se aplicáveis à obra em questão.

Acesse o site **www.altabooks.com.br** e procure pelo título do livro desejado para ter acesso às erratas, aos arquivos de apoio e/ou a outros conteúdos aplicáveis à obra.

Suporte Técnico: A obra é comercializada na forma em que está, sem direito a suporte técnico ou orientação pessoal/exclusiva ao leitor.

A editora não se responsabiliza pela manutenção, atualização e idioma dos sites referidos pelos autores nesta obra.

Produção Editorial
Grupo Editorial Alta Books

Diretor Editorial
Anderson Vieira
anderson.vieira@altabooks.com.br

Editor
José Ruggeri
j.ruggeri@altabooks.com.br

Gerência Comercial
Claudio Lima
claudio@altabooks.com.br

Gerência Marketing
Andréa Guatiello
andrea@altabooks.com.br

Coordenação Comercial
Thiago Biaggi

Coordenação de Eventos
Viviane Paiva
comercial@altabooks.com.br

Coordenação ADM/Finc.
Solange Souza

Coordenação Logística
Waldir Rodrigues

Gestão de Pessoas
Jairo Araújo

Direitos Autorais
Raquel Porto
rights@altabooks.com.br

Produtoras da Obra
Illysabelle Trajano
Maria de Lourdes Borges

Assistente Editorial
Henrique Waldez

Produtores Editoriais
Paulo Gomes
Thales Silva
Thiê Alves

Equipe Comercial
Adenir Gomes
Ana Claudia Lima
Andrea Riccelli
Daiana Costa
Everson Sete
Kaique Luiz
Luana Santos
Maira Conceição
Nathasha Sales
Pablo Frazão

Equipe Editorial
Ana Clara Tambasco
Andreza Moraes
Beatriz de Assis
Beatriz Frohe
Betânia Santos
Brenda Rodrigues

Caroline David
Erick Brandão
Elton Manhães
Gabriela Paiva
Gabriela Nataly
Isabella Gibara
Karolayne Alves
Kelry Oliveira
Lorrahn Candido
Luana Maura
Marcelli Ferreira
Mariana Portugal
Marlon Souza
Matheus Mello
Milena Soares
Patricia Silvestre
Viviane Corrêa
Yasmin Sayonara

Marketing Editorial
Amanda Mucci
Ana Paula Ferreira
Beatriz Martins
Ellen Nascimento
Livia Carvalho
Guilherme Nunes
Thiago Brito

Atuaram na edição desta obra:

Tradução
João Costa

Copidesque
Sara Orofino

Revisão Gramatical
Fernanda Lutfi
Natália Pacheco

Diagramação
Joyce Matos

Editora afiliada à: ablr — ASSOCIAÇÃO BRASILEIRA DE DIREITOS REPROGRÁFICOS

ASSOCIADO CBL — Câmara Brasileira do Livro

ALTA BOOKS — GRUPO EDITORIAL

Rua Viúva Cláudio, 291 – Bairro Industrial do Jacaré
CEP: 20.970-031 – Rio de Janeiro (RJ)
Tels.: (21) 3278-8069 / 3278-8419
www.altabooks.com.br — altabooks@altabooks.com.br
Ouvidoria: ouvidoria@altabooks.com.br

Para Heather, minha 孔明 (estrategista)

OUTROS TÍTULOS DE JOAN HE

Descendant of the Crane
Aqueles Que Deveríamos Encontrar

SUMÁRIO

1. Gerar Algo do Nada 2
2. Um Sorriso Cortante 14
3. O Reino dos Milagres 26
4. Glissando 34
5. Primeiro de Novembro 50
6. Uma Casca de Cigarra 58
7. Pegando Flechas Emprestadas 67
8. Elo por Elo 77
9. Uma Brisa do Sudeste 88
10. Uma Pequena Canção 100
11. Antes de Tudo Queimar 114
12. A Batalha da Escarpa 115
13. O Que Está Escrito 126
14. Um Mundo à Parte 139
15. Em Seu Nome 157
16. Duas Senhoras em uma Sala 167
17. Juramento 176
18. Feito de Penas 189
19. O Céu de Ninguém 199
20. Cadáver e Alma 212
21. Caçada 224
22. Primeiro Sangue 234
23. Convidados de Honra 243
24. O Inimigo Não Visto 251

Intermezzo 259

PERSONAGENS PRINCIPAIS

Norte / Capital do Império Xin / Reino dos Milagres
Imperatriz: Xin Bao*
Primeira-ministra: Miasma
Estrategista: Corvo
Conselheiro: Ameixa
Generais notáveis: Víbora, Garra, Leopardo

Terras do Sul / Reino do Conhecimento
Senhora: Cigarra
Estrategista: Novembro

Terras do Oeste
Governador: Xin Gong
Conselheiro: Sikou Hai
Generais notáveis: Sikou Dun, Áster, Samambaia

Sem Terra
Senhora: Xin Ren*, membro do clã Xin e a primeira das três irmãs de juramento.
Irmãs de juramento: Nuvem (Gao Yun), segunda irmã de juramento e Lótus (Huang Lianzi), terceira irmã de juramento
Estrategista: Brisa (Pan Qilin), estrategista de Xin Ren
Generais notáveis: Turmalina

---

* O sobrenome precede o nome. Por exemplo, Xin Bao e Xin Ren compartilham o sobrenome "Xin".

IMPÉRIO XIN

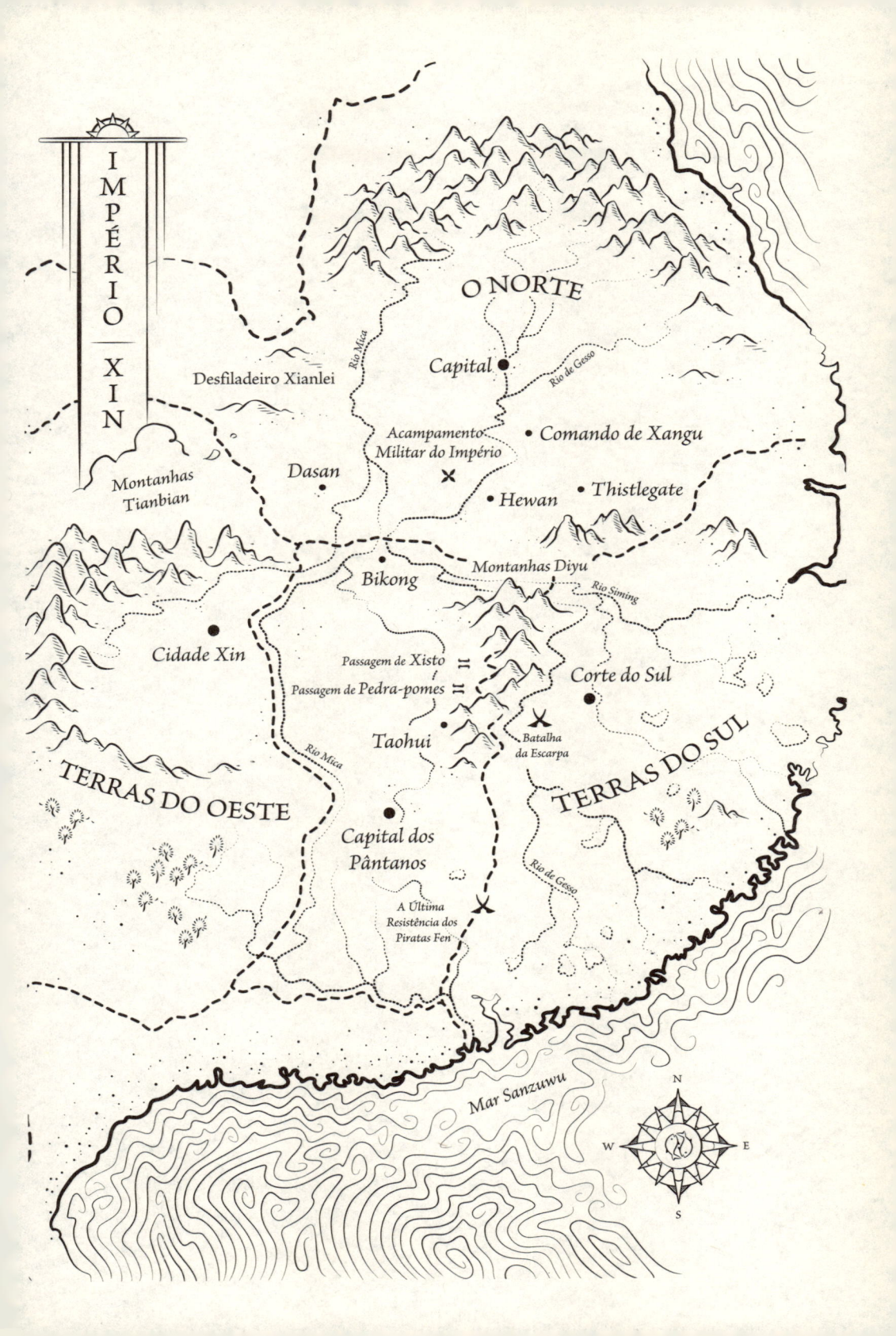

O NORTE

Montanhas Tianbian

Desfiladeiro Xianlei

Rio Mica

Capital

Rio de Gesso

Acampamento Militar do Império

Comando de Xangu

Dasan

Hewan

Thistlegate

Bikong

Montanhas Diyu

Rio Siming

Cidade Xin

Passagem de Xisto
Passagem de Pedra-pomes

Corte do Sul

Rio Mica

Taohui

Batalha da Escarpa

TERRAS DO OESTE

TERRAS DO SUL

Capital dos Pântanos

Rio de Gesso

A Última Resistência dos Piratas Fen

Mar Sanzuwu

N · W · E · S

Por favor, note que esta é uma obra de fantasia. A Dinastia Xin não existe na história, e a narrativa não se passa na China nem é um retrato fiel das ordens sociais e demográficas. Além disso, O Soar da Cítara não deve ser usado como referência pedagógica à filosofia e à espiritualidade chinesas; à metafísica do qì; à mitologia dos deuses; ou às técnicas para tocar o guqín, para citar apenas algumas áreas em que licenças poéticas foram usadas.

O SOAR DA CÍTARA

PRIMEIRA ESTROFE

Ao norte, um miasma
desceu sobre a capital,
escravizando a jovem imperatriz.

Ao sul, uma cigarra
cantava um cântico de vingança,
enquanto o povo chorava por sua falecida rainha.

Entre as terras, uma senhora
sem nada
procurou mudar seu destino.

E, nas alturas,
os céus tinham um deus a menos.

GERAR ALGO DO NADA

Alguns dizem que os céus definem a ascensão e a queda dos impérios. Claramente aqueles camponeses nunca me conheceram.

Minhas habilidades como estrategista me renderam muitas alcunhas, desde Sombra do Dragão até Estrategista de Thistlegate. Brisa Ascendente é a minha favorita. Só "Brisa" fica bom, se você preferir.

— Pavão!

A menos que você seja Lótus. Aí é pedir demais.

Eu me esforço para cavalgar minha égua. Cavalos não apreciam mau humor.

Lótus também não.

— Ei, Pavão! — grita ela sobre carroças rangendo, bebês chorando e chicotes estalando. Lótus avança com seu garanhão, pelo outro lado, até estarmos quase cara a cara, as cabeças das pessoas e dos bois correndo entre nós. — Eles estão nos alcançando!

Não estou surpresa. Miasma, nominalmente a primeira-ministra do Império Xin, mas, na realidade, agindo como imperatriz de fato, estava fadada a se aproximar de nossos soldados e camponeses, que agora — graças à Lótus — percebem que estão prestes a morrer. Uma criança cai em prantos, uma anciã sai em disparada, um jovem casal esporeia sua mula, para que ela vá mais rápido. Sem sorte. O caminho íngreme da floresta está enlameado por causa da chuva da noite passada e pisoteado pelas centenas de pessoas que retiramos.

E ainda faltam algumas centenas.

— Faça alguma coisa! — grita Lótus para mim. — Use o cérebro!

Seu cabelo está frisado em uma juba impressionante ao redor do rosto, e ela brande o machado como se estivesse louca para usá-lo.

Isso não nos ajudaria. Não estamos enfrentando apenas Miasma: nossos próprios números estão nos atolando. *Devemos retirar todos*, disse Ren com firmeza, quando sugeri que era hora de fugirmos da cidade onde estávamos para a próxima. *Miasma vai massacrar o povo só por ter nos abrigado.*

A essa altura, Miasma ainda pode fazer isso, mas não há como discutir com a benevolência de nossa comandante Xin Ren. A maioria dos estrategistas não seria capaz de lidar com isso.

Eu posso.

— Pense em um plano — vocifera Lótus.

Obrigada pela confiança, Lótus. Eu já tenho... três, na verdade. O plano um (abandonar os plebeus) pode estar fora de questão, mas há o plano dois (derrubar árvores e rezar pela chuva) e o plano três (enviar uma general confiável para a ponte aos pés da montanha, a fim de impedir Miasma).

O plano dois está em andamento, se a umidade for um indicativo. Deixei a general Turmalina e suas tropas derrubando árvores atrás de nós. Os troncos cairão com a tempestade que se aproxima, e a represa subsequente deve atrasar a cavalaria de Miasma em algumas horas.

Quanto a enviar uma general de confiança para a ponte...

Meu olhar sai de Lótus para Nuvem, a outra irmã de juramento de Ren. Ela está mais acima, ajudando os que foram retirados na encosta lamacenta, com seu valioso manto azul ultramarino contrastando com o verde suave dos abetos.

Sob pressão, Nuvem pensa melhor do que Lótus. Uma pena, porque não sei se posso aproveitá-la. No mês passado, ela liberou Miasma de uma das minhas armadilhas, porque o *Sábio Mestre Shencius proíbe matar por meio delas.* Isso é muito nobre, Nuvem, mas o Sábio Mestre Shencius alguma vez precisou fugir do império? Acho que não.

— Você. — Aponto meu leque para Lótus. — Desça até a ponte com cem das suas melhores guerreiras e aplique a estratégia Gerar Algo do Nada.

Lótus me olha sem entender.

— Apenas... faça parecer que temos mais tropas do outro lado do rio do que realmente temos. Sacuda a poeira. Grite. Intimide-os.

Não deveria ser muito difícil para Lótus, cuja alcunha só combina com ela se você visualizar a raiz, não a flor. Seu grito de guerra pode afugentar pássaros das árvores mais distantes. Ela forjou o próprio machado e usa como saia a pele de um tigre que matou. É a epítome de uma guerreira, o oposto de tudo que eu defendo. Pelo menos, Nuvem conhece os poemas clássicos.

Mas Lótus tem algo que Nuvem não tem: a capacidade de receber uma ordem.

— Intimidar — repete ela, sussurrando. — Entendi.

Então, ela galopa montanha abaixo no garanhão bestial, referindo-se a si mesma pelo nome, daquele jeito rude que alguns soldados fazem antes de partir para a batalha:

— Lótus não vai decepcioná-la!

O trovão engole o estrondo de sua partida. Nuvens se formam no céu, e folhas se espalham ao meu redor, em uma brisa mais fétida do que o ar. A pressão aumenta no meu peito. Respiro fundo e me concentro no meu cabelo, ainda preso em um rabo de cavalo. O leque ainda está na minha mão.

Essa não será a primeira vez que fiz o impossível para Ren.

E vou fazer de novo. Miasma não é imprudente. As chuvas que se aproximam, combinadas com a intimidação de Lótus, farão ela pensar duas vezes antes de nos perseguir montanha acima. Eu *posso* atrasá-la.

Mas também preciso que aceleremos.

Puxo as rédeas. Minha égua se recusa. Mas que insubordinação!

— Nabos e figos mais tarde! — assobio.

Puxando com mais força, trotamos para baixo da encosta.

— Esqueçam os animais de carga! — grito para o fluxo lento de pessoas. — Deixem as carroças! Esta é uma ordem da estrategista militar de Xin Ren!

Eles obedecem, fazendo cara feia o tempo todo. Amam Ren por sua honra, Nuvem por sua retidão e Lótus por seu espírito. Meu trabalho não é ser amada, mas tirar todos os camponeses da montanha e levá-los para a cidade, onde Ren já deveria estar esperando com a primeira leva daqueles que foram evacuados, a outra metade de nossas tropas e — espero — uma embarcação com transporte para o sul, para que, então, eu possa nos garantir alguns aliados muito necessários.

— Rápido! — brado.

As pessoas andam um pouco mais rápido. Mando alguém para ajudar um homem com a perna quebrada, mas então há uma mulher grávida que parece estar a segundos do trabalho de parto, crianças sem sapatos e sem os pais. O ar úmido fica denso, e a pressão em meu peito sobe até à garganta, o prenúncio de um ataque respiratório, se é que já houve algum.

Não se atreva, digo para o meu corpo, enquanto ando mais adiante na fila, gritando até ficar rouca. Passo por uma garota que está se esgoelando pela irmã.

Dez pessoas depois, cruzo com uma menina mais nova, com um colete combinando, chorando pela irmã.

— Siga-me — falo, baixo.

Mal vejo as irmãs reunidas antes de um raio desnudar a floresta. Os animais gemem, em coro, meu cavalo entre eles.

— Nabos...

O trovão estronda, meu cavalo empina, e as rédeas...

...escorregam pelos meus dedos.

✥ ✥ ✥

A morte e eu já nos encontramos antes. Nesse sentido, não sou diferente de centenas, senão milhares, de órfãos. Nossos pais morreram de fome ou de peste, ou pelo fio da espada de algum furioso senhor da guerra, levantando-se em massa sob o poder minguante do império. A morte pode ter me poupado antes, mas sei que ela está lá: uma sombra persistente. Algumas pessoas têm habilidades físicas para ultrapassá-la. Eu não me incomodo. Minha mente é minha luz, minha vela. A sombra foge de *mim*, não o contrário.

Então não tenho medo quando sonho com o céu. É familiar. Um gazebo de vime branco. Terraços de calcário aninhados. Céus floridos com magnólias. O vento harmonioso, o canto dos pássaros e sempre, sempre essa melodia.

A melodia de uma cítara.

Sigo a música familiar, sobre lagos de nuvens cor-de-rosa. Mas o rosa desvanece, e o sonho se torna o pesadelo de uma lembrança.

O choque do aço. Corcéis trovejando pelas ruas. Uma ponta de lança vermelha irrompe através de um torso. Eu pego sua mão, e nós corremos. Não sei se esses soldados são amigos ou inimigos, qual senhor da guerra se separou do império e se autodenominou rei, se são tropas imperiais que vêm nos socorrer ou nos matar. Somos apenas órfãs. Nem somos pessoas para esses soldados. Tudo o que podemos fazer é fugir deles. Corra. Sua mão se aparta da minha. Eu grito seu nome.

Kan!

A massa de pessoas em fuga é muito numerosa. Não consigo encontrar você. Finalmente, a poeira abaixa. Os soldados vão embora.

Você também me deixou.

Eu me endireito, ofegante.

— Firme.

Mãos, fechadas em torno de meus braços. Um rosto: sobrancelhas de bico de falcão, uma cicatriz na ponte nasal. É Turmalina, a terceira general de Xin Ren... e a única com uma alcunha adequada, visto que a disposição de Turmalina é tão sólida quanto a pedra preciosa. Toleramos uma à outra, tanto quanto soldados e estrategistas se toleram. Mas, agora, Turmalina não é a pessoa que eu quero ver.

Ela não é a irmã do meu sonho.

— Firme, Brisa — orienta ela, enquanto me lanço contra seu aperto.

Depois de muito ofegar, desisto. Turmalina, por sua vez, me liberta. Ela me entrega um odre. Eu o agarro, hesitante. A água lavará o nome da minha língua, o nome que não falo há seis anos.

Kan.

Mas o sonho não era real. E, quando Turmalina diz *"beba"*, eu obedeço.

Turmalina volta a se sentar. A lama seca endurece sua armadura de prata.

— Brisa, você é abençoada por Deus — diz ela, enquanto tusso com a boca cheia de água. — É isso, ou você fez algo bom numa vida anterior.

Reencarnação e deuses são elementos para mitos camponeses.

— Cheguei até você segundos antes das rodas de uma carroça — continua Turmalina, de maneira estoica.

Eu poderia ter entendido sem a analogia, mas, se fosse para alguém me encontrar no chão, melhor que seja Turmalina do que Lótus ou Nuvem. Aquelas duas teriam gritado sobre isso para absolutamente todo mundo. E por falar em todo mundo...

Meu olhar dispara ao redor. Estamos em uma barraca, está de noite, e tem uma carne suculenta assando lá fora. Todos bons sinais de que não fomos dizimados por Miasma.

Ainda assim, preciso ouvir para ter certeza.

— Nós chegamos a Hewan?

Turmalina assente.

— Exatamente dez lǐ, uma montanha e um rio longe das forças de Miasma. A chuva veio exatamente como você disse que viria. Os soldados dela levarão pelo menos um dia para abrir caminho e quatro para dar a volta.

— Lótus?

— Vai ser o assunto do império. Pense em muitos tambores e clamores. Os generais de Miasma correram tão rápido que parecia que tínhamos uma divisão secreta de dez mil soldados.

Engoli um pouco mais de água. Bom. Miasma é do tipo paranoica. Ela ouvirá os sons da guerra, verá o terreno difícil e pensará: *emboscada*. Uma manobra como essa requer mais forças do que realmente temos, mas, enquanto Miasma acreditar na ilusão de Lótus, ganhamos o tempo que levará para ela reunir reforços — um dia, pelas minhas estimativas.

Então me lembro do homem mancando, da mulher gemendo, das irmãs chorando. Se eles estiverem vivos...

— Estão — confirma Turmalina.

...devem isso aos ideais de uma pessoa.

— E Ren?

— Estava se reunindo com o governador de Hewan da última vez que verifiquei — diz Turmalina.

Ela me sustenta enquanto levanto. Com as mãos apoiadas na parte inferior das costas, olho para a pilha escassa de pertences que sobreviveram à jornada comigo. Minhas vestes brancas estão completamente sujas de lama, e eu torço o nariz para o traje novo. Bege. Que nojo!

Turmalina quebra o silêncio.

— Você não deveria cavalgar sozinha assim.

— Eu posso *cavalgar* bem. É o cavalo. Seu artifício com nabos e figos não funcionou.

Ou fui tola por seguir o conselho de um soldado.

Turmalina pisca uma vez, lentamente.

— Não encontrei nabos ou figos com você.

— Eu prometi como recompensa.

Obviamente, o cavalo não os ganhou.

Outra piscadela prolongada.

— Vou deixar você se vestir — diz Turmalina por fim.

Ela sai da barraca. Sozinha, gemo e coloco as vestes de cor bege. Aperto meu cinto largo, abaixo-me — minha mão pairando sobre o pacote embrulhado da cítara — e pego meu leque. Bato as penas de garça para limpar e alisar as dobras, os dedos parando para passar pela única pena de um martim-pescador. Um presente do meu último mentor, que viveu mais do que os outros. *Uma única estrela não pode iluminar uma galáxia*, dissera ele enquanto costurava a pena.

Eu não sou uma estrela, contra-ataquei. *Sou o próprio universo.*

Mas mesmo o universo está sujeito a forças invisíveis. Na noite seguinte, um meteorito atingiu meu mentor e seu casebre, destruindo-os completamente.

Agora posso prever meteoros, traçar os caminhos de todas as estrelas e prever padrões climáticos em nove a cada dez vezes. A natureza, tal como está, é nossa única aliada. Usá-la a nosso favor me rendeu o apelido de Transformadora de Destinos. Mas o trabalho que faço não é mágico. É memorização, análise e aplicação. É limitar os fatores que não posso controlar, reduzindo nossa dependência de milagres.

Hoje, sem dúvida, foi um milagre. Dói admitir, mas, a menos que um meteorito mate Miasma da próxima vez, nem *eu* poderei nos salvar, não se continuarmos viajando com tantos plebeus.

É hora de conversar com Ren.

Deslizo o cabo de bambu do meu leque entre o cinto largo e a minha cintura, prendo meu cabelo em um rabo de cavalo outra vez e saio da barraca para a noite.

Braseiros sobrepostos em ripas alinham a estrada até a praça da cidade de Hewan. Leitões assam sobre fogueiras. Sob um pavilhão coberto com roupas secando e colchas de cânhamo, os habitantes do vilarejo e nossas tropas brindam em nome de Ren. Nossa popularidade nunca foi um problema. As cidades nos acolhem. Governadores que detestam Miasma nos dão refúgio. Plebeus praticamente fazem fila para nos seguir por rios e montanhas.

Isso precisa parar aqui.

Observo Ren em uma mesa sob o pavilhão, sentada com o governador de Hewan e os moradores da cidade. Com suas vestes cinza puídas, cinto largo remendado e um coque modesto, ela é quase indistinguível da ralé. Quase. A voz dela carrega um peso. Uma tristeza, às vezes penso, que não combina com seu sorriso fácil. Ela está sorrindo agora, para algo que um soldado lhe diz.

Sigo em sua direção.

— Ei, Pavão!

Céus. Isso de novo, não.

— *Pavão!*

Ignore-a. Mas, então, ouço a voz da minha terceira mentora, a mestre enxadrista. *Você não pode empurrar as pessoas como se fossem peças de xadrez. Tem que inspirar confiança.*

Vamos inspirar confiança então.

— Por que você está chamando ela aqui? — pergunta Nuvem para Lótus, enquanto encaro sua mesa. Seu manto azul se espalha sobre seus ombros largos e blindados, e o cabelo está pendurado em uma trança grossa nas costas. — Já não recebeu ordens suficientes por um dia?

— Quero vê-la de perto! — explica Lótus, o rosto se iluminando quando chego *perto*. — Você mudou *mesmo* de cor.

Pavão ou camaleão, Lótus. Se decida.

— Hum — diz Nuvem, olhando para mim. — O que aconteceu com o traje branco? Deixe-me adivinhar: você está cansada das manchas de esterco.

Os soldados ao redor dela riram. Torço o nariz. *Eles* não entenderiam a razão. Branco é a cor dos prudentes, da pureza, da sabedoria e...

— O boato é que você teve uma pequena queda hoje. — Nuvem não tinha terminado. — Ren me pediu para procurar um carpinteiro na cidade. É uma pena que não haja ninguém habilidoso o suficiente para consertar sua carruagem.

Biga. A geringonça que eu montei antes também foi vítima da lama. Nivelo meu olhar com o de Nuvem, que olha de volta, a sobrancelha arqueada. Sem dúvida ela não gosta de mim porque Ren me dá ouvidos, apesar de eu não ser uma de suas duas irmãs de juramento. Lamento por ela. Tenho pouco interesse em confraternizar com Lótus ou com Nuvem, uma com 19 anos e a outra com 20 e poucos, que agem como se tivessem 10. Começo a sair, mas grito quando Lótus agarra meu braço.

— Espere! Um brinde a Pavão! — O vinho derrama da taça que ela levanta. — Ela salvou todo mundo hoje!

Eu me desvencilho.

— Continuem sem mim.

O semblante de Lótus murcha.

— Ah, não fique tão cabisbaixa — diz Nuvem. Sua voz orgulhosa carrega o barulho enquanto saio pela tangente. — Você sabe o que dizem sobre estrategistas.

Vá embora.

— Eles não aguentam beber.

Vá embora.

— Uma bebida e já estão vomitando...

Marcho de volta, pego a taça de Lótus e bebo.

Lótus dá um tapa na mesa.

— Outra rodada!

De repente, estou encurralada por soldados, todos se aglomerando para se satisfazer. As taças se erguem. Lótus serve mais do jarro.

— Quem aqui acha que a Cara de Caveira é um deus? — Cara de Caveira deve ser o codinome de Lótus para Miasma. Mãos se levantam, e Lótus ruge: — Covardes! *Ren* é o deus!

— Pare de berrar — diz Nuvem. — Ren não quer que você espalhe isso.

Então ela bate no peito com o punho e declara para a mesa:

— Eu sou o deus!

— Não, *eu* sou o deus!

— Eu sou o deus!

— *Eu sou o deus!*

Camponeses, todos vocês, penso sombriamente à medida que mais vinho é derramado em mim em vez de bocas adentro. Alguém arrota. Lótus solta um pum. Caminho para a liberdade no segundo em que vejo uma abertura, espremendo-me para fora da aglomeração.

Mal consigo chegar a um arbusto antes de vomitar.

Foram três, Nuvem. Franzo a testa para a bagunça que fiz no arbusto — um teixo, para ser mais precisa. Casca marrom escamosa. Agulhas em espiral ao redor do caule. Frutos redondos e vermelhos. Tóxico para humanos, que espero serem inteligentes o bastante para não pastarem em arbustos selvagens, e cavalos, que provavelmente não são. Eu deveria avisar à cavalaria...

Vomito de novo.

— Aiya, minhas irmãs de juramento pegaram você, não é?

Ren.

Limpo minha boca e corro para encará-la, tentando me erguer.

— Descanse. — Ren espera que eu me endireite. — Vou falar com elas.

E torná-las ainda mais obstinadas?

— Não foi...

— Quem disse que era o deus desta vez?

— Nuvem. — *Eca!* — Mas, depois, todos eles.

— Que os céus perdoem sua insubordinação — diz Ren, mas está sorrindo. — Devemos escapar deles por um tempo? Inspecionar a cidade? — Ela se vira, então olha de volta para mim, a preocupação suavizando seu sorriso. — Se você estiver disposta.

Como se eu fosse deixar alguns soldados me derrotarem.

Limpo minha boca novamente e acompanho Ren pelo nosso acampamento temporário. Ela confere nossas tropas, ajuda um soldado a consertar um par de botas e pergunta à futura mamãe quando deve nascer o bebê. Fico ao seu lado — não é bem a "inspeção" que eu tinha em mente —, e, por fim, nosso caminho nos leva à torre ocidental de vigia de Hewan. Ren sobe as escadas de bambu primeiro. Subo atrás dela, com os pulmões doendo. Chegamos ao topo e contemplamos a cidade. A noite está clara, e o céu, pontilhado de estrelas.

— Me diga, Qilin. — Apenas Ren ainda me chama pelo nome de família. É tarde demais para dizer a ela que detesto isso. — Em uma escala de um a dez, quão perto você está de desistir?

Corro para me curvar novamente.

— Se fiz alguma coisa para decepcionar...

— Você nos salvou hoje — interrompe Ren de maneira firme. — Mas não pode ser para isso que você se juntou a nós.

Ela não pode saber. De todas as vezes que lavei minhas vestes, tentando livrá-las da sujeira e da imundície, ou das noites em que fiquei acordada, sem dormir, me sentindo mais como uma pastora de camponeses do que uma estrategista.

Mas, no fim, esses são todos pequenos inconvenientes. Até os camponeses. Nosso problema mais urgente é a falta de uma passagem de barco para o sul. *Fala com ela...*

— Não vou falhar com você — deixo escapar.

— Eu sei — diz Ren. — Só me preocupo que *eu* vá falhar com você. E talvez... — Ela olha para o céu. — Vou falhar com ela.

Há centenas de estrelas na noite, mas sei exatamente para qual ela está olhando. É pequena e sem graça, a estrela da nossa imperatriz Xin Bao.

Ren a enxerga como se fosse o sol.

Que eu saiba, Ren só encontrou nossa soberana pré-adolescente uma vez — o que é mais do que a maioria. Desde a antiguidade, imperatrizes vivem enclausuradas dentro do palácio. Seu poder não está em quem elas são, mas na antiga tradição que simbolizam e em suas cortes. A corte de Xin Bao já pertenceu a uma extensa linhagem de regentes.

Miasma é apenas a mais recente.

Quando Xin Bao pediu a Ren para libertá-la das garras de Miasma, Ren ouviu o pedido de ajuda de uma criança. Ela abandonou seu posto no exército do império e pegou em armas contra seus antigos colegas. Miasma está determinada a exterminar Ren desde então, pela mesma razão que tantos camponeses a seguem: de todos os senhores da guerra que desafiaram o império na última década, Ren tem a causa mais legítima. A *reivindicação* mais legítima, caso cobice o trono um dia. Como membros do clã Xin, ela e Xin Bao têm o mesmo sangue. E, enquanto Miasma se declara uma enviada do céu, eu sei que alguns pensam que é Ren. Porque, ao lado da estrela da imperatriz Xin Bao, está outra estrela. Ela apareceu no céu há oito anos. Miasma pode ter todos os cosmólogos imperiais na palma da sua mão, mas nem ela pode matar rumores. Dizem que novas estrelas representam deuses.

Aquela perigosa estrela poderia pertencer a qualquer um.

Conheço as estrelas, mas não acredito em deuses. Mesmo que acreditasse, não acho que eles se importem nem um pouco conosco. Enquanto olhamos para o céu, a mão de Ren desliza para o pingente em sua garganta, gravado com o sobrenome Xin. Eu me pergunto o que é mais pesado: acorrentar seu destino a um poder superior ou à sua família.

Tenho sorte de não ter nenhum dos dois.

Eventualmente, Ren sai de seu feitiço.

— Durma um pouco, Qilin. — Sua mão começa nas minhas costas, depois descansa na minha cabeça. Por algum motivo, meus hematomas ainda doem em resposta ao toque. — Partiremos amanhã cedo. Vamos manter os plebeus aqui...

Meu coração se eleva.

— ...e abastecer a cidade com algumas de nossas forças.

Sucesso garantido, digo a mim mesma. "Forças" não significa muito quando você está sempre em retirada.

— Senhora... — chamo antes que ela desça da torre. — E quanto à minha passagem de barco para o sul?

Ren faz uma careta.

— Desculpe, Qilin. Cada rio dentro de cem lǐ daqui é controlado pelo império.

— Vou encontrar uma maneira.

Eu sempre encontro.

Observo Ren lá de cima enquanto ela se afasta, as pessoas se curvando em seu caminho. Fecho os olhos, repentinamente cansada. Mas não perdi o que é mais importante: meu papel neste mundo.

Eu sou uma estrategista. A única de Ren. Ela veio à minha cabana em Thistlegate três vezes, implorando para que eu a servisse. Eu tinha ouvido falar de senhores da guerra como ela. Jogue-lhes um osso de sabedoria, e eles estarão a caminho. Então contei para ela o Objetivo da Brisa Ascendente:

Aliar-se ao Sul. Estabelecer uma fortaleza no Oeste. Marche para o Norte cedo demais, e você será esmagada. Mas reivindique o Sul e o Oeste primeiro, e o império será praticamente seu.

Ren se manteve firme. O *império pertence à imperatriz Xin Bao. Eu sou apenas sua protetora.*

E, embora a primeira-ministra Miasma também se chamasse de protetora, algo nas palavras de Ren me atingiu. Me obrigou a ir com ela naquele dia. Na época, eu não sabia por quê. Agora, depois de um ano a seu serviço, eu sei. Que se danem os sobrenomes e os rumores de deus... era sua sinceridade. Seu carisma. Características que nunca valorizei pessoalmente, mas, se Ren podia *me* fazer sair da minha cabana, então que poder ela poderia ter sobre as pessoas comuns? Eu vi os milhares de partidários de Xin que se uniriam em torno de sua causa. Vi meu futuro. Ajudar Ren a restaurar o poder de Xin Bao faria de mim a maior estrategista da terra. Eu apagaria a garota que era, uma garota que vejo enquanto cochilo.

Uma figura solitária em trajes bege imundos, na beira da estrada.

Minha irmã, perdida na turba em fuga.

Sangue e poeira. Isso foi tudo o que os guerreiros deixaram para trás. Seus gritos de guerra, distantes. O cheiro do fogo está mais próximo...

Fogo.

Meus olhos se abrem.

Fumaça. Emplumando-se desde o leme da montanha, emplumando-se, cinzenta, na noite. Teias escarlates pela floresta que acabamos de limpar, sangrando de árvore em árvore. Não há batidas de tambor, nenhum grito de guerra para a batalha, mas a fumaça da lenha queimada — úmida demais para acender naturalmente — me diz tudo o que preciso saber.

Miasma está chegando.

UM SORRISO CORTANTE

Miasma está chegando.
Mas não deveria. Deveríamos ter tido horas antes que ela voltasse com reforços ao amanhecer. Agora tenho no máximo alguns minutos antes que os guardas da cidade soem o alarme e deixem todos em um frenesi idiota.

Desço os degraus da torre de vigia e corro para o pavilhão, onde Lótus está roncando, esparramada no banco, com uma jarra de vinho vazia na mão. Eu a cutuco com o pé, ela cobre o rosto com o braço. Chuto o braço para o lado, e Lótus fica de pé, brandindo o machado.

Me aproximo dela assim que passa o risco de eu ser estripada.

— O que você *fez*?

— Fiz o quê? — murmura Lótus, apalpando o rosto.

— Na ponte. — Bato meu leque, nervosa, pois é tudo o que posso fazer para não gritar. — Reporte tudo. Não poupe nenhum detalhe.

— Assustei a Cara de Caveira e derrubei a ponte, assim como você ordenou.

— Você *o quê*?

— Eu os assustei e derrubei a ponte...

— Você. Derrubou. A. Ponte.

Lótus assentiu.

Não. Não, não, *não*. O objetivo *principal* de Gerar Algo do Nada é criar uma *ilusão* de força, e Lótus quebrou a ilusão quando quebrou a ponte. Uma senhora com uma força de dez mil nunca faria uma coisa dessas. Uma senhora com dez mil homens deixaria a ponte em paz a fim de *chamar* o inimigo para uma emboscada.

Como o astuto abutre que é, Miasma deve ter dado a volta, visto a ponte demolida e descoberto o blefe. Poderíamos ter ganhado dias aparentando estar enormes o suficiente para justificar reforços. Em vez disso, ganhamos apenas o tempo que os melhores engenheiros do império levaram para construir uma travessia temporária.

— Eu não deveria? — pergunta Lótus, mas minha mente já foi para as árvores em chamas.

Outra jogada inteligente. O fogo expõe todas as tropas escondidas, limpa o caminho de troncos derrubados e anuncia as intenções de Miasma. Ela *quer* que entremos em pânico e corramos. Só há uma grande ladeira a partir de Hewan. Seremos alvos fáceis para arqueiros inimigos. Como cervos em uma caçada real, não podemos fugir. Não podemos lutar. Estamos em desvantagem... e mortos se fingirmos o contrário.

Enquanto ando para frente e para trás, Lótus levanta a cabeça e cheira o ar.

— Isso é... fogo?
— Bravo! Logo no primeiro palpite. E quem você acha que começou?
— Quem?
— Dê outro palpite.

Lótus range os dentes. Não deveria ser tão difícil — há apenas uma pessoa em todo este império que quer tanto nossas cabeças a ponto de incendiar uma floresta —, e lentamente seus olhos se arregalam como címbalos.

Ela corre para os estábulos.

Brilhante. Tudo o que eu precisava.

— Lótus! Pare! — Começo a correr atrás dela. — Pare aí mesmo! Eu lhe ordeno!

Chego aos estábulos no momento em que ela sai, já montada. Seu garanhão empina, e corro para trás.

— Coloque Ren em segurança! — grita Lótus, como se *ela fosse* a estrategista.

A guerreira sai galopando com um grito de guerra. Seus subordinados saem de suas tendas e pulam nas montarias. Novamente evito por pouco a morte a cavalo.

— Lótus!

Maldição. Por mais fútil que seja, eu a persigo. Ao passar correndo pelas cabanas dos celeiros, os guardas das torres de vigia caem em si. Sinos de bronze ressoam para cima e para baixo nas paredes de terra batida, e as tropas de

Ren saem, agarrando as armas de haste e os estandartes esfarrapados de Ren. Alguns minutos depois, os evacuados e o povo de Hewan os seguem, sonolentos, pegando arados e marretas de carne.

Eu passo por todos eles. Civil ou soldado, todo mundo é um camponês: tão impaciente para morrer.

Lótus não é exceção. Chego tarde demais ao portão da cidade. Não fui feita para competir com soldados. Curvada e ofegante, encaro as pegadas enormes do garanhão dela, enquanto seus subordinados passam à minha direita e à minha esquerda. Então me endireito. Arrumo o rabo de cavalo.

Ainda estou no controle. Ainda tenho meus estratagemas.

Quando encontro Ren nos estábulos, seu cavalo já está selado, as espadas duplas — apropriadamente chamadas de Virtude e Integridade — amarradas em suas costas. Meu rosto desfalece em desaprovação, e o de Ren endurece.

— É a mim que ela quer — diz, como se isso fosse uma razão aceitável para avançar contra as forças de cinco mil homens de Miasma.

— Então você vai apenas se entregar?

— Lótus está lá fora.

— Sem as suas ordens.

E contra as minhas.

— Qilin...

— Permita-me. — Fecho uma das mãos, coloco a outra sobre meus dedos e me curvo sobre ambas, em deferência. — Permita-me ir atrás deles com vinte soldados.

— Para fazer o quê? — Nuvem trota ao lado de Ren em sua enorme égua e me lança um olhar frio. — Morrer?

Esse pode ser o plano de Lótus, mas não é o meu.

— Para deter Miasma — digo, educadamente.

Não podemos ser todos pessoas inferiores.

— Com vinte soldados.

O olhar de Nuvem encara meus pulsos protuberantes. Sei o que está pensando. Já encontrei tantos como ela: crianças mais fortes no orfanato. Soldados nas cidades. Ela pensa que minhas estratégias são para fracos e covardes que não podem enfrentar os inimigos de frente; que querer sair com vinte soldados é um truque ou blefe, ainda que Lótus tenha saído com metade desse número. A derrota é impensável para um soldado. Eles morrem antes de vê-la chegando.

Mas lutei contra a morte a minha vida toda.

— Se eu falhar, aceitarei a punição marcial por mentir para a minha senhora.

— Se você falhar, sua cabeça estará em uma lança do império, ao lado da nossa. — Nuvem se inclina para frente de sua montaria, pairando sobre mim. — O que você vai fazer? Matá-la com sua doce língua?

— Nuvem — diz Ren, em tom de aviso.

Sinceramente? *Sim, Nuvem, e esse estratagema tem nome: Esconder uma Faca Atrás de um Sorriso. Mas por que esclarecer isso para uma guerreira?*

— Seja lá o que planejei, é nossa única opção. — Então, antes que possa me conter: — Eu levaria você comigo, Nuvem, mas não posso arriscar que Miasma seja libertada pela segunda vez.

— Você...

— *Chega!* — Ren estende a mão. Nuvem remove, relutante, a sua da glaive de lâmina crescente. Para mim, Ren diz: — Vinte soldados. Contra Miasma.

— Sim.

Uma pausa silenciosa.

— Eu confio em você, Qilin.

Então conceda meu pedido.

— Você pode ter os vinte.

— Obrigada.

Me curvo novamente. Quando levanto o olhar para Ren, seus olhos nadam em preocupação. *Por Lótus.* Mas, quando prometo trazer sua irmã de juramento de volta, ilesa, a testa de Ren franze, e um pensamento desconfortável passa pela minha cabeça: talvez, apenas talvez, Ren esteja preocupada comigo.

Bem, por que não estaria? Eu sou a única estrategista deste acampamento. Ren não pode se dar ao luxo de me perder. Mas ela não deveria se preocupar. Ainda não falhei conosco e não pretendo começar agora.

Rapidamente, reúno os vinte soldados. Não são os mais fortes nem os mais inteligentes. Eles empalidecem quando digo qual é o nosso objetivo. Mas não demoram, e em minutos estamos prontos para cavalgar.

Procuro Turmalina antes de partirmos.

— Perto do pavilhão — sussurro —, você encontrará arbustos de teixo. Na primeira chance que tiver, dê as folhas aos cavalos. Certifique-se de que ninguém a pegue e de que a culpa seja minha.

Turmalina não responde de primeira. Talvez a general também saiba o que as folhas de teixo podem fazer com um cavalo adulto. Se for assim, ela também não me acusa de sabotagem. Seus olhos se voltam para o garanhão ao meu lado.

— Para onde você está indo?

Primeiro? Para Miasma. Depois? Para onde quer que Miasma me leve. E por fim?

— Para o Sul — digo, com convicção.

Rezo para que ela não me pergunte *como*. Isso sou eu quem tem que resolver.

— Quando você estará de volta?

— Não sei. — Muito verdadeiro. É o vinho... *Tem que ser o vinho*, penso, enquanto pego Turmalina pelo braço. — Não importa o que aconteça, estou do seu lado. Você entende?

Turmalina olha para minha mão como se ela tivesse brotado de seu protetor de pulso. Aperto firmemente.

— Você entende?

— Entendo.

— Quando for a hora certa, eu vou voltar. Até lá, esqueça que tivemos essa conversa. Se Ren investigar, não diga nada. Mantenha ela aqui, pois está mais segura em Hewan.

Assim que eu distrair Miasma, pelo menos.

— Eu entendo — repete Turmalina. — Só uma coisa.

A general sai... e volta com seu cavalo, uma égua alva pura. Ela segura as rédeas.

— Pérola é comportada, com ou sem nabos ou figos.

Levo um momento para entender suas intenções. A suspeita se instala. *Há rumores de que você teve uma pequena queda*, dissera Nuvem mais cedo. Foi Turmalina quem contou para ela? E se essa gentileza for um insulto? Minha mente gira... e recua quando Turmalina me oferece o braço como apoio.

— Posso fazer isso sozinha.

Três tentativas depois, montei com sucesso. Bufando, olho para Turmalina.

Se pudesse me duplicar, eu o faria. Seguiria minhas próprias instruções finais. Mas, do jeito que está, tenho que confiar que Turmalina executará meus planos melhor do que Nuvem ou Lótus. Ela me passa as rédeas e dá um passo para trás.

— Boa viagem.

Assinto rigidamente e lanço um último olhar para Ren.

Órfã aos 13 anos. Sem o apoio de seu clã. Lutando pelo império de Xin Bao, mas contra as tropas desse império, comandadas por Miasma. Outros podem ver uma causa perdida, mas eu vejo uma saga que viverá por gerações.

Não voltarei de mãos vazias. Da próxima vez que eu vir a todos, será com uma aliança com o Sul.

Eu me recuso a desistir. O portão troveja para mim e os vinte soldados. Os sinos da torre de vigia tocam alto, depois suavemente, enquanto mergulhamos na noite aberta. Nossas montarias avançam pelo caminho lamacento e esburacado, trazendo-nos de volta por onde viemos, a montanha erguendo-se como uma cabeça de cabelos escuros no horizonte. O luar se derrama sobre as pegadas deixadas por Lótus e seus subordinados, cunhando a trilha com moedas de prata. Então as árvores se aproximam — dez lĭ passam incrivelmente rápido quando você está andando na direção errada —, e a trilha já não existe mais. A escuridão nos fecha em seu punho. Não consigo nem ver os abetos, apenas sinto seus dedos pontiagudos em minhas bochechas, enquanto reduzimos a velocidade do galope para o trote.

A fumaça se intensifica. Meus olhos lacrimejam enquanto luto contra a vontade de tossir. As primeiras tochas aparecem, pequenas como vaga-lumes. Pérola relincha. Eu a conduzo para frente. Ouço um gemido atrás de mim. À minha direita, uma corda de arco zumbe enquanto alguém arma uma flecha.

— Guarde isso! — vocifero. Para o resto: — Vocês não devem fazer nada sem minhas ordens.

Ninguém faz barulho depois disso. Há apenas o farfalhar da vegetação rasteira sob nossos cascos e o bater do meu coração. As rédeas em minha mão estão escorregadias, e estou grata pelos soldados não poderem me ver estremecer com a percussão de aço contra aço à distância.

É uma questão de tempo agora. A antecipação é um lobo, caçando meus pensamentos. *É uma questão de tempo...*

— Alto!

Os soldados de Miasma emergem das árvores. Os rostos e os corpos estão manchados de fuligem, mas, por trás de tudo que está escurecido, as lâminas brilham. Apenas o melhor para os lacaios do império.

Alguém cavalga até mim. O manto de pele de leopardo a eleva acima de um soldado comum. É uma general.

Uma guerreira.

Meu coração bate mais rápido.

Desmonto, agradecendo aos céus quando meu pé não fica preso no estribo, Pérola não se assusta e por não fazer papel de tola. Meus soldados tentam se aproximar de mim, mas são parados pelos de Miasma. Uma lança é posta sob meu queixo, forçando-o para cima. Uma tocha é colocada diante do meu rosto.

Manto de Leopardo acena para outro lacaio. Juntos, eles contemplam o grupo desorganizado de vinte.

— Soldados de Ren — diz o lacaio.

Leopardo assente, então levanta a mão. Cordas de arcos gemem nas árvores ao redor, nas quais os arqueiros de Miasma estão empoleirados.

Mordo a bochecha, provocando um fluxo de saliva. Minha voz está forte e solene quando digo:

— Estou aqui para falar com a sua senhora.

Respirações se reprimem. Cordas tremulam.

— Ela está me esperando. E... — abaixo a voz — você sabe como ela é quando não consegue o que quer.

Leopardo fica em silêncio.

— Mate o restante — diz ela finalmente.

— Eles vêm comigo — digo, por sobre o gemido das cordas de arco.

Ordeno aos meus soldados que desmontem e descartem as armas.

A extensão do nosso desamparo é gritante quando nossas armas estão na vegetação rasteira. Vinte contra aproximadamente duzentos. Desarmados contra espadas e arcos e munidos de flechas, nas árvores. Não somos apenas fracos. Somos patéticos. Esmagar-nos seria como usar um martelo numa formiga. Um massacre.

Leopardo abaixa a mão sinalizadora, e os soldados do império avançam. Uma corda envolve meus pulsos, enquanto o que parece ser a ponta de uma arma de haste cutuca minha espinha, me incitando a andar para frente.

Minhas panturrilhas se esticam enquanto o chão se inclina para cima. Depois do que parecem ser horas, somos levados para uma clareira enevoada na base da montanha. Meus olhos lutam para se ajustar à luz avermelhada das tochas e aos raios de luar, mas, assim que consigo, imediatamente vejo Lótus e seus subordinados.

Estão amarrados como patos prontos para ser depenados, os rostos machucados, as bocas sangrando, os olhos inchados e fechados. Ao contrário deles, sei que não devo agir precipitadamente. Porque, diante de todos, com a cabeça meio raspada e um único sino vermelho de laca pendurado no lóbulo da orelha, como uma gota de sangue, está a primeira e única Miasma.

Ela não nos vê, não virada de costas, mas deve estar ouvindo nossa aproximação. E com certeza ouve quando Lótus resmunga:

— Pavão?

Ainda bem que o anonimato não é um requisito para o meu estratagema. Leopardo vai até Miasma e sussurra em seu ouvido furado. Em resposta, a primeira-ministra do Império Xin pega sua espada. A lâmina torcida emerge da bainha, brilhante como um espelho.

— Estarei com minha convidada num momento.

Então ela gira.

Sinos deveriam tilintar. Cabeças deveriam bater. Mas meus sentidos estão todos confusos: a cabeça tilinta quando cai nas samambaias, e o sino de Miasma bate, balançando violentamente em sua orelha, enquanto ela se endireita e se reordena, e o subalterno tomba sem cabeça em uma reverência.

Os pássaros que estavam empoleirados já não estão mais, graças ao uivo de Lótus.

— Pronto. Agora você tem toda a minha atenção. — Miasma desliza o polegar ao longo da lâmina encharcada e o lambe. Em seguida, oferece a espada para mim. — Quer provar?

O cheiro de ferro envenena o ar. Meu próprio pescoço lateja.

— Receio que meu estômago não seja tão forte quanto o seu.

Ou qualquer coisa em mim, nesse aspecto. Miasma pode ter menos de cinco chǐ de altura, mas seus braços estão amarrados, expostos pelo colete laminado sem mangas. O rosto é esculpido como uma ponta de flecha: o mínimo de pele esticada sobre osso e veia. Aos 25 anos, ela é apenas dois anos mais velha que Ren, mas parece ser 10 anos mais velha e já inspirou milhares de rumores. Miasma pode matar assassinos enquanto dorme. Miasma conserva os fígados de seus inimigos. Miasma é como um verme: corte-a ao meio, e ela crescerá novamente.

O último rumor consiste em Miasma ser um deus enviado pelos céus para salvar o império em ruínas. Prefiro fatos a boatos, mas os fatos não são muito melhores. Quando um grupo de camponeses radicais chamados Fênix Vermelhas marchou contra a capital do império, sete anos atrás, Miasma reprimiu a rebelião e subiu ao posto de general da cavalaria. Quando a Cabala dos Dez Eunucos conspirou para assassinar a Imperatriz Xin Bao, seis anos atrás, Miasma os exterminou e a todos os ancestrais vivos deles, "resgatando" Xin Bao enquanto consolidava o poder nas forças armadas e na corte. Então, naturalmente, quando a humilde Xin Ren, uma colega veterana da Rebelião da Fênix Vermelha, vinda de alguma cidade sem nome, a denunciou como usurpadora, Miasma não ficou satisfeita, para dizer o mínimo.

Agora estou cara a cara com o inimigo. Muitos a chamam de cruel. Eu a chamaria de oportunista... o que é muito mais perigoso, na minha opinião.

Miasma dá de ombros com a recusa, limpa a lâmina e a embainha. Lótus soluça. Eu me controlo e dou um passo à frente.

— Eu não faria isso — diz Miasma. A luz da tocha tremula, permitindo-me um vislumbre fugaz das centenas de tropas montadas que cercam a clareira. — A menos que queira mais cabeças de seus amigos rolando.

Forço-me a dar mais um passo.

— Eles não são meus amigos. — Outro passo. — Espero por esta oportunidade há muito tempo. — Ajoelhar-se com as mãos atadas é um desafio, mas eu consigo, curvando-me diante de um monte de cogumelos brancos. — Minha senhora.

Silêncio.

A risada de Miasma é mais um grasnar, começando e terminando na garganta.

— Nada mal... para seu primeiro discurso de deserção. A prática lhe fará bem.

— Falo com ações, não com palavras. Deixe-me lhe mostrar minha lealdade.

— A lealdade de alguém que trai a própria senhora?

— Nunca fiz um juramento de fidelidade à Xin Ren. Só abracei a causa dela porque ela veio à minha cabana e *implorou*.

Lótus para de soluçar.

— Vo-vo-você... *traidora*!

Miasma faz um aceno preguiçoso, e Lótus é amordaçada.

— Implorou — repete ela, saboreando o momento.

— Sim, implorou — digo. — De joelhos. Três vezes.

— Ela imploraria, não é? — Miasma fica maravilhada. — Sempre desesperada, Caridosa Ren. E você. — Sua voz explode de repente. — Você, *Brisa Ascendente*, sempre astuta. — A alcunha me transmite um arrepio de prazer. Miasma deve estar pensando em todas as ocasiões nas quais a iludimos. — Você fala com ações? — Ela acena para Lótus. — Bem, vá em frente. Prove sua lealdade matando essa aqui.

— E fazer você perder a guerra? Acho que não.

— Ah? — Miasma levanta uma sobrancelha. — Fale mais sobre isso.

Eu deveria estar apavorada demais para as palavras. Minha cabeça pode acabar cortada do pescoço antes que esta noite acabe. E *estou* apavorada... até que toco no meu leque. Isto é o que faço de melhor: ler os ataques do meu oponente, jogar com as informações que já acumulei como contra-ataque.

Eu estou no controle do conselho.

— Você conhece Ren tão bem quanto eu. Melhor, talvez, considerando a história que compartilham. — Miasma ri com a lembrança de um tempo passado, quando duas desconhecidas, Miasma, a filha adotiva de um eunuco, e Ren, a herdeira impotente de um clã poderoso, serviam à dinastia lado a lado. — Xin Ren é uma senhora sem uma fortaleza territorial para treinar ou guarnecer as tropas. Deixe-a em paz, e os elementos cuidarão dela. Mas mate qualquer uma de suas irmãs de juramento, e você acabará com um cão raivoso nas mãos.

— Então, o que estamos esperando? — grita Miasma. — Nós vamos esmagá-la aqui e agora. Vou até guardar para você as honras de reivindicar a cabeça dela.

— Por que se importar? Pouco antes de vir para cá, envenenei dois terços de seus corcéis com teixo. — Lótus grita contra sua mordaça. Eu a ignoro e continuo: — Xin Ren e suas tropas não vão deixar Hewan tão cedo.

Isso faz Miasma parar. É evidente que ela não achava que eu tinha capacidade para abater uma cavalaria. Ela provavelmente enviará um olheiro para verificar. É da natureza dela ser desconfiada.

— Você não veio sozinha — observa ela.

— *Eu*, cavalgando para encontrá-la sozinha? Mesmo uma tola como Ren teria suspeitado de algo. Esses soldados são apenas um disfarce para minha deserção. E, agora, são sacrifícios para uma senhora merecedora. Mate eles. Interrogue-os. Vinte podem não ser muito úteis contra seus cinco mil, mas vinte bocas falantes? Isso é informação.

Um cheiro acre atinge minhas narinas: o cheiro de urina, vindo de minhas próprias fileiras. Para eles, devo parecer utilitarista, sem coração, cruel. Se ao menos eu pudesse dizer que há três chances em quatro de Miasma poupar suas vidas. Ela tem uma fraqueza por dons, não importa qual seja a fonte.

— Um acampamento cheio de traidores. — Miasma esfrega as mãos. — Ah, Ren. Isso partiria seu coração se ela soubesse. Então os cavalos...

— Mortos ao amanhecer — asseguro a ela.

— Excelente.

Mas ainda não a conquistei. Não exatamente. Quando se trata disso, cavalos mortos e tropas sacrificadas podem ser apenas estratégias empunhadas de maneira firme na minha mão. Preciso mostrar à Miasma que de fato tenho algo a perder. Mostrar que fiz do meu acampamento anterior um inimigo.

O chão finalmente começa a tremer.

Já era hora.

Vamos. Meus dedos se enrolam ao redor da alça do leque. Eu coloquei a isca, plantei a desconfiança, mas o que acontece a seguir está fora do meu controle. *Vamos.*

Eu sei que você pode ir mais rápido.

Duas das generais de elite de Miasma, Garra e Víbora, aparecem imediatamente ao lado de sua senhora, empunhando suas espadas. O resto das tropas de Miasma fazem uma formação ao nosso redor. No escuro, um grito é interrompido. Há névoas fantasmas sobre as samambaias, alcançando nossos pés. Miasma parece pálida. Alguns dizem que a primeira-ministra acredita em fantasmas. Suponho que seja natural: fantasmas e deuses são a mesma coisa.

Mas nenhum fantasma poderia atravessar tanto as samambaias quanto os soldados do mesmo jeito que Nuvem.

Ela é uma profusão de manto azul e armadura de bronze em cima daquela égua monstruosa, sua glaive erguida acima da cabeça antes de descer. A ponta da lâmina afunda no peito de um dos lacaios de Miasma, enquanto a ponta com haste bate em uma cabeça com elmo. Bronze e osso cedem, e é minha vez de ficar pálida, pois me lembro dos guerreiros do meu pesadelo. Mas tudo isso faz parte do plano.

Nuvem também, mesmo que ela não saiba.

Seu olhar castanho varre a clareira, observando meus soldados, os soldados de Miasma, a própria Miasma, antes de finalmente pousar em mim.

Percebo o momento exato em que ela junta as peças da minha deserção.

Quando Lótus consegue tirar a mordaça e gritar "traidora", Nuvem já atravessou toda uma linha de infantaria de Miasma. Sua lâmina crescente está lubrificada com o sangue deles, enquanto ela gira em um joelho. Flechas são lançadas ao sinal dela, voando sobre sua cabeça. Uma atinge Leopardo no olho. Outra cutuca meu ombro. Eu sibilo e agarro o ferimento que sangra, enquanto as tropas de Miasma revidam.

Os arqueiros de Nuvem caem das montarias como ameixas numa árvore.

Mas Nuvem... Ela gira a glaive até virar um borrão, uma boca de lâmina que devora tudo em seu caminho. Um caminho que leva até mim. Eu, a trapaceira. A traidora. Aquela que provocou Nuvem sobre deixar Miasma ir, logo antes de sair para jurar lealdade a ela.

Nuvem nunca me alcança, é claro. Uma Nuvem poderia matar trinta lacaios, mas não centenas. Soldados de infantaria a cercam, suas lanças pontiagudas formando um círculo de dentes. Um guerreiro menor entraria em pânico.

Os olhos de Nuvem permanecem fixos em mim.

— Quer que cuidemos dela? — pergunta Víbora.

Miasma não responde. Ela olha para Nuvem com uma espécie de êxtase vítreo.

— Que maravilha de se ver — diz ela, tão suavemente que me pergunto se Víbora sequer ouve.

— Minha senhora?

Com uma corridinha, Miasma monta um garanhão com o dobro de sua altura.

— Deixe-a ir viva.

— Mas, primeira-ministra…

— Entregue o cavalo. — A voz é de Nuvem, não de Miasma. — O cavalo — repete ela, enquanto nós a encaramos. — Pérola.

Pérola relincha ao ouvir seu nome. Minha ficha cai, e olho para Miasma.

A primeira-ministra acena com a mão.

— Você tem minha permissão. Víbora.

Víbora leva Pérola até Nuvem. Nuvem toma as rédeas.

Eu expiro. *Obrigada, Turmalina, por me fazer chegar até aqui. Você também, Nuvem. Obrigada por tentar me matar assim... de forma tão convincente, e por levar Pérola para casa.*

Cuide de Ren enquanto eu estiver fora.

— Nós realmente vamos deixá-la ir? — pergunta Garra, enquanto Nuvem monta a própria égua.

— Por enquanto, Garra. Só por enquanto. Um dia desses, ela perceberá que seus talentos são desperdiçados com a Caridosa Ren, assim como essa aqui percebeu. — Miasma sorri para mim. Eu me agarro mais forte ao ferimento da flecha. Ele convenceu Miasma da minha deserção e agora justifica meu tremor quando ela diz: — Bem-vinda ao império, Brisa Ascendente. — Seu sorriso se alarga, cheio de dentes, como o de uma caveira. — Ou, como gosto de dizer, bem-vinda ao Reino dos Milagres.

O REINO DOS MILAGRES

Bem-vindo ao Reino dos Milagres.

O Norte. A capital. O Reino dos Milagres. Todos eles se referem dessa forma aos domínios da imperatriz. Somente em um reino Miasma pode se proclamar rainha, sem renunciar a lealdade à Xin Bao.

Ela acabou de fazer isso, o demônio astuto.

Estamos a uma cavalgada de mais ou menos uma centena de lĭ da base militar mais próxima do império, dando a Miasma bastante tempo para bancar a anfitriã. Ela pede para seu médico pessoal ver a ferida de flecha no meu braço. Quando percebe que estou tendo problemas com a nova montaria, me oferece a "égua mais gentil do império".

Fiel à palavra dela, a égua não se assusta uma vez sequer durante todo o caminho, nem mesmo quando Lótus mastiga a mordaça para gritar "traidora", ou quando ela quase arranca o dedo de Garra enquanto ele tenta amordaçá-la novamente. Ele disfere alguns golpes. Não tento bloquear os sons. *Soc!* Um soco atinge a bochecha de Lótus, e penso: *poderia ser eu*. *Pow!* Os nós dos dedos dele encontram o nariz dela, e penso: *poderia ser Hewan inteira*. Sou a única coisa entre a cidade e as cinco mil forças de Miasma.

É melhor eu começar a bajulação agora.

— Ministra Miasma é tão generosa quanto os rumores afirmam — digo, enquanto mergulhamos em um pequeno riacho e nos dirigimos para outro arvoredo.

— Me chame de Mi-Mi — diz Miasma. — Ao contrário da Caridosa Ren, faço jus à minha reputação. Não é, Corvo?

A princípio, parece que ela está falando sozinha. Não há ninguém ao nosso redor que possa ser "Corvo". Mas, então, um grunhido evasivo flutua da sombria escuridão.

— Corvo, Brisa. Brisa, Corvo.

Miasma apresenta um cavaleiro à sua direita. Ele é um amontoado disforme e sem rosto, usando um manto preto e um chapéu em formato de cone, coberto por penas e tecido de palha amarela.

— Corvo é um dos meus estrategistas — diz Miasma enquanto ele começa a tossir. Prendo a respiração. — Ele vai te mostrar como o acampamento funciona. Você pode até aprender uma coisa ou outra com o velho pássaro.

— Estou ansiosa por isso — minto por entre os dentes.

Corvo para de tossir o suficiente para grunhir. Estremeço, agradecida quando ele fica para atrás.

Subimos várias colinas, cada uma maior que a anterior. Agarro o pito da sela enquanto subimos uma inclinação mais íngreme ainda. A respiração se torna áspera no meu peito, então para completamente.

Abaixo de nós, estende-se uma das muitas bases militares do império, enorme como uma cidade, as grades padronizadas brilhando como se tivessem sido estampadas na paisagem índigo por um ferro quente.

Eu sabia que Miasma tinha o apoio financeiro do império, mas ainda assim me sinto frustrada quando passamos pelos portões da paliçada e entramos no paraíso de um belicista. Os garanhões praticamente reluzem. Os soldados parecem mais fortes, mais maduros e mais bem alimentados que os de Ren. O próprio ar está vivo: martelos batem contra bigornas, generais gritam ordens, e uma multidão de soldados grita ao redor de um ringue de luta. Ao passarmos pela arena cheia de areia, o vencedor ergue o punho. Não penso muito no gesto, mas, quando Miasma diminui a velocidade do cavalo e volta, olho novamente e vejo algo escuro saindo da mão fechada do homem. É um tufo de cabelo humano em couro cabeludo.

Bile queima minha garganta.

Enquanto isso, Miasma está ocupada apalpando o braço suado do vencedor, como se estivesse no açougue comprando um javali.

— Percebo que você está ficando forte. — Ela dá um tapinha no bíceps dele. — Continue assim.

— Sim, minha senhora!

— Por aqui — instrui Miasma, enquanto os soldados com quem estávamos cavalgando param e correm por vários caminhos diferentes até seus quartéis, deixando-nos com Garra, Víbora e Corvo.

Passamos por tendas de estopa para pavilhões em miniatura, enfeitados com laca e uma camada de ouro. Guardas em armaduras de coral vermelho prestam continência enquanto cavalgamos através de suas fileiras, e um eunuco esguio, envolto no escarlate do império, corre ao lado de Miasma, anunciando enquanto ela avança:

— Primeira-ministra do Império Xin, comandante dos exércitos Xin, protetora enviada dos céus da Imperatriz Xin Bao...

— Já chega — diz Miasma. — Não vê que temos uma convidada?

Se ao menos eu tivesse minhas vestes brancas, ou um eunuco para alardear todos os meus codinomes. Em vez disso, tenho que me contentar com o bege e Lótus como locutora, já que ela mastiga a terceira mordaça.

— *Traidora!* — Pode ser o vento, mas juro que posso sentir a explosão de suas palavras. — *Traidora!*

— Amordace ela de novo e a mantenha com os animais — diz Miasma.

Os soldados correm para cumprir a ordem.

— *Sua traidora!* — grita Lótus enquanto eles a arrastam para longe. — *Sua traidora imunda e suja! Ren nunca deveria ter confiado em você! Espero que engasgue com uma espinha de peixe e morra!*

Que falta de inspiração. Lótus, Nuvem e todos os camponeses podem me odiar, pouco me importa. Ren também. Uma estrategista detestada é uma estrategista que está fazendo algo certo.

Mas, mesmo enquanto digo isso para mim mesma, pensar no ressentimento de Ren esgota minhas forças, e, quando chegamos ao maior dos pavilhões, desmonto do cavalo desanimada, o que termina com meu manto enrolando-se nas rédeas.

Uma mão se fecha ao redor do meu braço antes que eu caia no chão. Meu olhar dispara para o rosto de quem me salvou. Ou para onde seu rosto deveria estar.

Ainda protegido pelo chapéu cônico, Corvo irrompe em outro ataque de tosse. Eu me liberto, arrepiada, e dou um passo para o lado, a fim de deixá-lo ir primeiro, antes de sorrateiramente limpar meu braço.

Subimos um lance de escadas laqueadas com um líquido brilhante, passamos por uma soleira dourada através de cortinas de veludo preto defumado com incenso e entramos no pavilhão que, de alguma forma, parece maior do que quando se olha pelo lado fora. Servos passam com cântaros de vinho em tripés, os números refletidos e multiplicados pelas divisórias de bronze polido. Sedas escarlates estampadas com a insígnia da fênix do Império Xin se desenrolam das vigas, e castiçais formam poças de cera vermelha em pratos dourados.

Um camponês poderia ficar deslumbrado com a opulência, mas meu olhar se volta para o grupo de generais, conselheiros e estrategistas. Eles estão amontoados em torno de uma grande mesa com um mapa do império. Alguns anos atrás, o mapa estaria muito mais colorido com os senhores da guerra dissidentes, especialmente no Norte. Agora, consigo distinguir apenas quatro grandes amostras: tinta de sálvia para os vales de lagos semitropicais das Terras do Sul; tinta marrom para as Terras do Oeste, o cesto de trigo do continente e a fortaleza do clã Xin; um marrom mais claro para os pântanos encravados entre o sul e o oeste; e tinta cinza para o norte árido e montanhoso, lar da capital do império e berço de muitos rios, que estavam representados como linhas de tinta preta que convergem para o sul, antes de desaguarem no mar de Sanzuwu.

Quando chego mais perto, identifico nossa base militar atual pela bandeira que brota acima do ponto de interseção triplo das regiões norte, sul e oeste. Está cercado por minúsculos soldados de barro, do tipo que minha irmã adorava, mas pelos quais nunca podíamos pagar. Estes parecem ainda mais intrincados. Artesanais. Mas eles não são arte, apenas números representados. *Dispensáveis*, diria Ren, *como os plebeus que morrem quando o império entra em guerra.*

Arranco meus pensamentos de Ren, quando uma voz se eleva da cabeceira da mesa.

— As Terras do Sul podem parecer fortes — diz a oradora de meia-idade. — Mas nossas fontes relatam que estão repletas de discórdia interna. Eu digo para deixá-las se destruírem, e acabarmos com Xin Ren esta noite!

Não se eu puder evitar. À medida que um acordo retumbante encontra as palavras da oradora, atravesso o fundo da multidão e fico na ponta dos pés, para obter uma visão melhor do mapa.

As Terras do Sul também têm fileiras de soldados de barro. Menos do que o Norte, mas o suficiente para cobrir o vale de um rio inteiro. Sua recém-coroada soberana, Cigarra, está representada por uma cigarra de jade — nada original —, e sua nova estrategista, uma figura misteriosa que atende pelo codinome de Novembro, é uma estatueta de marfim ao lado da cigarra.

— Eles não saberão o que os atingiu até que sejam cinzas ao vento! — grita um general à minha direita, desencadeando uma série de insultos à Ren.

Meu olho se contrai. Ele se volta para onde Hewan está localizada.

Nada. Sem tropas de barro, sem Ren, muito menos uma estatueta para mim, sua estrategista. Nem mesmo o depreciativo "Caridosa Ren" como um espaço reservado na terra, que está dolorosamente vazia em comparação com as Terras do Oeste, governadas pelo tio de Ren, Xin Gong. Verme invertebrado. Ele ignorou Ren — e minhas cartas pedindo apoio —, provavelmente porque está com muito medo de ficar do nosso lado, contra Miasma. Duvido que o império se preocupe com sua retirada, mas pelo menos ele está representado no mapa.

Nós, por outro lado, nem existimos. Somos como todos os senhores da guerra que Miasma derrubou para construir uma carreira. Mais recentemente foi Xuan Cao. Mas, ao contrário dele, ainda estamos aqui. Nós temos *a mim. Eu* vou nos garantir aliados. A Cigarra das Terras do Sul não tem um grande amor pelo império. Se eu puder convencê-la de que Miasma é nosso inimigo em comum...

...Logo após convencer Miasma de que sua maior inimiga é Cigarra, e não Ren.

— Você está errado — digo, por entre os aplausos que ainda estão fortes.

Vozes se calam ao redor da mesa, começando com as mais próximas a mim. Cabeças se voltam em minha direção, liberando a visão para a oradora lá na frente.

Ameixa, escrivã sênior do império. Seu avô serviu à décima segunda imperatriz, Xin Diao, e sua mãe serviu Xin Chan. Seus ancestrais devem estar rolando nos túmulos ao saber que Ameixa não serve à Xin Bao, a filha de Xin Chan, mas à Miasma. Outrora uma jovem talentosa, Ameixa está agora na casa dos trinta. As imponentes vestes cor de vinho cobrem sua forma ligeiramente curvada. Uma marca de nascença, parecida com uma contusão, cobre seu queixo. Ao me ver, seu semblante demonstra amargura.

— Este não é um lugar para crianças — retruca ela enquanto me aproximo.

Mais velho nem sempre significa mais inteligente, como comprovado pelas irmãs de juramento de Ren.

— A Cigarra das Terras do Sul pode não ter experiência — digo ao chegar à mesa —, mas não é tão fraca quanto você pensa. Ela e seu novo estrategista, Novembro...

— Uma farsa! — grita o general à direita de Ameixa.

— ...demoliram os piratas de Fen — termino.

— Piratas? — Alguém bufa. — Estão mais para degenerados!

Degenerados que invadiram e saquearam os pântanos e as vias navegáveis do sul por anos a fio. Eles mataram Grilo, herdeira das Terras do Sul, uma guerreira respeitada por seu cérebro *e* por sua força. Agora, sua irmã mais nova, Cigarra, conseguiu derrotar os piratas de Fen, queimar seus navios e massacrar os líderes, apenas alguns meses após sua ascensão. Ela fez o que o império não conseguiu fazer. Acho que não preciso aprofundar meu ponto de vista.

Bato meu leque na parte verde do mapa.

— As Terras do Sul usam o tempo de paz para estocar os restos e se fortalecer. O império estaria fazendo um favor à Cigarra indo atrás da presa fácil.

— E quem você pensa que é? — questiona Ameixa.

— Meu mais novo talento.

O burburinho se acalma conforme Miasma se move pela multidão, o sino tilintando em sua orelha.

— Ameixa, por favor, dê as boas-vindas à Brisa Ascendente. Você deve lhe demonstrar o mesmo respeito que demonstra a mim.

— Por favor. — Estendo meus braços em um círculo e me curvo sobre eles. — A honra é minha.

Ameixa não diz nada. Suas bochechas estão coradas quando me endireito, a marca de nascença saturada de sangue.

— Você é de *Ren*.

— Logo, também sou *a* especialista na situação de Ren. — Deixo Ameixa balbuciando e me viro para o público. — Xin Ren é fraca. Ela vai precisar de anos para construir uma base. Mas o Sul tem exércitos e prata. Suas fileiras de estrategistas e de generais crescem a cada dia. Dê a eles um mês, e serão uma ameaça mais séria do que Ren jamais poderá ser.

— Então, o que você faria? — pergunta um conselheiro.

Eu? Estou tentando matar dois faisões com uma única flecha de besta. Se eu puder desviar de Ren as tropas de Miasma, *e* garantir uma passagem de barco até Cigarra, farei jus a cada um dos meus codinomes.

Estico a mão para o mapa, levanto um soldado de barro e o coloco na junção do rio Mica e do rio de Gesso.

— É óbvio, não é? Traga a guerra para as Terras do Sul. Enquanto o sul está longe de ser tão fraco quanto Ren, sua vitória sobre os piratas Fen teve um alto custo. E, como a escrivã sênior Ameixa estava dizendo, a corte de Cigarra está cheia de conflitos. Ela ainda precisa solidificar o apoio à sua reivindicação de soberania. O império, enquanto isso, está no auge da força, e nossa primeira-ministra teve a intuição de expandir a marinha. — Pego um punhado de modelos de navios e os empurro pela linha escura do rio Siming. — Naveguem até a escarpa e tragam o poder do império ao limiar do sul. Faça-os jurar fidelidade e tributo à Imperatriz Xin Bao. Se eles recusarem... — Passo meu leque sobre a mesa, derrubando a frota e os soldados do sul. — Vocês estarão perfeitamente posicionados para mostrar a que vieram.

Olho para cima, para os rostos endurecidos e envelhecidos da comitiva de Miasma. Um dia, eles pensarão neste momento e perceberão que nossa ascensão começou bem debaixo de seus narizes. Um dia, o som do meu nome irá assombrá-los. Um dia...

Miasma vagueia em minha direção. *Ela sabe.* Não tem jeito. *Ela sabe que tudo o que você arriscou é por sua única e verdadeira senhora, Ren.*

A primeira-ministra para a um único junco de distância de mim, e me lembro que não sou indefesa. Não sou fraca. Sua mão se move...

Ainda haverá sangue na lâmina?

...a fim de gesticular para uma criada.

Uma garota com o vermelho do império desliza para o lado dela com uma bandeja cheia de cálices. Miasma seleciona um e o segura no alto.

— Um brinde à Brisa Ascendente.

Os generais correm para copiá-la, brindando ao meu nome.

— À Brisa Ascendente!

— À Brisa Ascendente!

— À Brisa Ascendente!

Miasma ordena que os generais cuidem da logística para enviar uma delegação ao sul. É agora, eu deveria me voluntariar. Em vez disso, peço licença, alegando cansaço. Flutuo nas galerias escuras que recortam o pavilhão, agarrando-me às colunatas douradas enquanto ando.

Por que estou tão tonta? Não tinha nada a temer. Enganei Miasma, a primeira-ministra do império.

Enganei uma sala cheia de guerreiros.

Chego ao final da galeria e olho para a paisagem. A lua brilha no céu, e registro sua fase. Em menos de um mês, retornarei para Ren como uma heroína. Lótus não terá escolha a não ser me chamar pelo codinome certo. Nuvem vai se desculpar por tentar me matar. Ren vai ganhar uma marca nesse mapa, e eu estarei ao lado dela como sua estrategista.

À Brisa Ascendente!

Soa ainda mais doce na língua do inimigo. Eu rio, trêmula no início, depois com mais facilidade. Meu leque sobe até a boca, escondendo meu sorriso. Eu me recomponho e começo a me virar...

Mas uma mão aperta meu braço.

— Eu sei o que você está planejando.

四

GLISSANDO

Eu sei o que você está planejando.

Meu agressor me faz girar. Uma lâmina de luar corta por entre nós dois, iluminando a metade inferior de seu rosto. Sua boca se inclina com um sorriso conforme levanto meu leque.

— Uma boa arma.

— Aposto que você nunca foi golpeado por um leque.

Não entre em pânico. Não revelo que, de fato, tenho uma arma. Não queria comprometer meus acessórios, mas Ren insistiu. Agora, como esfaqueá-lo sem estragar minhas vestes...

— Você quis dizer "esfaqueado por um leque"?

Em um único movimento, ele agarra meu outro pulso, prende-o na colunata acima da minha cabeça e levanta o cabo de bambu do leque. O canivete prateado brilha no canto do meu olho direito, perversamente afiado.

— Não se preocupe — diz ele enquanto luto. — Estou procurando derramar segredos, não sangue.

— Que segredos?

Ele devia estar me seguindo. A questão é: por quanto tempo?

Olho para seu rosto em busca de respostas. Ele me ajuda, curvando-se ao luar. O homem é magro, beirando a desnutrição, agraciado com um par de maçãs do rosto salientes e olhos com pálpebras pesadas. De alguma forma, sua pele é mais anêmica do que a minha, e as têmporas pálidas são um contraste surpreendente com seus longos cabelos negros, amarrados em um estilo semipreso. Alguns fios fazem cócegas no meu rosto quando ele coloca os lábios no meu ouvido.

— Por que não começamos com a verdadeira razão pela qual você está aqui?

Ele se afasta do luar. Seu rosto volta para a sombra, e enrijeço. Algo nele me parece familiar. O rapaz é jovem como eu, o que deveria tê-lo feito se destacar contra todos aqueles velhos inchados, amontoados ao redor da mesa de mapas. Mas não o reconheço. Não me lembro de vê-lo no pavilhão. Como eu poderia tê-lo deixado passar? Seria um servo?

Não está vestido como um deles, um detalhe que fica aparente quando uma serva de verdade aparece na esquina. A bandeja dourada equilibrada em seus braços faz barulho quando ela para. Ela olha, e eu a encaro de volta, por cima do ombro do meu agressor. Não sei como estamos, mas, a julgar pelo rubor no rosto da serva, duvido que seja apropriado.

Nem pensar. Eu não me tornei Brisa Ascendente apenas para que garotos estranhos pudessem me esmagar contra colunatas. Meu leque pode estar inacessível, mas sua pélvis com certeza não. Meu joelho já está no meio do caminho, quando a criada recupera a voz. Ela gorjeia como um pássaro.

— M-mestre Corvo, o senhor precisa do médico?

"Mestre Corvo" é subitamente dominado por um ataque de tosse. Ele se curva e desaba… bem em cima de mim.

Eu já caí de cavalos. Já pisei em esterco de boi. Já caí de cavalos *e* aterrissei em esterco de boi. A vida fugindo de Miasma está longe de ser glamorosa. Mas nunca tinha sofrido a humilhação de me tornar uma almofada humana. Minhas bochechas queimam, e tento empurrá-lo de cima de mim, mas ele é bem pesado para um saco de ossos. O peso de seu corpo me prende, enquanto ele rosna algo que soa como "bem" e "pode ir" para a serva.

Ela fica muito feliz em obedecer.

No momento em que a mulher vira a esquina, liberto meu pulso e bato nele com o leque.

— Minhas desculpas — digo, enquanto ele cambaleia para trás, segurando o rosto. — Espasmos musculares.

— Está tudo bem. — Ele dá um tapinha na bochecha, estremece e abaixa a mão. — Sinto muito também. Pelo que aconteceu agora. — Ele gesticula para o peito. — Espasmo pulmonar.

O rapaz acha que está sendo esperto, que eu não noto o sorrisinho no canto de seu lábio, desaparecendo enquanto ele abaixa a cabeça e reajusta as vestes.

Por *isso* não o reconheci. Sem capa e sem chapéu, ele não é o Corvo crescido e meio morto que pensei ter conhecido. Por exemplo, ele é muito mais jovem — não deve ser muito mais velho que meus 18 anos — e, devido às suas travessuras, muito mais saudável também.

— *Mi-Mi* sabe que você está fingindo essa doença? — pergunto, enquanto ele puxa a gola de volta sobre a clavícula branca.

— Fingindo? — Seus olhos se arregalam de maneira inocente. — Antes fosse. Ainda estou morrendo de tuberculose.

Torço o nariz. Outros podem pensar que sou o estereótipo ambulante de uma estrategista, com leque e tudo, mas pelo menos não tenho tuberculose ou alguma outra doença por excesso de trabalho.

— Você deveria usar uma máscara.

— Por quê? A tosse é a *minha* arma secreta. — Começo a me afastar, mas ele bloqueia minha fuga. — Mas vou poupá-la disso, se me disser por que desertou.

— Porque sou leal ao império. Sempre fui.

— Vamos tentar de novo.

Ele se aproxima e pega minha manga. Seus olhos brilham, perigosos. Suas íris são ônix, mas, quando o luar as atinge como agora, vejo o aço frio e duro.

Posso ser mais fria e mais dura.

— Porque estou farta e cansada de sobras como vitórias. Ren nunca vai me dar a grandeza que mereço.

Uma nuvem passa sobre a lua, e a galeria escurece.

— Vamos testar suas palavras — diz Corvo, por fim.

Ele solta minha manga, e, por um segundo idiota, considero fugir. Mas não há para onde correr. Além de Corvo, só tem mais terreno inimigo. Demonstrar medo aqui é o mesmo que mostrar minhas verdadeiras intenções.

— Teste-me, então.

Cruzo os braços e me apavoro quando ele coloca a mão na parte inferior das minhas costas.

— Relaxe — diz Corvo, parecendo ferido. — Só estou mostrando o caminho.

— E eu estou apenas tentando não me contaminar.

Um banho escaldante já está reservado, depois que eu queimar essas vestes.

— Se faz você se sentir melhor, o médico diz que não sou ativamente contagioso.

— Por enquanto.

— Sim. Parece que a condição piora com a minha perspectiva. Você tem sorte de eu ser tão otimista.

Reprimo uma réplica e deixo que ele me conduza pela galeria. Passamos por salões de chá e pátios. Memorizo o que posso, para quando eu fizer minha eventual fuga. *Escapar*. Meu coração falha com uma apreensão repentina. Se eu quiser escapar, preciso ficar longe de pessoas que podem ver através dos meus planos.

Pessoas como Corvo.

Ele é o primeiro estrategista com quem fico cara a cara há um tempo. Um verdadeiro adversário. Meus dedos formigam em antecipação aos seus testes. Então se arrepiam. Estrategista ou não, ele é do Norte. Se for parecido com sua senhora, Corvo pode não estar acima da tortura. Quantas unhas aguento perder antes de sangrar uma confissão?

Acalme-se e pare de presumir. Toco meu leque, enquanto Corvo continua a me guiar, passando por portas de treliça e entrando em uma sala escura.

Parece vazia, a princípio. Então vejo a cítara: o brilho das sete cordas de seda esticadas sobre um corpo oblongo, feito de madeira de *paulownia*. Uma cítara... não, duas. Erguidas sobre mesas, de frente uma para a outra, como margens opostas com um lago de piso de madeira entre elas.

Sei exatamente como Corvo planeja me testar.

Ele atravessa a sala e se senta atrás de uma das cítaras.

Faço o mesmo depois de um instante.

— Presumo que você saiba tocar? — pergunta ele, deslizando as mangas largas para cima.

— Não me insulte.

— Não me lembro de ter visto sua cítara na viagem até aqui.

— Está quebrada. — Uma corda arrebentou *mesmo* no mês passado. Mesmo assim, deixá-la para trás foi um descuido que tento evitar. — Ren nunca consertou.

— Ah. — O sorriso do Corvo é leve. — Não é à toa que você desertou.

Uma piada inofensiva. Ou não? Odeio não saber dizer, odeio como pareço petulante quando digo:

— A questão é que eu sei tocar.

Qualquer estrategista que se preze saberia. Por meio de duetos de cítara, tréguas foram negociadas, alianças, consolidadas, e batalhas, decididas. Zihua, estrategista da Dinastia Luo, uma vez tocou a cítara para acabar com uma guerra. Minha própria cítara estivera acumulando poeira muito antes da corda se romper. O acampamento de Ren não é exatamente cheio de pessoas que apreciariam as complexidades da música, de modo que tocar para guerreiras como Nuvem e Lótus rebaixaria o instrumento.

Corvo, porém...

Ele sabe que a música da cítara é uma linguagem compartilhada entre estrategistas. Acha que meu jeito de tocar vai revelar o que minhas palavras não revelam.

Mas não sou tão fácil de decifrar. Quando ele abre com um fraseado comum, vou direto ao ponto e toco a cítara, os dedos cortando as cordas. As notas dissonantes sobem como um bando de faisões sendo caçados, depois despencam para um silêncio mortal.

Minha mão direita dedilha um *staccato* rápido, cada vez mais rápido, até que cada corda treme depois do som. Mas, antes que as notas possam soar, eu as interrompo.

Despejo minha frustração na música. O acampamento de Ren tem recursos limitados. Dedilho meu cansaço. Lótus e Nuvem não me respeitam. Dobro minha dor no crescendo. Meus esforços são desperdiçados, incompreendidos. A melodia acelera. Com a técnica da faca afiada, crio asas para minhas emoções enjauladas. Levanto minhas mãos das cordas e deixo as notas voarem.

Aí está. Corvo queria a verdade? Toquei todos os motivos pelos quais *sonharia* em estar do lado de Miasma.

Respirando com dificuldade, eu olho para ele. O quarto está escuro, mal iluminado pela lua além da janela redonda de treliça. Não consigo ver seu rosto ou lê-lo. Só ouço sua voz.

— Que estranho.

— Como é?

Mas, assim que as palavras saem da minha boca, uma lembrança amarga me invade, e outra voz ecoa na minha mente: *Errado! Toque outra vez!*

A música interrompe a memória — a música de Corvo. Ele está curvado sobre a cítara, uma mecha de cabelo espalhada pelo ombro. O luar brilha em seus dedos, enquanto suas mãos contornam as cordas. As notas caem como água sobre rochas.

Uma melodia clássica de montanha, embora improvisada. Uma canção camponesa, de fato. Não sei o que ele está tentando fazer com isso, mas, depois de um tempo, esqueço a outra voz. Meus ombros se acomodam. Minhas mangas sobem até os cotovelos enquanto levanto as mãos, as pontas dos dedos nas cordas.

Junto-me a ele em seu improviso.

Desta vez, não penso em estratégias, senhoras ou impérios. Também não jogo com minhas emoções. Meus olhos se fecham. Tento evocar a névoa e o musgo. Nossas melodias lançam ondas cada vez mais amplas, até que a música transcenda esta sala e este momento. Imagens preenchem minha mente. Estou com Kan, na multidão do mercado. Ela para em uma barraca de algodão-doce. Eu sei qual ela quer. O orfanato não nos dá mesada. Quando o vendedor está distraído, roubo o doce que saiu mais deformado. Kan sorri, e isso vale a pena. Vale a pena...

Minha melodia colide com a de Corvo, e ele a harmoniza perfeitamente com a própria canção. Minha garganta dói com o simples gesto e então se fecha. Corvo não queria saber minhas intenções, ele estava procurando *me* entender. Eu coloquei meu coração na música, um que nem mesmo minha senhora conhece. Ren só me viu como a tática, a estrategista.

Ela nunca viu a garota que falhou com a irmã.

Aplausos matam a música antes que eu possa. Chamas incendeiam os braseiros, rasgando a cobertura de escuridão.

Uma pequena multidão está na entrada da sala.

Corvo levanta para se curvar a eles. Não consigo me mexer. As cordas da cítara estão cravadas nas pontas dos meus dedos. Miasma avança.

Eu me forço a ficar de pé.

— Maravilhoso! — grita ela enquanto me curvo, meus ossos parecendo que foram substituídos por cartilagem. — Que arte! Que bom gosto! — Os servos repetem seus elogios. — Você é uma pessoa de muitos talentos, Brisa Ascendente. Diga-me, onde aprendeu a tocar?

— Yao Mengqi a orientou por vários anos — responde Corvo antes de mim.

Olho para ele, que dá de ombros, como se dissesse: *o que você esperava?*

E o que eu esperava? A primeira lição que um estrategista aprende é manter os inimigos próximos, e não há inimigo maior do que um rival. Assim, memorizamos todos os seus traços, desde seus mentores até o chá que preferem. Os recém-chegados, como Novembro, de Cigarra, são perigosos porque são mais difíceis de ler. O mesmo vale para os estrategistas de Miasma, que são executados com a mesma frequência com que são empossados. Comparado com o que sei sobre Ameixa, a conselheira mais antiga de Miasma, não sei quase nada sobre Corvo. Ele acabou de ser iniciado ou é extremamente secreto.

Espero que seja a primeira opção, mas suspeito que seja a última.

— Nunca haverá outro Yao Mengqi em nossa existência — afirma Miasma, e pode ser a primeira coisa em que concordamos.

Mestre Yao dificilmente era gentil como meu segundo mentor (o poeta), ou elegante como meu terceiro (a mestre de xadrez), ou engraçado como meu último (o ex-cosmólogo imperial). No entanto, quando ele tocava a cítara, eu podia perdoar seu temperamento impetuoso. Sua música me manteve ao seu lado quando a demência se instalou. Ele esqueceu os 36 Estratagemas, esqueceu meu nome, mas nunca esqueceu os acordes. Passamos muitas de suas últimas tardes na varanda, eu abanando as moscas enquanto ele massageava pérolas musicais das cordas da cítara.

Mas o rosto do Mestre Yao começara a desaparecer da minha mente, assim como o resto dos meus mentores. Somos todos tão passageiros. Vivemos e morremos; esquecemos e somos esquecidos. A terra reivindica nossos corpos, e estranhos reivindicam nossos nomes. Apenas imperatrizes são lembradas — e aqueles que as matam. Os que arruínam impérios ou os devolvem a seus governantes legítimos.

Ren é meu caminho para ser lembrada.

O pensamento me traz de volta ao presente.

— ...amanhã à hora wū — está dizendo Miasma. — Brisa, você vai se juntar a nós.

Eu pisco, e Miasma ri.

— Olhe para ela — fala para o grupo. — Brisa acha que eu a estou convidando para o inferno! — Ela diz para mim: — Afaste suas preocupações. Por mais bárbaras que sejam as Terras do Sul, você não terá nada além do melhor. Comida, entretenimento: o que desejar durante a viagem, você terá. Minha palavra é aço.

Convidar. Viagem. Terras do Sul.

Miasma está me convidando para fazer parte da delegação para o sul.

É exatamente o que eu esperava, mas meu olhar vagueia para Corvo. Por mais que fira meu orgulho, não acredito que o convenci de que estou do lado de Miasma. Se eu vou para o sul, ele...

— Você vai dividir uma embarcação com Corvo — diz Miasma, encerrando a questão. — Vocês dois vão representar os interesses do império na Corte do Sul.

Então ela gesticula somente para mim. Com cuidado, me aproximo. Ela passa a mão no meu braço, como fez com o lutador. Não tenho músculos para contrair, felizmente, de modo que Miasma o deixa com um tapinha de leve.

— Você provavelmente está acostumada a ser a única estrategista na delegação — diz ela, em voz baixa.

A primeira-ministra está tão perto que posso sentir o cheiro do vinho em seu hálito e ver a foz de suas veias correndo sob a pele translúcida. *Humana*, penso. Não um deus. Não seria preciso muito para matá-la. Nuvem daria conta. Lótus também. Estrategistas não devem sujar as mãos, mas será que posso ridicularizar Nuvem por deixar Miasma ir por causa de algum código de guerreiro, se eu respeitar o meu?

— Mas quando se trata dos interesses do império — continua Miasma, sem perceber a lenta descida da minha mão — quero que você se submeta ao Corvo.

— Sim, senhora.

Meu dedo mindinho roça as penas do leque, e Miasma franze a testa.

— Mi-Mi — repreende ela, então dá um passo para trás.

A oportunidade se dissipa. Coloco minha mão úmida sob o cotovelo. Corvo aparece ao meu lado. Miasma olha de um para o outro e sorri.

— Vocês dois parecem estar se dando bem. Só tome cuidado — diz ela para mim. — Não queremos que você pegue nenhuma doença.

Já chamei a atenção de Corvo e não preciso de um médico para me dizer que eu ficaria melhor sem ele. Quando deixamos a sala — e um ao outro —, suas palavras ecoam na minha cabeça.

Que estranho.

Paro de andar.

Errado! Toque outra vez! A vara perpassa minha memória, e eu estremeço. Minha forma de tocar nunca foi do agrado de Mestre Yao. Sempre faltava *algo* além da minha percepção. A corda arrebentada, o acampamento de Ren — são desculpas. A verdade é que parei de tocar anos atrás. O gosto amargo retorna à minha boca, e faço uma carranca.

Todas as outras habilidades dignas de uma estrategista, eu aperfeiçoei. Ganhei meu codinome, meu leque.

Mas a cítara? De acordo com Yao Mengqi, eu nunca a dominei.

Talvez uma parte de mim a tenha deixado para trás de propósito.

✢ ✢ ✢

Os cavalos de Ren morreram ao amanhecer. Eu descubro pelas servas, que me entregam uma pia de bronze ao soar do sexto gongo. Elas não falam comigo enquanto lavo meu rosto e enxáguo minha boca com chá quente, e tiram minhas vestes usadas de dormir sem nem mesmo olhar para mim. Mas, no momento em que estão do lado de fora da porta de tela de papel, suas cabeças se juntam. As vozes são suaves, mas não o suficiente.

Elas sussurram sobre mim, a "estrategista isolada" que se acha melhor do que todos (não estão erradas). Sussurram sobre o "Mestre Corvo", que se apaixonou por meus encantos de raposa (eu poderia vomitar). Mas, principalmente, sussurram sobre a destruição completa e total da cavalaria de Ren. A notícia corre por todo o acampamento. De que, na noite anterior cinquenta dos garanhões de Ren tombaram, espumando pela boca. E que *eu*, sua estrategista de confiança, fui quem orquestrou tudo.

Perfeito. Contanto que eles me culpem, isso significa que ninguém pegou Turmalina misturando folhas de teixo entre a ração. Arrumo meu rabo de cavalo alto e apertado. Os soldados podem lutar juntos, mas os estrategistas trabalham sozinhos. O elemento surpresa não pode ser exagerado. Planos devem ser mantidos em segredo.

Eles vão me adorar quando tudo estiver terminado.

O sétimo gongo soa enquanto coloco um novo manto bege. Restam apenas algumas horas até a partida da delegação. Enfio os pés nos sapatos não tão novos, abro as portas e congelo.

Um conjunto dobrado de vestes brancas repousa um pouco além da soleira elevada. O tecido é frio ao toque. Seda. Olho para cima e para baixo no corredor. Nenhuma alma sequer. As empregadas poderiam ter deixado as vestes, mas por que do lado de fora? E por que brancas?

As coincidências são como divindades: todos querem acreditar nelas. Mas eu não sou todo mundo.

Levanto as vestes bem devagar. Uma única pena cai. Preto meia-noite. Gralha — ou corvo.

Meu coração dispara, assim como quando ele me prendeu na colunata. Meu braço queima com a memória de seu aperto, e meu ouvido formiga com o fantasma de suas palavras.

Eu sei o que você está planejando.
Jogo as vestes de volta no chão e passo por cima delas ao sair.

O sol ainda não nasceu, mas a maior parte do acampamento de Miasma já acordou. Grupos de infantaria marcham com seus líderes de regimento, enquanto servos, carregadores e prisioneiros tatuados correm a pé, carregando carroças com tesouros e raridades, para serem enviadas ao sul com a nossa delegação. Um prisioneiro deixa cair um baú, e sua tampa se abre em um mar de jades verdes. O supervisor vem até ele com um chicote.

Com o olhar abaixado, corro na direção do quartel dos prisioneiros. Miasma pode estar enchendo o Sul de objetos de valor, mas eles estão longe de ser presentes. *Contemple nossa riqueza*, é o que ela quer dizer. *Tudo o que você pensa que tem, o império tem mais.* Ela está enviando uma mensagem, assim como as vestes brancas foram uma mensagem de Corvo. Ele vai me monitorar na viagem e está me monitorando agora.

Visitar Lótus é, portanto, um risco. Mas não tenho escolha. Ela é a irmã de juramento de Ren. Se deixada por conta própria, perecerá como o subalterno da noite passada. Os outros estão amarrados junto com os vinte homens com os quais parti. Todos estão cuidando de hematomas e lacerações, quando me agacho do lado de fora das barras de madeira do quartel. A própria Lótus está roncando, um pouco mais afastada do resto. Quando um dos soldados de Ren me vê e começa a choramingar, os olhos amarelos de Lótus se abrem. Ela me encara, de maneira turva. Seu sono acaba.

Ela se lança contra as barras.

Caio de costas, provocando risadas dos guardas. Seus superiores os encaram, e eles se calam bem a tempo do rugido de Lótus.

— *Vou torcer seu pescoço!*

Os prisioneiros de guerra nos outros quartéis se agitam.

— Silêncio! — ordena um dos guardas.

Lótus ruge mais alto.

Rastejo de volta até ela.

— Cala a boca — sussurro. — *Estou do seu lado.* — Mais rugidos. — *Lótus, escute.*

Agarro as barras, e sua boca se fecha... na minha mão esquerda. Seus caninos rasgam a pele. O sangue escorre pelo meu pulso.

As injúrias que tenho que suportar.

— *Lótus.* — Agarro a outra barra com a mão boa. Devo estar a dois segundos de desmaiar. — *Estou. Do. Seu. Lado.*

Os dois segundos passam. Tudo fica preto.

Finalmente, Lótus me libera. Ela cospe um bocado de sangue, engasgando. Bem feito.

— Ouça com atenção. — Eu poderia chorar, mas estamos sem tempo. — O ringue de lutas é sua melhor chance. Miasma aprecia esse talento. Você não será libertada, mas, se provar seu valor no ringue, suas condições aqui vão melhorar, e você receberá recompensas.

— Lótus não precisa de presentes.

— Você pode não precisar, mas *eles*... — meu olhar salta para o resto do pessoal de Ren — ...precisam. Não vão sobreviver aos interrogatórios, a menos que você possa protegê-los.

— Protegê-los — repete Lótus para si mesma.

Eu concordo.

— Eles são seus novos subordinados. Treine-os como se sua vida dependesse disso, porque vai depender. Agora torça meu pescoço.

— O quê?

— Rápido, agora. — Eu me aproximo das barras. — Você disse que faria. — Dez vezes pelo menos, desde ontem à noite. — Honre sua palavra.

Depois de um momento de hesitação, ela coloca as duas mãos em volta do meu pescoço e *aperta*, como um fazendeiro faria com uma galinha. O som que sai da minha boca não soa como "Socorro", mas convoca os guardas. Eles arrancam Lótus de mim. Levanto-me, cambaleante, e deixo o quartel engasgada com minha própria saliva. Ninguém vai suspeitar que visitei Lótus para o seu próprio bem depois *daquele* espetáculo.

É melhor você seguir minhas instruções desta vez, Lótus. Meu estratagema não será prejudicado pela morte dela. Vou recuperá-la para Ren, assim como garantirei essa aliança com o Sul.

Mais tarde, na carruagem para o rio Siming, inspeciono minha mão. O sangramento parou, mas há uma crosta de sangue na minha manga, e os olhos de Corvo se estreitam quando ele me encontra ao longo da margem.

— As vestes não foram do seu agrado? — pergunta ele atrás de mim, enquanto subo a rampa para nossa embarcação.

Outras carruagens chegam à margem, e as pessoas saltam. Generais, escrivães, oficiais da marinha — praticamente todo mundo importante está vindo para o Sul conosco, menos Miasma, que seguirá com a outra metade da frota em três dias. Assim que embarcam, os carregadores retiram as rampas.

E então começa. Corvo e eu, dividindo uma embarcação pelas próximas duas semanas.

Ele me segue enquanto ando pelo convés.

— Falha minha, então. Achei que branco fosse sua cor favorita.

Persistente, não há como negar.

— Elas estavam sujas.

— Mas não ensanguentadas.

Sigo em frente. Ainda nem zarpamos, e os trabalhadores dos navios do Norte pelos quais passo já parecem enjoados.

Corvo, no entanto, caminha pelo convés com a confiança de um sulista. Ele se junta a mim na popa, inclinando-se preguiçosamente em um cotovelo.

— Você está muito pálida e quase sempre fica com falta de ar. Agora aparece com sangue na manga. Será que você também tem tuberculose?

Ele seria o primeiro que eu infectaria se tivesse. Mas ele não vai ter nada de mim. Sem tuberculose, sem risos, sem palavras. Apenas o mais seco silêncio que faço, olhando para o rio enevoado à nossa frente.

— Tudo bem. — Ele suspira, colocando os dois cotovelos na amurada laqueada do barco e cruzando os pulsos exatamente na mesma pose que eu. — Seja taciturna. Já que vamos passar os próximos dias na companhia um do outro, você pode pelo menos me dizer o seu nome?

Uma garça desce do céu e arranca um peixe da água. Espero que o predador e a presa desapareçam na névoa antes de responder.

— Brisa.

— Seu nome verdadeiro.

— Esse é meu nome verdadeiro.

— Eu não gosto — diz Corvo.

Ele soa como uma criança fazendo beicinho. É muito inconveniente.

— Eu não gosto do nome "Corvo".

— É um codinome apropriado. Admita.

— Apropriado porque é uma mentira, como você? — Eu me viro, e Corvo faz o mesmo, nos deixando cara a cara. Enfio um dedo em seu peito. — Quando não está tossindo os pulmões para fora, você parece mais um pavão.

— Igual a você. — Ele pega meu pulso estendido. — Devo chamá-la de "Pavão"?

Seu aperto não é quente nem frio. Apenas agradavelmente seco e provocante, como o jeito dele. Ele não entoa *Pavão* como Lótus faria, e não é como Nuvem, que não se dirige a mim para nada. Por que ela, ou qualquer guerreiro, o faria? Eu não posso lutar. Não consigo segurar a bebida. Estamos do mesmo lado, mas não somos do mesmo tipo.

Corvo é o oposto. Nós nos entendemos pela natureza do nosso negócio. Nossas armas de escolha são as palavras e a inteligência. Envenenei os cavalos de Ren, corri para Miasma e preparei uma estratégia para o império, mas é agora — brincando com o inimigo como se ele fosse um amigo — que me sinto mais suja.

Puxo minha mão e a esfrego intencionalmente nas vestes.

— Você não precisa me chamar de nada.

Os juncos se afastam do cais. Um vento que vem do sul sopra as velas. Enquanto deslizamos pelo canal, servos se aglomeram ao meu redor, oferecendo extratos de *ginseng* e essência de pérola.

Eu os dispenso. O império é meu inimigo. Corvo é meu inimigo. Cada soldado nesses navios, cada navio desta frota, cada flecha, bastão e lança nos arsenais embaixo do convés entregarão a morte ao acampamento de Ren se tiverem oportunidade.

Bem, eu não vou dar a eles tal oportunidade.

✦ ✦ ✦

Passo a maior parte da minha primeira semana investigando os soldados a bordo. Alguns são nativos do Norte, mas um bom número é das montanhas além das terras do império. Outros ainda são prisioneiros de combate de senhores da guerra derrotados, que foram libertados quando concordaram em lutar pelo império.

Eles têm perguntas para mim também. Alguns querem saber se eu realmente previ a inundação que varreu um quinto da cavalaria de Miasma.

— Um quarto — corrijo.

Outros perguntam se consigo compor um poema no tempo que levo para percorrer a largura do convés. Eu faço um em sete passos. Nada entra no meu caminho, até que uma das ajudantes do navio me para quando estou indo ao convés inferior para o jantar.

— Você realmente desertou de Ren?

Ela é jovem, com um rosto cheio de espinhas e uma voz cheia de fogo.

— Desertei — digo, enquanto o desprezo acende seus olhos.

Ela acha que eu sou uma canalha, me aliando à Miasma. A moça é tão ingênua quanto Lótus, Nuvem e todos os guerreiros que não conseguem distinguir a batalha da guerra.

O convés inferior fora transformado para parecer um palácio. Miasma não estava mentindo quando disse que eu teria tudo o que desejasse nesta viagem. A cada dia havia comida fresca e entretenimento. Os generais, que finalmente tinham se recuperado de seu enjoo, brindam uns aos outros, embriagados. Os servos ficam mais à vontade na ausência de Miasma. Até mesmo o pálido e doentio "Mestre Corvo" se beneficiava da pompa e da alegria. Naquela noite, ele atende ao pedido de um oficial da marinha para uma música de cítara. O privilégio é dele. *Eu* não tocaria pelo prazer dos outros. Mas me pego ouvindo enquanto suas notas flutuam entre as risadas estridentes. Puras como o canto de um pássaro.

Inocentes como a pergunta da garota.

Você realmente desertou de Ren?

Levanto-me da mesa e fujo para o convés superior.

As noites estão cada vez mais úmidas, um sinal claro de que estamos nos aproximando do nosso destino. O calor na minha cabine me mantém desperta, mesmo depois que tiro minhas roupas íntimas, e fico acordada, pensando em Ren. Enquanto nos banqueteamos com patos assados e vieiras geladas, o que ela está comendo? Enquanto cantamos e dançamos, o que ela está fazendo? Queimando os cavalos mortos e olhando para a estrela de Xin Bao no céu? Nuvem certamente relatou todas as minhas palavras e ações para ela. Ren acredita em sua irmã de juramento? Ela acha que sou uma traidora?

Vai acreditar e achar, se eu executar meu estratagema sem falhas.

Isso é tudo o que eu quero. Tudo o que me importa.

Eu rolo de costas. O teto de tábuas acima da minha cabeça treme com a folia. Eu não deveria estar pensando em Ren. Fecho os olhos... e a vislumbro em vez disso. Minha irmã. Ela está usando aquele colete violeta miserável. Era meu. Ficou pequeno. Estava na pilha de objetos queimados do orfanato com todas as nossas roupas daquele inverno, depois da epidemia de febre tifoide. Quando peguei Kan aconchegada com o colete uma estação inteira depois, não havia sentido em ficar furiosa. Ela estava ilesa. Segura.

Kan estava usando aquele colete quando os guerreiros saquearam a cidade naquele dia, causando uma onda de inocentes em fuga que acabaria por varrê-la.

Pais, irmãs, mentores: todos eles me deixaram primeiro. Mas Ren é diferente. Ela não é uma irmã, nem de sangue, nem de juramento, nem nada. Ela é minha soberana, e eu, sua estrategista. Eu a sirvo por glória pessoal.

Não vou perdê-la.

A música finalmente acaba. O que fica é a agitação dos empregados limpando, depois o barulho de pessoas indo para suas camas. Eu me levanto da minha. Saio da cabine e entro na galeria vazia. Sento-me atrás de uma das cítaras e toco, meus dedos deslizando para cima e para baixo nas cordas, em glissando, as notas mudando com facilidade. Maior para menor, menor para maior. Como uma voz humana, rindo e chorando ao mesmo tempo.

Ouço Mestre Yao novamente.

Garota estúpida! Conecte-se com a música! Com o qì! Qì, o bloco de construção do universo. Dá energia a tudo, inclusive à música, se acreditarmos nos filósofos antigos. Eu não saberia dizer. Nunca senti o que quer que devesse sentir.

Errado! Toque outra vez! Você não está conseguindo!

Toco mais alto, banindo a voz da minha cabeça. Outra pessoa entra na galeria, senta-se diante de outra cítara e também toca.

Eu sei quem é só pela música. Ele vai notar que estou acordada a essa hora. Ele pode até deduzir meus pensamentos perturbados e me denunciar à Miasma.

Saia, antes que ele perceba suas falhas.

Mas sua música me prende. Corvo pode não confiar em mim, mas ele também não me entende mal. Não nos falamos desde aquele primeiro dia no convés, mas isso não importa.

Estamos conversando agora.

✦ ✦ ✦

Chifres nos anunciam enquanto vagamos por entre as flores de lótus. A tripulação do navio solta as âncoras, e a frota do império forma uma crosta vermelha e brilhante sobre o rio.

Um grupo de cortesãos do Sul nos encontra nas docas para nos escoltar até o Pavilhão Rouxinol, onde Cigarra tem sua corte. Civis se alinham nas ruas de calcário branco pelas quais passamos. Crianças que não sabem de nada gritam de animação. Os adultos estão mais sombrios, os olhos nas bandeiras do império que carregamos.

Somos conduzidos por uma ponte, através de um jardim e para dentro da corte. Um eunuco nos anuncia enquanto descemos a calçada central, grupos de conselheiros sentados em almofadas à nossa esquerda e à nossa direita.

Enquanto o acampamento de Miasma é povoado por jovens e idosos, a corte de Cigarra é predominantemente velha. Os membros têm bigodes grisalhos e brigam uns com os outros, parando apenas para reconhecer nossa presença antes de retomarem. A atmosfera é sufocante, e não culpo Cigarra quando ela não aparece. Corvo tosse e dá de ombros quando olho para ele.

Não posso evitar, dizem seus olhos. *Estou doente.* Então ele tosse um pouco mais. Os cortesãos do Sul mais próximos de nós se afastam.

Finalmente, a própria senhora aparece. Ela está vestida de branco, mas, ao contrário das vestes que prefiro, as dela são rústicas. Roupas de luto. A bainha suja se arrasta pelo chão enquanto ela se joga em seu estrado na ponta da sala, abre uma jarra de vinho e toma um longo gole.

Talvez o luto não seja tanto.

— E então? — pergunta ela, limpando a boca com as costas da mão.

Espero que Corvo diga alguma coisa, mas ele fica em silêncio pela primeira vez. Seria muito medo de dar o primeiro passo? Ou ele quer me colocar em apuros?

Seja o que for, eu causo uma primeira impressão melhor, de toda forma.

— Senhora das Terras do Sul — saúdo, curvando-me.

— Rainha — corrige ela.

Seus conselheiros estremecem. Reivindicar o título para si mesma, sem a aprovação do império, é traição.

— Bem, o que Miasma quer agora? — pergunta Cigarra, como se *estivéssemos* aqui para prestar tributos. — Uma doação de grãos? Ou a primeira-ministra quer construir outro palácio e não tem minério de ferro? Guarde os presentes — diz ela, conforme nossos carregadores trazem baús de jade. — Todos nós sabemos quem é realmente fraco por aqui.

Os rostos dos conselheiros parecem estar verdes.

Eu mesma não estou me sentindo muito bem. Está muito quente, muito úmido — como Corvo não está derretendo sob toda aquela capa de penas está além da minha compreensão —, e Cigarra está... surpreendente. Li muitos relatos sobre a rainha de 16 anos que cresceu à sombra da irmã mais velha, e todos a caracterizavam como culta, mas recatada.

Mas já lidei com pessoas difíceis antes. Meus lábios se abrem... e ficam separados, quando uma pessoa sai de trás de uma das telas que balançam no estrado. Ela se senta no braço do assento de Cigarra e enfia um pedaço de açúcar mascavo na boca, de modo que tudo o que consigo pensar é que devo ter machucado a cabeça depois de cair do cavalo, durante a evacuação.

Porque essa é minha irmã, vista pela última vez em novembro, há seis anos.

五

PRIMEIRO DE NOVEMBRO

Pan Kan, vista pela última vez em novembro, há seis anos.

Nas primeiras semanas depois que a perdi, temi encontrá-la.

Eu simplesmente não conseguia imaginar o que poderia restar de uma garota que mal sobrevivera ao meu lado.

Agora, seis anos depois, ela está diante de mim, em carne e osso. Está mais alta do que me lembro, mas com o mesmo cabelo cortado irregularmente e os olhos arregalados.

Kan. Uma sala cheia de conselheiros e cortesãos está esperando por mim, mas não consigo respirar, muito menos falar. *Kan, é você mesmo?*

Espero que ela olhe para cima. Que me note. Não importa que estejamos no meio de uma corte estrangeira, alguns milhares de lĭ do caos que nos separou. Somos irmãs de sangue. Ela vai me reconhecer assim como eu a reconheci. Vou contar a ela como a procurei, como viajei de cidade em cidade por meses, com nada mais do que um colar de estanho e as contas de oração da nossa mãe. Eu gastei todos os estanhos. E penhorei as contas. Procurei até ficar sem dinheiro e sem ideias, meu corpo tão cansado, tão pesado.

Vou me desculpar por desistir cedo demais.

Mas sou tola. Porque, quando Kan finalmente levanta o olhar, ele se detém em Corvo, depois pousa em mim. O reconhecimento, tão fraco que quase o perco, pisca em seus olhos, antes que o ódio os preencha.

Foi assim durante a maior parte da minha existência.

Os conselheiros começam a murmurar. Cigarra boceja. Um roçar de penas passa nas costas da minha mão — é Corvo, dando um passo à frente.

— Em nome da primeira-ministra — diz ele —, minha colega representante e eu viemos para obter seu juramento de fidelidade ao império.

— De novo? — pergunta Cigarra.

— Senhora Cigarra — um conselheiro de bigodes começa —, se eu puder...

— Você pode — interrompe ela, roendo uma unha. — Se você se dirigir a mim como "Rainha".

O conselheiro lança um olhar para mim, mas eu não poderia me importar menos. Ele poderia chamá-la de Rainha Mãe dos Céus, e eu ficaria como estou, imóvel e tão petrificada quanto gelo. Toda a sensibilidade some de meus membros enquanto olho para Kan, que voltou a chupar a barra de açúcar.

Seis anos, mas nada mudou. O tempo apenas me deixou sentimental. Esquecida. Tenho lembranças vagas de Kan sorrindo para mim, segurando minha mão. Mas as memórias mais nítidas são de durante a fome, dois anos antes de eu perdê-la. Tínhamos 10 e 7 anos de idade. Metade dos órfãos passou fome. Nós, não. Kan tinha sido fria comigo desde então, recusando tudo o que eu tocava, até mesmo doces, fugindo de mim a cada momento. Até hoje não sei o porquê.

Não sei o que aconteceu.

Alguém limpa a garganta, trazendo minha mente de volta para a corte.

— R-rainha Cigarra — fala, em meio a pigarros, o conselheiro que se manifestou anteriormente. — O próprio cosmos reconhece Xin Bao como imperatriz do reino. Sua estrela fica mais brilhante a cada dia. O Norte é um grande protetor, e sem eles...

— Ah, fala logo de uma vez — diz Cigarra. — Você acredita que Miasma é um deus e que vai nos derrotar se não nos curvarmos.

— *Minha senhora...*

— Xin Bao é um fantoche. Derrotamos os piratas Fen sem a ajuda do império. — Cigarra levanta outro jarro de vinho, abre-o com os dentes e cospe a rolha. Ela apoia um pé na mesa esculpida diante do estrado. — Onde estava o império quando os Fen saquearam nossos celeiros e massacraram nosso povo? Quando o Rei dos Piratas matou Grilo? Se acha que o Norte é nosso protetor, você é mais senil do que eu pensava.

O conselheiro cai de joelhos e bate a cabeça no chão, antes mesmo de Cigarra terminar.

— Sua Imperatriz Magnânima! Viva Sua Alteza! Viva a Dinastia Xin! — Ele se arrasta diante dos meus pés. — Nossa senhora ainda está de luto. A morte de sua irmã mais velha atrapalhou seu discernimento. Perdoe sua insolência. Poupe a vida dela.

Cigarra bufa. Mas o resto de sua corte segue o exemplo do antigo conselheiro, prostrando-se em súplica.

Apenas Kan fica em silêncio.

Foco. Você está em uma missão. Desvio meus olhos de Kan e procuro algo a mais, qualquer outra coisa para roubar minha atenção. Meu olhar pousa no pé de Cigarra.

Descalço e plantado firmemente na mesa, as unhas aparadas. Os detalhes me lembram do meu treinamento. Eu vim aqui como Brisa, a estrategista, não Qilin, a órfã. Graças à carona que peguei na frota de Miasma, estou a dois passos de realizar uma aliança Ren-Cigarra. A oportunidade é minha.

Eu só preciso agarrá-la.

Então me concentro nesse pé. Está limpo. Cigarra deve ter tirado os sapatos logo antes de entrar na corte. Quando ela afasta o jarro de vinho dos lábios, uma gota cai em suas vestes. É clara. Certo, pode ser vinho branco, importado do Norte. Ou pode ser água, e o rubor em suas bochechas é um mero ruge.

Aos 16 anos de idade, Cigarra é dois anos mais nova que eu. Uma criança para esta corte. Ela precisa escolher suas batalhas com sabedoria. Ao realizar esse ato de luto, atrai os adversários à complacência. Finja Loucura, mas Mantenha o Equilíbrio, como chamam os estrategistas.

Ela não vai estar fingindo quando eu acabar com ela.

Dou um passo à frente.

— Como tenho certeza que seus batedores já lhe disseram, Rainha Cigarra, uma frota imperial de duzentos juncos está navegando pelo canal neste exato momento.

Cigarra toma um gole do jarro.

— E?

— Não estamos pedindo sua fidelidade.

— Que bom, porque não estou concedendo ela.

Um clamor veio de seus conselheiros.

— *Silêncio.* — Cigarra derruba o jarro. — Por que devo ceder enquanto Xin Ren está livre? Responda à minha pergunta, Brisa, a Traidora. — Seus olhos negros queimam em minha direção. — Não pense que esqueci a quem você servia antes de Miasma.

— Ren não tem muito a seu favor — afirmo. — Tudo o que ela tem é seu sobrenome e sua honra.

— Xin. Um nome e uma dinastia que logo se tornarão história. — Os conselheiros choram de aflição. — Quanto à honra... — Cigarra balança a cabeça, os longos cabelos se ondulando. — O que significa honra para uma soberana sem um feudo? Fugindo do império com uma horda de plebeus? Enfrentando a cavalaria imperial com fazendeiros e servos?

— Honra é defender o que você não suportaria perder — digo, encontrando o olhar de Cigarra. — É lutar por uma família que não pode te ajudar.

Você era essa família para mim, Kan. A menina ainda está consumida pela barra de açúcar quando olho para ela. Viro as costas para Kan e para Cigarra e continuo a caminhar sozinha.

— A honra de Ren não é para todos. Definitivamente não era para mim. O império perdoou minhas transgressões passadas e poupou minha vida. Curve-se a Xin Bao agora, e isso poupará a sua também.

Cada conselheiro adota meu disfarce, expressando razões pelas quais o Sul deve ceder à soberania.

— Os nortistas são implacáveis!

— Eles vão travar uma enorme guerra no Sul, se for preciso.

— Pense em todas as terras agrícolas que serão destruídas!

— Terras agrícolas? — grita um conselheiro de azul. Ele balança a cabeça e sai das fileiras, curvando-se profundamente para Cigarra. — Mais do que terras agrícolas está em jogo, criança. O Norte trata seus soldados como forragem de vanguarda, mas o Sul é diferente. Somos uma terra culta. Podemos ter a riqueza e os números para financiar uma guerra, mas só porque podemos não significa que devemos. A vida do nosso povo é mais valiosa do que a deles.

Cigarra não diz nada. Chego ao final da caminhada e me viro para vê-la se levantando de seu assento. Ela desce os degraus do estrado, ágil como uma corça.

O conselheiro de azul segue atrás dela.

— Ouça a razão, criança.

Ela o ignora, caminhando até um dos guardas sulistas que ladeiam a calçada. Antes que alguém possa se mover, ela desembainha a espada pendurada ao lado dele e golpeia. Por um segundo, estou de volta na clareira da montanha, observando Miasma balançar sua espada, olhando para longe enquanto a cabeça bate na vegetação rasteira, mas pegando um lampejo do osso branco no centro. Balanço minha cabeça. A corte volta ao foco. Ninguém tombou, a espada não está ensanguentada. O caroço no chão não é a cabeça de ninguém. Apenas o canto de uma mesa dourada que foi cortada.

Cigarra devolve a espada ao guarda atordoado.

— Da próxima vez, será a sua cabeça — diz ela ao conselheiro, antes de se dirigir ao resto de nós. — Serão todas as suas cabeças, se eu ouvir outra palavra sobre me submeter ao império.

Ninguém protesta.

Ela se volta para Corvo e para mim.

— Saiam da minha corte — diz ela calmamente, seu tom desmentindo as próximas palavras: uma declaração de guerra. — Diga a esse seu deus que o Sul está pronto.

Com isso, Cigarra passa pelo estrado e segue até a tela laqueada. Kan pula de seu poleiro. Cigarra pega sua mão enquanto a minha se fecha em um punho, e as duas desaparecem atrás da fachada de seda e de madeira.

Ela caiu em minhas provocações. Cada palavra e ação dela promoveu meus objetivos. Mas não posso saborear o que conquistei. Eu ganhei como estrategista.

Mas perdi como outra pessoa.

☩ ☩ ☩

— Que boa conversa — diz Corvo quando voltamos à nossa embarcação.

Em circunstâncias normais, estaríamos no Pavilhão Rouxinol. Mas ter uma guerra declarada na nossa cara exigiu uma mudança de acomodação. Enquanto ando para cima e para baixo no convés, os olhos de Corvo me seguem. Ele sabe que eu estava provocando Cigarra? Descobriu meu plano mestre de organizar uma aliança Ren–Cigarra contra Miasma?

De qualquer maneira, não importa. Corvo não tem nenhuma evidência além do que eu disse, e o que falei é coerente com tudo o que *venho* dizendo desde que me curvei para Miasma na clareira da montanha. Ele ainda não pode me reportar. Apesar da minha teatralidade, tenho jogado um jogo cauteloso.

Só que não posso mais. A provocação fez Cigarra se revoltar contra o império, mas não a fará se unir a Ren. Eu tenho que plantar a ideia, persuadi-la. Também não consigo fazer isso deste barco.

Preciso ver Cigarra novamente.

Mas tudo o que consigo ver é Kan. Uma Kan saudável e *feliz*, pegando a mão de Cigarra.

A Kan que eu conhecia nunca quis me dar a mão.

Agarro a lateral do barco para me apoiar e fecho os olhos enquanto Corvo se aproxima.

— Ei. — Sua voz soa distante. Uma mão pousa no meu ombro. — Está tudo bem?

Como se ele se importasse. *Vá em frente*, gostaria de dizer. *Pergunte-me por que congelei na corte de Cigarra.* Ele deve estar morrendo de curiosidade. Eu estaria, no lugar dele.

Mas ele não faz isso. Apenas repete a primeira pergunta. Não consigo dizer se a preocupação em sua voz é genuína. Não consigo dizer muitas coisas sobre Corvo.

Descanso minha testa no verniz que está agradavelmente frio.

— Apenas me deixe.

— Você é sempre bem-vinda para consultar o meu médico.

— E acabar como você? — Meu peito fica tenso, meus pulmões, apertados. Excelente. Um ataque de asma bem agora, no melhor dos momentos. — Não, obrigado.

— É minha culpa eu ser do jeito que sou.

— Como assim?

Não que eu me importe com Corvo ou como ele conseguiu sua tuberculose. Minhas pernas tremem. Sinto-me deslizar em direção ao convés.

Corvo envolve um braço em volta de mim, impedindo minha descida.

— O médico descobriu a tosse nos estágios iniciais. — Ele me guia até uma das mesas de chá no passadiço. Não tenho forças para lutar contra ele enquanto Corvo me senta em um banquinho. — Com descanso suficiente, eu poderia ter evitado que se tornasse crônico.

— Então por que não descansou?

Corvo gesticula para um servo e o manda embora com uma ordem que não entendi.

— É difícil descansar, dado o estado do império — diz ele, mas mal posso ouvi-lo.

— Que devotado. — O sarcasmo perde sua *força* quando você está ofegante. — Tudo o que você faz é para sua senhora?

— Sim. Tudo o que faço é para minha senhora.

— Porque você acha que ela é a mais forte?

— Porque eu me importo.

Com sua própria cabeça. Com tanto talento esperando nos bastidores, Miasma pode se dar ao luxo de matar qualquer um, no segundo em que a desapontarem.

Minha cabeça parece enorme, um melão maduro prestes a rachar. Um gemido desliza pelos meus lábios.

— Fale comigo, Brisa.
Por que eu deveria?
— Você tem uma irmã?
Que a pergunta pessoal o silencie.
— Não — responde Corvo. Ele soa mais distante. — Mas eu tinha uma amiga de infância que era como uma irmã mais nova para mim. Fazíamos quase tudo juntos. Escrevíamos poesias pretensiosas. Debatíamos o sentido da vida. Perseguíamos as mesmas senhoras e senhores.
— Que legal. — Eu gostaria que minha irmã fosse como a não irmã de Corvo. — Isso é muito bom...
A serva volta com um bule de bronze. Corvo derrama o que está dentro dele.
— Aqui — diz ele, passando uma xícara fumegante para mim. — Tome um pouco de chá.
A xícara tilinta quando coloco minhas mãos na mesa, me esforçando para ficar de pé.
— Eu tenho que ir.
— Para onde?
— Para Cigarra. — Sei que minha mente está dirigindo meu corpo, meus lábios se movendo com palavras que não penso com consciência. — A guerra vai sair caro, não importa quem a faça. É melhor para o império se eu conseguir convencer o Sul a ceder, sem entrar em conflito.
— Tive a impressão de que estávamos extrapolando nossa visita.
— Então fique aqui e espere pelo meu retorno.
Corvo pega meu cotovelo. A força me faz virar e me lança contra ele. Eu agarro seus braços, então olho para cima.
Ele não reage. Apenas olha para mim, o cabelo preto caindo sobre os ombros, os lábios entreabertos enquanto recupera o fôlego. Ele ainda parece enfermo — uma tigela de caldo de tutano lhe faria bem —, mas também etéreo, desse ângulo. *Bonito*, penso, antes de perceber que posso estar doente, considerando que estou vendo três de tudo.
— Você realmente deveria tomar um chá — diz ele, e eu o liberto.
— Não quero chá.
Mas não vou muito longe antes de precisar descansar.
Estou tremendo. Eu não deveria estar tremendo no calor do verão.
Corvo me alcança.
— Talvez não agora, mas você desejará tê-lo bebido em uma hora.

Em uma hora. Meu braço parece um tronco quando o levanto. Algo está errado comigo, e não é só porque estou reagindo mal ao ver Kan. Meus pensamentos estão lentos quando Corvo me senta novamente. Ele serve uma xícara de chá fresco e envolve minhas mãos em torno da porcelana quente.

Beba, dizem seus olhos.

Beba, senão...

A fadiga. A náusea. O tremor. A insistência para que eu beba.

— Você me envenenou.

É tão óbvio quando eu o acuso disso. Claro que ele me envenenou. Se a droga não tivesse chegado à minha cabeça, eu teria descoberto antes.

— Você teria feito o mesmo — diz Corvo, com naturalidade.

É inteligente, admito. Ao me envenenar, ele me mantém na coleira. Não importa onde eu vá, tenho que voltar para pegar o antídoto.

Levanto a xícara, as mãos trêmulas contra a minha vontade. Mas meu olhar está firme e se fixa no de Corvo sobre a borda de porcelana, enquanto bebo até a última gota.

Minhas pernas já estão mais firmes quando me levanto. Corvo não me impede, e estou quase nos degraus antes que ele fale outra vez.

— Transmita meus cumprimentos à Cigarra.

— Você não vem?

Tento soar indiferente. Não devo deixá-lo pensar que sua companhia é indesejada.

— Você vai correr de volta para mim em breve.

Nem me lembre disso.

— Bem que você gostaria que fosse por causa de seus encantos — falo lentamente, e Corvo faz uma cara triste. — Ninguém iria persegui-lo de bom grado, sem que você os envenenasse.

— Agora você está apenas sendo... — Ele começa a tossir.

Repugnante. Desço os degraus, ignorando-o.

A tosse para.

Sua sombra se espalha pela lateral do barco, sua voz diminui o tom.

— Só para constar, eu sinto muito.

Arrependimento não combina com ele. Mas seu pedido de desculpas também me dá a última palavra. Por isso, não posso reclamar.

— Não sinta. — Passo pelo último degrau e entro no barco que está esperando na água. — Como você disse, eu teria feito o mesmo.

六

UMA CASCA DE CIGARRA

Eu teria feito o mesmo.
Uma risada me escapa enquanto caminho pela avenida da cidade.
Não, Corvo. Se eu fosse você, teria convencido Miasma a me executar na hora. Teria usado todos os estratagemas dos livros para fazer isso acontecer, se eu tivesse alguma dúvida de sua lealdade.

Em vez disso, estou viva. Envenenada, sim, e à mercê de Corvo. Mas, enquanto eu respirar, vou planejar.

As Terras do Sul são conhecidas por sua comida refinada e por suas belas artes, e isso fica evidente quando entro na praça do mercado. As barracas de vendedores com cortinas brilhantes exibem de tudo: desde lulas assadas a tapeçarias tecidas com pérolas de sementes. Uma baia está pendurada com armaduras prateadas.

— São feitas à mão — diz a vendedora, percebendo que eu olhei duas vezes. — Não há duas iguais, e eu as vendo com garantia vitalícia.

Ninguém poderia viver uma vida inteira em uma dessas. Até eu posso afirmar que há muitas lacunas no laminar. Quando digo isso para a vendedora, ela me encara como se cabelo tivesse crescido entre minhas sobrancelhas.

— Ela é cerimonial, é claro. Muito fina para ser usada no campo de batalha.

— Quanto custa?

Ela informa o preço, e meus olhos se contraem. Um desses trajes poderia alimentar o exército de Ren por semanas.

Reavalio o mercado enquanto me afasto. Nenhum dos vendedores parece depender das vendas para comer. Até os refugiados — o único sinal da ruptura de nosso império — estão vestidos e alimentados. Dois acadêmicos debatem política em uma taberna. Um professor conduz uma aula na varanda de um boticário, guiando os alunos a recitar os dísticos do sábio mestre Shencius.

Um reino de conhecimento. Ouvi que Cigarra passou a chamá-lo assim. Está mais para um reino de abundância. Comparado ao Norte, um campo de batalha assolado pela fome entre Miasma e todos os senhores da guerra dissidentes da última década, esta terra é um paraíso. Como Kan acabou aqui, na corte de Cigarra, não faço ideia. Eu deveria estar agradecida por ela ter conseguido, mas...

— Lu'er! Piao'er! — chama alguém de uma janela do segundo andar.

Duas garotas chegam na rua. Uma tropeça e cai atrás da outra, gritando enquanto esfola o joelho.

Dê a volta. É só quando a outra garota o faz e ajuda a irmã a se levantar, que percebo que Kan teria continuado correndo se eu tivesse caído.

Algo molhado respinga no meu nariz. Olho para cima: a chuva está caindo. Quando foi a última vez que uma tempestade me pegou desprevenida? Há muito tempo, antes de eu aprender a ler os céus.

Lembre-se de quem você é e de quem você não é. Você está aqui por Ren.

Você está aqui por si mesma.

Esquivo-me dos vendedores de sombrinhas que vêm atrás de mim e continuo na direção do Pavilhão Rouxinol. A chuva para tão rápido quanto começou. Chego aos portões da frente e me abaixo perto de um dos salgueiros adornados, fora da vista dos guardas.

Enquanto examino minhas perspectivas, um grupo de caravanas chega, trazendo um bando vestido com peles que deveriam ser ilegais neste clima. Alguns seguram bastões que se alargam no topo, como a cabeça de uma píton, perfurados com anéis de bronze que tilintam quando todos descem das caravanas.

Monges, místicos, adivinhos. Vendedores de conversa fiada. Um velho escrivão da corte vem até o portão, e eu espero que ele enxote o grupo. Em vez disso, ele os convida para entrar.

Associar-se com o ocultismo normalmente não é do meu feitio. Hoje, é o meu ingresso de entrada. Deslizo pela fila enquanto os guardas inspecionam as caravanas e encontro uma monja atrás do último veículo. Ela está empilhada sobre peles e apoiada em seu cajado.

— Quero pagar por essa roupa — sussurro.

A mulher se endireita.

— Não vai ser barato.

Sua boca é um jardim de dentes de metal, ouro e bronze misturados, brotando das gengivas.

Desamarro minha bolsa de dinheiro — cortesia de Miasma — e a ofereço. Mais bem gasto com isso do que com a armadura cerimonial.

Ela sacode a bolsa e então me olha de soslaio.

— Você tem uma aura estranha, criança.

— Este é todo o meu dinheiro. Não tenho mais nada.

A monja me circunda.

— Suas peles, por favor — incito, minha paciência acabando enquanto ela murmura algum encantamento.

Quando a mulher termina, estou tão encharcada quanto antes e provavelmente ainda meio envenenada. Ela entrega suas peles, e eu as visto. Pego o cajado dela e assumo seu lugar.

Os guardas nos liberam para entrar. Seguimos o escrivão através dos jardins e entramos em um grande pátio cercado por madressilvas dos três lados.

— A senhora estará com vocês em breve — diz o escrivão. — Enquanto isso...

Os arbustos pinicam minhas omoplatas quando dou um passo para trás. Assim que o escrivão vira, eu faço o mesmo. As flores perfumadas me envolvem. Faço um túnel através deles, saio do pátio e entro em outro, arrancando as peles enquanto caminho. A chuva escureceu minhas vestes bege, deixando-as parecidas com esterco, e meu rabo de cavalo é um emplastro molhado contra meu pescoço. Dificilmente estou digna de uma audiência com Cigarra.

E ela não é digna da minha irmã.

Usando meus conhecimentos de geomancia, navego de corredor em corredor até chegar a uma sala de tintas ampla e arejada. As brânquias de luz se derramam pelas janelas fechadas. A caligrafia pende das paredes, e o cheiro de tinta recém-moída é adstringente como chá.

É improvável que a própria Cigarra passe por aqui. Mas é quase certo que um escriba o fará, e eles pelo menos ouvirão minha explicação, ao contrário de um guerreiro de sangue quente ou um guarda. Os escribas podem até me levar para Cigarra, se eu for convincente o bastante. Preparando-me para a espera, sento-me atrás de uma mesa. Há mais material de leitura aqui do que eu tinha visto em meses. Levanto um pergaminho.

— Não são seus.

Uma voz suave como pedra.

Lentamente, baixo o pergaminho. Olho para cima — *seja Brisa, não Qilin* — enquanto Kan se aproxima de mim.

— Você não tem permissão para tocar o que não é seu — diz ela.

Eu me levanto antes que possa evitar. Caminho, estreitando a distância entre nós. Agarro-a pelos braços e tropeço quando ela me empurra.

— Kan...

— Esse não é o meu nome.

— Não seja tola.

— Não é o meu nome. — Ela se esquiva de mim quando a agarro novamente, mas sou mais rápida. Minha mão se fecha em torno de um cotovelo, e seus olhos flamejam. — Meu nome é Novembro.

Novembro.

O nome perfura minha mente.

Novembro. Esse codinome...

— Tire suas mãos da minha estrategista.

Cigarra invade a sala. Kan se solta de mim e corre para a senhora das Terras do Sul.

Tudo nessa visão está errado. Cigarra é mais baixa que eu. Apenas um ano mais velha que os 15 anos de Kan. Parece uma criança se escondendo atrás de outra. Ainda assim, a senhora rosna como um tigre protegendo seu filhote.

— Achei que tinha deixado claro que você não é mais bem-vinda na minha corte.

Talvez não como Brisa, a estrategista. Mas, se eu fosse ela agora, diria algo. Faria alguma coisa. Não estaria tão parada e silenciosa, voltando a ser a órfã na calçada, olhando para onde a poeira havia baixado. Escombros no chão e sangue. Mas nenhuma irmã.

Minha irmã.

É Novembro. A nova estrategista das Terras do Sul, que ajudou na luta contra os piratas Fen. Ela trabalha para Cigarra, assim como eu trabalho para Ren. Mas, antes de ser de Cigarra, ela era minha.

Minha. O grito arde no fundo da minha garganta. *Você está protegendo o que é meu.* Mas o treinamento vence, e, quando finalmente falo, meu tom é firme.

— Estou aqui para conversar.

Sem responder, Cigarra acena para a porta. Kan corta pela minha frente para sair da sala. Engulo em seco.

Cigarra segue o mesmo caminho que Kan, porém mais devagar. Ela cruza minha sombra. Suas bochechas ainda estão coradas, mas ela não cheira a álcool. Ambos os pés estão calçados.

Eu estava certa sobre a fachada. Seus antigos conselheiros podem ver uma garota desolada pela perda da irmã, mas eu vejo uma nobre com direitos. Está na elevação de seu queixo. Até o silêncio dela é uma arma. Eu me pergunto se ela sabe o quanto me dói repetir a frase.

— Estou aqui para conversar.

Cigarra para bem perto da porta, uma figura brilhando à luz do dia.

— Não estou interessada em falar com estrategistas que traem suas senhoras.

Seu cabelo, longo e preto, chega até a cintura. Ela não cortou uma única vez em todos esses dezesseis anos. Sei que isso é um fato. Li sobre Cigarra — e sua irmã, mãe, avó —, mas, quando ela coloca a mão no ombro de Kan, percebo que estava lendo sobre uma personagem. A figura real me faz sentir e dizer coisas que não posso controlar.

— Eu nunca traí minha senhora.

A verdade era para ser minha arma final, não um escudo para meu orgulho em farrapos. Mas não suporto ser chamada de traidora na frente de Kan.

— Estou ouvindo — diz Cigarra, e meus punhos se fecham.

Ela não me encara. Não se vira. Se havia alguma dúvida sobre qual de nós detinha o poder, já não há mais.

— Ainda estou trabalhando para Ren. — Meus dedos se movem até o leque. O cabo de bambu está frio na minha mão. — Eu disse que vim em nome de Miasma, mas na realidade estou aqui em nome de Ren.

— Ren sabe disso?

— Não.

— Então como você pode estar aqui em nome dela?

— Porque estamos de acordo sobre a importância de uma aliança com você.

— Comigo.

— Sim.

Miasma jogaria a cabeça para trás e riria. Cigarra simplesmente flutua de volta para a sala, indo para os cubículos com documentos, embutidos nas paredes.

— E o que faz você pensar que eu gostaria de uma aliança com ela? — pergunta Cigarra, deslizando os dedos longos e pálidos sobre pilhas de pergaminhos. — O que Xin Ren tem a oferecer?

— Ela trata seus aliados como se fossem de sangue. Tudo o que Ren tem, você terá. Tropas. Generais. Estrategistas.

Estrategista, tecnicamente, mas valho por dez.

— E a recompensa do império pela cabeça dela? Vou compartilhar isso também?

Cigarra tira um pergaminho e o joga sobre a mesa. Ele se desenrola, e eu reconheço o soneto pela primeira linha. É sobre uma imperatriz que escolheu matar sua filha em vez de enviá-la como tributo a um rebelde senhor da guerra.

Esta é a recusa de Cigarra. Poética e indireta, mas clara como o dia para qualquer estudioso.

Caminho até a porta onde Kan está parada. Ela me ignora, olhando para uma libélula que voa pelo pátio.

Seja Brisa. Seja uma estrategista.

Cigarra também tinha uma irmã. Grilo. Três anos mais velha, um prodígio das artes literárias e militares, o orgulho das Terras do Sul. Quando os piratas Fen a mataram, há rumores de que todo o Sul ficou de luto por três meses seguidos, abstendo-se de vinho, carne e música. Eles podem não chorar mais, mas isso não significa que Grilo se foi. Seu legado permanece, uma sombra que pairará sobre Cigarra, não importa o quão alto ela suba.

Espero na porta. Espero Cigarra vir até mim depois de muito tempo, espero para dizer:

— Sua irmã teria ouvido a razão.

Seus passos param.

O pátio está tão quieto que posso ouvir o zumbido da libélula.

Cigarra se vira para Kan.

— Devemos mostrar a ela?

Kan desvia o olhar do inseto.

— Vamos.

— Venha — diz Cigarra, passando por mim. — Há algo que você deveria ver.

A umidade voltou, substituindo o frescor temporário trazido pela tempestade. O suor cobre minha pele, enquanto Cigarra nos leva por uma série interminável de pátios conectados por portões de lua. Os místicos e os monges deixaram o grande pátio, mas ouço cânticos à distância. Ficam mais altos quando Cigarra nos conduz por uma galeria que termina em uma porta trancada.

Cigarra a destrava.

— Cuidado onde pisa — diz ela, convidando-me a ir primeiro.

Não sei o que eu esperava que estivesse escondido atrás da porta, mas não era um lago, cerca de cem degraus abaixo. Enquanto desço, as sombras da parede ondulando sobre minha cabeça, uma sensação estranha me toma. No lago, os monges e os místicos dançam. Seus bastões tilintam enquanto cantam para uma plateia de uma única pessoa: um menino no meio do lago, com água até a cintura, acorrentado a uma laje de pedra.

Arrepios sobem por meus braços, e há perguntas em minha mente. Quem é ele? O que os monges estão fazendo? Cigarra se junta a mim no penúltimo degrau. A água bate um pouco além de nossos dedos dos pés. Caminhos de pedra estreitos dividem o lago como os raios de uma roda.

— Fique aqui — diz Cigarra a Kan e começa a descer por um dos caminhos.

Cautelosamente, eu a sigo.

Nós nos aproximamos do menino no centro do lago. Pedaços de vegetação flutuam ao redor dele como ilhas em miniatura. Olho mais de perto para uma dessas protuberâncias e cambaleio para trás, quase perdendo o equilíbrio.

Não são ilhas, e sim corpos cobertos de musgo e de samambaias, a carne tomada como alimento, os órgãos cheios de raízes.

Cigarra para na frente do menino. Marcas vermelhas e inflamadas envolvem seus pulsos. Em algum momento, ele deve ter lutado contra as correntes. Agora mal abre os olhos conforme Cigarra joga água em seu rosto. O seu desamparo é vergonhoso, e começo a desviar o olhar quando ele levanta a cabeça, revelando as taboas tatuadas no lado direito do pescoço.

Um pirata Fen.

Ele está atordoado inicialmente, o olhar voando entre mim e Cigarra, antes de parar na senhora das Terras do Sul. Seus lábios se repuxam, as veias tensas com a raiva de um homem adulto.

Sustentando seu olhar, Cigarra ordena que os monges cantem mais alto. Os gritos se transformam em lamentos. Eu estremeço, mas o garoto... ele grita como se seu crânio estivesse sendo partido.

— Curioso, não é? — fala Cigarra acima dele. — Os piratas afirmam ser sensíveis ao qì. Dizem que lhes dá magia. Dizem que é isso que os torna fortes. Mas também os torna fracos.

— Deixe-os — implora o pirata a Cigarra, as palavras distorcidas pelo dialeto do pântano. Não há ódio ou raiva nele agora. É apenas um único pirata acorrentado a uma laje de pedra, enquanto o resto de sua tripulação apodrece em outro lugar. — Deixe-os.

Eles.

Olho de volta para os corpos floridos na água. Não estão apodrecendo em outro lugar. Estão apodrecendo *aqui*. Como eles eram um mês atrás, antes de sua carne florescer? Imagino o fedor, os mosquitos. Imagino vê-los se deteriorando a cada dia, perdendo a dignidade e a forma, seus espíritos — se eu acreditasse nessas coisas — torturados por monges. Minha cabeça gira como se estivesse envenenada de novo, e meu olhar fixa-se em Cigarra. Miasma é aquela que tem fama de ser cruel, uma reputação que eu mesma vi precedê-la. Mas Cigarra? Ela tem me surpreendido a cada passo. Admiro sua inescrutabilidade.

E também a desprezo.

— Você diz que minha irmã ouvia a razão — diz Cigarra enquanto o menino implora. — E está certa. Grilo ouvia mesmo. — Ela me encara. — Sua razão era sua consciência. Minha irmã era um gênio quando se tratava de travar a guerra, mas tinha códigos que ela obedecia. Ela se recusou a lançar um ataque furtivo aos piratas e pagou o preço por isso. Depois que eles a mataram, cortaram-na em pedacinhos e a serviram para os tubarões do pântano. Eles nos deixaram sem nada para enterrar. — Os olhos negros de Cigarra se voltam para as ilhas de homens cobertas de musgo na água: sua versão de justiça, percebo. — Agora as pessoas seguiram em frente. Só eu sigo de luto.

Luto. Isto tudo aqui é o luto? Seria sequer vingança? Os piratas já estão mortos. Seus navios são lama no pântano. Quando Miasma enfia as cabeças empaladas dos senhores da guerra no topo das muralhas do império, suas ações são intimidações. Este pirata — escondido, o último de sua espécie — não intimida ninguém. As ações de Cigarra são irracionais.

Emotivas.

Eu deveria agradecê-la por me dar tanta fraqueza com a qual trabalhar.

— Miasma estava por trás da morte de sua irmã — digo a Cigarra. — Se o Norte se importasse, teria enviado tropas. Em vez disso, deixaram vocês cuidarem dos piratas sozinhos. Queriam que você se curvasse.

— Acha que eu não sei?

— Você e Ren compartilham um inimigo — pressiono. — Forjar uma aliança só faz sentido.

— Faz mais sentido manter o império focado em Xin Ren — diz uma voz atrás de nós.

É de Kan, para minha consternação. Ela desobedeceu à Cigarra e desceu o caminho de pedra, as vestes se arrastando na água.

No passado, eu teria corrido para ela, segurado seu braço mesmo enquanto Kan lutava comigo, sabendo que, se eu a soltasse, ela inevitavelmente tropeçaria e cairia. Mas agora não sou sua irmã ou sua tutora. Cigarra é, e ela me responde de forma simples.

— Sim, Ren e eu temos um inimigo em comum. Mas Ren tem um inimigo. Eu tenho centenas. Você viu minha corte. Está cheia de velhos que duvidam das minhas habilidades. Todos os dias tenho que fingir ser alguém que não sou, apenas para acalmá-los. Se eu fizer uma única coisa que eles considerem imprudente, vão procurar me substituir. E sabe o que é imprudente? Me aliar a Ren.

— Isso não é...

— O Sul não é poderoso pela riqueza de um, mas pela riqueza de muitos. Preciso de todos os nobres do meu lado. Ren pode se dar ao luxo de fugir do perigo. Eu tenho um reino para proteger.

Quando Cigarra termina, suas bochechas estão mais vermelhas do que antes, um verdadeiro rubor transpassando o ruge. Ela arranca o olhar do meu.

— Você não entenderia. Não precisa se esconder. Se apresenta como é e fala como gosta.

— Você também pode — digo impassiva. — Acabou de fazer isso.

Seus lábios se separam, depois se fecham. Ela balança a cabeça, ri uma vez e recolhe suas vestes, passando por mim, e, finalmente, eu a vejo. Uma cigarra saindo da casca. Ela é vingativa, teimosa, frágil. Uma criança. Conheço esse tipo.

Posso controlá-la.

— Ren não será um fardo! — grito atrás dela. — Dê-me uma chance de provar.

— O que você pode fazer? Acenar o leque e conjurar cem mil flechas?

— Se eu falhar, pode cortar minha cabeça.

Cigarra ri, mais solta desta vez.

— O que me diz, Novembro? Devemos deixá-la tentar?

E, num passe de mágica, meu destino está acorrentado ao de Kan novamente. Ela não tem como saber o quanto preciso dessa aliança.

Diga sim. Diga sim. Diga...

— Três dias. — Minha irmã se vira para seguir Cigarra. — Cem mil flechas em três dias.

七

PEGANDO FLECHAS EMPRESTADAS

Cem mil flechas em três dias.
Desculpe desapontá-la, Kan, mas será preciso mais do que isso para me matar. Posso ter falhado como irmã, mas não falharei como estrategista. Quando volto para a embarcação naquela noite, fico acordada na minha cabine, com a mente fervilhando enquanto considero as opções.

Eu poderia empregar todos os fabricantes de flechas da capital do Sul para conseguir essa quantidade. Mas isso é um insulto às minhas habilidades. Posso fazer melhor. Vou demonstrar à Cigarra que nada está fora do meu alcance, nem mesmo o que é impensável.

Eu não vou fazer as flechas.

Vou pegá-las emprestado do nosso inimigo.

※ ※ ※

No primeiro dia, cubro vinte barcos sulistas com palha. Ordeno aos artesãos de Cigarra que façam bonecos — estopa azul recheada com mais palha — e os coloco nos conveses. Então subo na torre de vigia mais alta e me acomodo, observando as estrelas migrarem pelo céu e rindo quando elas prenunciam as condições perfeitas para o meu estratagema.

— Devo me preocupar? — pergunta Corvo, quando volto à nossa embarcação para o jantar.

Ele não sabe os detalhes do meu desafio ou o que está em jogo para Ren, só que vou ganhar a submissão de Cigarra ao império se eu tiver sucesso e perder a cabeça se falhar.

— Por que deveria? — Giro a colher no chá. — É você quem está me matando.

— E salvando sua vida, diariamente.

— Já basta disso. — Os criados põem a mesa, com as entradas. — Apenas me diga onde colocou o veneno.

— Em toda parte. — Corvo não soa nem um pouco arrependido. — Minha meticulosidade te impressiona?

— Não.

— Minha técnica ao tocar a cítara?

— Não.

— Minha boa aparência?

— Você não tem medo que eu tenha uma intoxicação?

Corvo suspira quando nos trago de volta ao assunto. Temos conversado mais agora que sei qual é a pior coisa que pode acontecer. Além disso, tenho que me aproximar dele. O veneno — insípido e inodoro — pode estar em qualquer coisa, mas tenho observado as cozinhas de perto, e o antídoto não é infundido no chá. Corvo deve adicioná-lo às minhas xícaras. O antídoto só pode estar com ele.

Na manga? Entre o cinturão e a cintura? Eu o observo de maneira cuidadosa enquanto ele coloca arroz na minha tigela.

— Você certamente olha muito para alguém que diz ser feio.

— Eu nunca disse que você era *feio*.

Corvo sorri como se eu o tivesse elogiado.

— Você não vai ter uma overdose, desde que tome o antídoto todos os dias — diz ele, arrumando brotos de ervilha em cima do meu monte de arroz.

Arranco a tigela de suas mãos. Gosto mais dele quando não está fingindo ser ninguém além de meu rival. Corvo começa a encher a própria tigela.

— Estou mais preocupado com sua transação com Cigarra.

Você deveria estar mesmo. O império em breve terá o dobro de inimigos.

— Poupe sua preocupação. — Vasculho o escaldante pote de pedra de barriga de porco, procurando o pedaço mais magro. Meu paladar não está acostumado com tanta carne. — É a minha cabeça que corre o risco de ser decepada, não a sua.

Um pedaço de carne de porco sem gordura cai no meu arroz. Meu olhar sobe para o hashi de Corvo, pairando bem diante do meu nariz, depois para seu sorriso de autossatisfação.

Ele retira o hashi.

— Sou eu quem vai ter que explicar sua morte para Miasma.

Parece que Corvo conseguiu a única peça magra da tigela. Em vez de tocar sua oferta, escolho outra e corto a gordura branca com os pauzinhos.

— Apenas diga que você me deixou morrer, então. Eu fui desmascarada como traidora.

— Não há mal nenhum em admitir a derrota — diz Corvo, me observando trabalhar.

— Talvez não para você. — Eu retiro a gordura do músculo. — Mas tenho uma reputação em jogo, já que estou invicta.

✥ ✥ ✥

Se Corvo é cético, Cigarra é ainda mais.

— Não entendo você — diz, quando me junto a ela para o chá no dia seguinte. Cigarra anda de um lado para o outro da sala. — Você estraga os barcos que eu emprestei...

— Renovei.

Estão mais adequados aos meus propósitos do que antes.

— Encheu-os com alguns dos espantalhos mais feios que já vi...

— Bonecos, não espantalhos.

— Troca gentilezas com os artesãos e fala sobre preços de mercado e economia. Vai até à torre de vigia e fica sentada lá, por horas a fio. Aí volta aqui e faz o quê? Debate comigo? Bebe chá?

O chá é muito bom, com certeza bem melhor do que aquelas coisas marrons que o acampamento de Ren serve.

— Achei que você gostasse da minha companhia.

Eu, por exemplo, acho Cigarra bem agradável. Uma nobre sulista em sua essência, ela é bem versada em filosofia, arqueologia e todos os tópicos totalmente inúteis em uma guerra.

— *Humph*. — Cigarra se junta a mim na mesa baixa, embutida com marfim importado. — E gostava, antes de perceber que você está zombando de mim.

— Eu não ousaria.

— É o segundo dia, e você não tem uma única flecha para mostrar.

— No devido tempo.

— Não há tempo.

— Ainda tenho um dia, como você disse.

Cigarra arregaça as mangas e joga água quente sobre um monte de folhas frescas, liberando o cheiro de jasmim.

— A notícia do nosso acordo se espalhou pelo reino. Não terei escolha a não ser executá-la se você falhar.

— Não vou falhar. Você tem os quarenta marinheiros que solicitei?

— Para quê?

— Tripular os barcos.

Cigarra levanta uma sobrancelha.

— Está me dizendo que todos aqueles espantalhos que você fez não podem tripular os barcos?

Eu rio, e Cigarra solta um raro sorriso. Ele suaviza seu rosto, faz com que ela pareça mais próxima da verdadeira idade.

— Eu tenho os marinheiros que você pediu — diz ela enquanto enche minha xícara. — O que você está planejando, exatamente?

— Uma surpresa.

— Estrategistas. — Cigarra bufa, levantando a xícara comigo. — Você e Novembro.

Minha xícara para antes de chegar à boca.

Coloco-a na mesa enquanto Cigarra inala o vapor da própria xícara.

— Como exatamente você conheceu Novembro?

Um vento sopra pelos painéis da porta entreaberta, varrendo folhas de bambu pelo chão. Uma cai no colo de Cigarra. Sua pequena boca se aperta. Ela coloca o chá, intocado, na mesa e se acomoda sobre os calcanhares. Sua expressão esfriou, assim como a sala. É como se ela estivesse me repreendendo por fazer essa pergunta, quando estávamos nos dando tão bem.

— Estou ciente de que você a conheceu no passado.

Essa é uma boa maneira de explicar. *Sim, Cigarra, conheci minha irmã no passado.*

— Quem quer que ela fosse para você antes — continua Cigarra —, Novembro não é mais essa pessoa.

— Porque ela é sua?

— Ela não pertence a ninguém. — Fim de conversa. Mas, depois de um momento, Cigarra exala, entregando algo. — Novembro chegou há várias primaveras e pediu para me ver. Disse que podia ajudar.

Imagino Kan caminhando até os portões do pavilhão. Pedindo uma audiência com a senhora do Sul. Sentada em uma mesa como estou agora e expondo seus planos para derrotar os piratas. Uma risada dolorosa borbulha em meu peito. Eu a removo com um forte gole de chá.

— Vá em frente — diz Cigarra. — Ria. Meus conselheiros certamente o fizeram. Isso só me deixou mais determinada a aceitá-la em meu serviço.

— Como um animal de estimação ou uma amiguinha de brincadeiras. Adotada em um ato adolescente de rebeldia.

— É assim que você se descreveria? Como um animal de estimação ou uma amiguinha de brincadeiras de Ren? — Engasgo com meu chá, e Cigarra sorri. — Não me faltam vassalos velhos, com ideias fossilizadas de ritos e de dinastias. *Eu* acho a juventude esplendorosa. A mente em sua forma mais flexível. Achei que você concordaria.

Não nos compare. No pátio, o céu está roxo. O ar cheira a tédio, o céu se desfazendo antes de uma chuva torrencial. E vai chover. Sei pela leitura do cosmos, uma habilidade que aprendi com o ex-cosmólogo imperial e que depois aperfeiçoei passando meses em campos abertos, rabiscando observações, mapeando previsões, marcando o que se tornou realidade e sob quais condições. Sou uma estrategista de formação clássica. Meus mentores eram todos encarnações vivas de suas artes. Kan teve mentores? Não consigo imaginar. Não consigo vê-la como nada além de uma garota que resistiu aos meus cuidados no orfanato.

— O que a prendeu a este caminho quando tão jovem? — pergunta Cigarra, interrompendo meus pensamentos.

— O que mais eu seria? Uma fazendeira?

Cigarra arqueia uma sobrancelha.

— Nasci no Comando de Shangu — digo, e a expressão de Cigarra muda, a compreensão se estabelecendo. Shangu da província de Yi. Norte. Era uma terra de combativos senhores da guerra, fome e peste, antes de Miasma chegar. Então, apenas a fome e a peste permaneceram. — Eu poderia ter vivido uma vida comum, à mercê dos céus. Ou poderia tentar entender o universo.

— Arriscar a morte sob seus próprios termos.

— Sim.

Era irritante que ela terminasse minha frase.

— Você poderia ter sido uma guerreira — diz Cigarra.

— Olhe para mim — digo, suavemente.

Diante de uma colega literata, não me envergonho de minha forma ou de minha compleição. Nós duas sabemos que há mais de uma maneira de ser perigosa.

Um cortesão nos interrompe e sussurra algo no ouvido de Cigarra. Ela ouve, impassível, e o dispensa.

— Bem na hora — diz para mim. — Sua senhora chegou...

Por um momento fugaz, penso *Ren*.

— ...e entupiu o canal com sua frota de barcos. — Cigarra levanta seu chá já frio e o bebe. — Talvez eu lhe dê sua cabeça, quando você falhar.

— Talvez — digo e bebo o chá frio também. Lá fora, começa a chover. — Ou pode ser que eu lhe presenteie com a dela.

✢ ✢ ✢

A chuva diminui à medida que a noite chega. Volto à embarcação e encontro pessoas sussurrando sobre a chegada de Miasma. Olhos se voltam para mim, provavelmente se perguntando se eu tenho o juramento de fidelidade de Cigarra para mostrar à primeira-ministra. Sem me envolver, tomo um assento na popa e me abano enquanto o sol se põe atrás das Montanhas Diyu. As estrelas saem. Fico no convés enquanto todos descem. A primeira névoa pós-chuva rasteja sobre o curso das águas.

A névoa é espessa como algodão ao amanhecer. Depois de colocar o par de túnicas mais brancas que consigo encontrar, vou até a cabana de Corvo e o chacoalho para acordá-lo. Ele volta a si lentamente e pergunta que horas são.

Jogo as vestes pretas nele, então coloco seu cinto amarelo-mostarda e os protetores de pulso no pé da cama.

— Nossa senhora está aqui. É hora de prestarmos respeito.

Mas, na verdade, é hora de pegar emprestado cem mil flechas.

✢ ✢ ✢

Minha mão desaparece na névoa conforme agarro o barco para me equilibrar. Corvo sobe atrás de mim, sua tosse parecendo mais úmida do que o normal. Olho por cima do ombro e o vejo limpando a boca com a ponta da manga.

— Eu disse a você que minha doença piora com o meu aspecto — diz ele, e um pensamento mórbido me ocorre: mesmo que Corvo começasse a tossir sangue, o traje todo preto tornaria isso impossível de descobrir.

E por que eu me importaria de descobrir?

— Qual é o seu aspecto? — pergunto, enquanto a remadora na proa do barco mergulha os remos na água.

— Vamos apenas dizer que não estou com um bom pressentimento.

Eu me sento. Logo eu iria me preocupar mais com o esforço no empréstimo de flechas do que com o bem-estar de Corvo.

— Nossa senhora finalmente se juntou a nós. É natural que nos reportemos a ela.

— De barco — ressalta Corvo. — Com o resto da tripulação. — Ele se inclina contra o casco desbotado pela luz fraca. Seu cabelo está completamente solto, ele nem se preocupou em amarrá-lo no estilo semipreso. E ele parece... vulnerável enquanto suspira e fecha os olhos. — Tudo isso parece muito ilícito. — Sua cabeça se inclina para um lado, e a franja cai sobre a testa. Meus dedos se agitam, e eu reajusto meu alto rabo de cavalo, já perfeito. — Como se estivéssemos fugindo. — Um de seus olhos se abre e me espia através da franja. — Não me diga que estamos realmente fugindo juntos.

Agora meu coração se agita. Sim, estamos em um barco, remando no famoso rio Gypsum, com montanhas à direita e à esquerda e a névoa fina ao redor, mas em menos de dez minutos essa cena idílica vai virar um inferno.

Como se pressentisse meus pensamentos, Corvo se senta.

— Diga alguma coisa.

Se ao menos eu pudesse lhe dizer a verdade: que tudo o que está prestes a acontecer é para o meu projeto brilhante. Mas até eu sei quando ser modesta. Não devo ser vista como uma ferramenta tão afiada, que seria melhor se fosse descartada.

— Pare de tirar conclusões precipitadas — ordeno, o que prontamente convida Corvo a tirar conclusões precipitadas.

— Você falhou no que quer que tenha prometido à Cigarra — conclui Corvo, enquanto nosso pequeno barco desliza para fora da névoa. — Então decidiu fugir e me envolver enquanto isso.

— Silêncio.

Aceno para ele se acalmar, então olho para o canal à frente. Parado e silencioso como o rio, parece senciente. Ele estremece a cada beijo de nossos remos, a cada golpe que nos aproxima da escarpa onde Miasma está ancorada.

Um batimento cardíaco depois, a face ameaçadora de granito se revela. Ela sai da água como uma mandíbula curvada, tocada por ondas agitadas e coroada com picos que parecem caninos. Os barcos de Miasma também emergem da neblina, fileiras organizadas de velas carmesim eretas como barbatanas.

Uma corneta distante soa... por trás de nós. A cabeça de Corvo se levanta, e seu olhar dispara para as margens do sul, de onde viemos. Eu olho também, só para ser convincente. Já sei o que esperar: o que primeiro parecerá uma escuridão no nevoeiro se tornará uma frota de embarcações alinhadas. Seus números serão aparentemente impossíveis de contar — a menos que você seja quem equipou cada navio com palha, bonecos e dois marinheiros. Um para navegar, outro para tocar os tambores.

— Olhe só para isso — murmura Corvo. — Uma frota inteira em perseguição, só para nós dois.

Ele se volta para nossa remadora, provavelmente para lhe dar ordens, mas seja lá o que ele diz é abafado pelos tambores de guerra das Terras do Sul. O barítono sacode meus ossos. Miasma está ouvindo também. Ela vai sacar sua luneta para inspecionar o tamanho da força, mas não haverá resolução suficiente para focar a palha amontoada ou os bonecos no convés. O nevoeiro limitará seu conhecimento a apenas isto: cerca de duas dúzias de navios do sul estão indo em sua direção, em uma formação em linha reta.

É um cenário de batalha clássico, um que Miasma resolverá ordenando que os arqueiros nos navios de vanguarda preparem os arcos e atirem ao seu comando. Uma armada sem marinheiros não é uma armada. Mate o suficiente das pessoas a bordo, e o ataque é evitado.

Agora esperamos. Miasma vai querer os navios um pouco mais perto para garantir que nem uma única flecha seja desperdiçada. Meu pulso acelera. Estou tão empenhada em ver meu ardil se desenrolar que não noto Corvo até que ele está enfiando um remo sobressalente na minha mão.

— Reme também.

— Eu?

Parece que fui feita para o trabalho manual?

— Você quer viver ou...

Algo zune sobre nossas cabeças.

É a primeira de muitas flechas que virão.

Elas bradam pelo céu. Centenas de flechas. *Milhares* de flechas, passando por cima de nós em ondas, enquanto arqueiros do império disparam e recarregam, disparam e recarregam. Atrás de nós, os tambores pararam. Os marinheiros de Cigarra foram para o convés inferior, onde estarão a salvo das flechas que atingem as embarcações, enroscando-se na palha e nos bonecos como alfinetes em almofadas.

As flechas cessam. Miasma ordenou que parassem. Mas, como instruí, os marinheiros manobram cada embarcação para expor o outro lado coberto de palha. Os tambores recomeçam, e as flechas do império voam mais uma vez.

Nossa remadora está pálida de medo. Não é todo dia que você se encontra no meio de uma guerra. Mas o meio é o melhor lugar para se estar. Estou explicando isso a ela — como estamos aninhados bem debaixo do vértice da jornada parabólica de cada flecha —, quando Corvo me empurra para baixo.

— Ei! — grito, quando meu ombro bate no fundo do barco. — O que...

— Você também — ordena Corvo à remadora.

Então, para meu horror, ele se joga em cima de mim.

— Sai *fora*. — Eu o empurro enquanto ele envolve um braço em volta dos meus ombros. — O que você pensa que está fazendo?

— Salvando sua vida, como já se tornou tradição.

— Estamos a salvo.

— De acordo com qual lei? A de objetos projetados em movimento? Fique parada — diz Corvo, enquanto me contorço. — Você esqueceu a lei do corpo humano. — Sua respiração roça minha bochecha direita, tão quente quanto as tábuas contra a minha esquerda são frias. — As pessoas se cansam com o tempo, incluindo os arqueiros.

Como se pegassem uma deixa, uma flecha perdida corta a água ao lado do barco. A raiva acende em mim. Que tipo de disparo tímido foi esse? Mas então outra flecha atinge o próprio barco, e, consternada, percebo que Corvo está certo. Eu não contei com os arqueiros que não aguentariam o ritmo. Agora eles poderiam ser a nossa morte. Ou a de Corvo, que assumiu a responsabilidade de ser meu escudo humano.

— Saia de cima de mim — vocifero, dando uma cotovelada nele.

Prefiro morrer a viver em dívida com um servo de Miasma.

— Brisa, por favor.

Corvo empurra minha cabeça de volta para baixo, e minha têmpora bate nas tábuas. Minha visão embaça, como se a noite estivesse caindo, depois clareia com pontos rosa e brancos. Música de cítara preenche meus ouvidos. O céu floresce acima de mim. Estou deitada em um gazebo de vime branco.

É aquele sonho.

Do céu.

A música de cítara ainda está soando na minha cabeça quando desperto... debaixo de Corvo. No barco. O rio ficou quieto. O céu está limpo. A névoa está se dissipando, e os barcos de palha estão voltando com as flechas coletadas. Nossa remadora está se sentando devagar. Corvo... não está.

— Corvo?

Algo vaza em meu ombro. Cheira a ferro. Está escorrendo pelo meu pescoço também. Eu o apalpo.

Minha mão volta vermelha de sangue.

八

ELO POR ELO

*S*angue.

Ele reveste o eixo da flecha. A largura vermelha de um palmo, completamente enterrada em Corvo antes que o médico a extraísse.

Agora Miasma a segura. Ela a quebra. Os pedaços caem no chão.

— Explique isto!

Os lacaios caem de joelhos, me deixando sozinha, de pé, para enfrentar a ira de Miasma.

— O Sul se recusa a se curvar — digo. Minha voz é frágil, como minha compostura. Quero esfregar o sangue que ainda está em minhas vestes. Quero ver Corvo. Não quero estar aqui, neste acampamento do império erguido no topo da escarpa, respondendo à Miasma. — Nós mal conseguimos escapar com vida.

— O resto? — exige saber Miasma, referindo-se ao séquito que acompanhou a mim e a Corvo até o Sul.

Cruzo as mãos atrás das costas.

— Foram detidos.

— Mentiras.

— Não ouso presumir mais nada.

— *Presumir*. Se eles desertaram, então diga!

— Senhora... — começa Ameixa.

— Silêncio.

Ameixa fecha a boca, mas me encara com franca hostilidade. A tensão na tenda é densa como banha. Até o médico a sente quando entra. Ele molha os lábios. Miasma vocifera para ele se apressar.

— Fale — ordena depois que o médico se curva. — Como ele está?

Se eu não a conhecesse, pensaria que ela realmente se importa com Corvo como pessoa.

— Mestre Corvo vai se recuperar com bastante repouso e tônico.

— Bom. A vida dele é a sua vida. Se ele morrer, você morre.

O médico se curva novamente, como se isso fosse rotina. Depois ele se retira, e Miasma também, para sua cadeira na frente. Um servo entrega o chá. Ela enrola a mão ao redor da xícara. Eu me preparo, esperando que ela a atire também.

No fim, ela apenas derruba o chá e joga a xícara no chão.

Todos ao meu redor se levantam, pegando alguma deixa tácita. Os conselheiros se curvam e saem. Atraso-me um instante em segui-los.

Meu codinome ressoa pela tenda.

— Brisa.

Miasma gesticula para mim. Quando estou diante dela, ela gira a mão. Dou uma voltinha para ela e me aproximo para seu escrutínio cuidadoso. Ela olha para o curativo ao redor da minha têmpora. A lesão sangrou.

Corvo sangrou mais.

— Você está ferida em algum outro lugar?

Não consigo ler seu rosto ou sua voz. Ela pode estar preocupada ou pode estar desconfiada.

A honestidade parece a jogada mais segura.

— O sangue é, sobretudo, de Corvo. — Minha garganta se fecha. — Ele me salvou.

Corvo realmente não deveria ter se incomodado. As chances de eu morrer de qualquer maneira — nas mãos de sua senhora, ainda por cima — aumentam quando Miasma franze a testa. Ela se levanta da cadeira. O sino tilinta em seu ouvido quando ela fica na ponta dos pés. É tão baixa quanto Kan, mas não é o que parece quando coloca a mão gelada no meu queixo.

— Claro que salvou. — Eu deveria focar as nuances de sua voz, mas é impossível quando seu dedo está subindo pelo meu queixo. Ele para logo abaixo da minha orelha, como uma mosca em repouso. — Ele é como eu. Reconhece o talento quando o vê.

Se Miasma realmente é como Corvo, então ela também deve saber que talento não é igual à lealdade. Ela vai olhar para mim da mesma forma que

Corvo: observando o momento em que vou me tornar mais uma ameaça do que um recurso.

Mas não há cautela no olhar de Miasma quando ela levanta a mão do meu rosto e volta a se firmar sobre os calcanhares. Suas pupilas estão dilatadas, famintas.

— Tenho um presente para você.

Sigo-a para fora da tenda e para a escarpa. Os ventos são brutais nesta altitude, e empalideço quando vejo a descida abrupta do penhasco, as corredeiras lá embaixo quebrando, brancas como ossos. Poderíamos ter nos encontrado em uma embarcação perfeitamente boa, mas acho que é verdade que os nortistas temem a água mais do que tudo, incluindo alturas.

Enquanto abraço o granito poroso para salvar minha vida, Miasma sobe as escadas cavadas na rocha com facilidade. Ela chega ao topo muito antes de mim, e sua forma é um mero ponto contra o céu. *Um empurrão*, penso, com olhos fixos nela. *Farei isso quando chegar lá*. Mas, embora seja pequena, Miasma não é fraca. Talvez eu tenha que me jogar nela, o que terminaria com nós duas mergulhando para a morte. Outro senhor da guerra se levantaria, se declararia regente de Xin Bao e herdaria o poder do império — incluindo esta enorme armada abaixo de nós.

Ainda não é hora de morrer.

— Veja — diz Miasma quando me junto a ela, lutando para respirar. — A frota de navios de guerra do império.

É ainda mais impressionante do ponto de vista de um pássaro. Quatrocentos barcos — talvez quinhentos — pontilhados de soldados e de armas. Há anos que o Sul sempre tivera a maior marinha do império. Miasma veio para disputar esse título.

— Primeira-ministra. — Uma bufada atrás de nós. Eu me viro para ver a cabeça de Ameixa subindo os degraus. — A senhora tem...

— Ameixa. Bem na hora. — Miasma estendeu a mão para a frota. — Você acha que minha armada é grande o suficiente para esmagar a do Sul?

Ameixa dá um tapinha na testa com um lenço de seda.

— Acho que sim.

— Você "acha"? — Miasma inclina a cabeça para mim. — Brisa, o que você diz?

— Certamente que sim.

— Excelente, porque ela é sua.

— Primeira-ministra?

— Quero que você destrua o Sul com ela — diz Miasma, ignorando a expressão horrorizada de Ameixa. — Você pode fazer isso?

Com uma frota inteira para chamar de minha? Eu fiz mais danos com menos. Meu coração se aperta quando olho de volta para os navios. Pode levar anos até que Ren tenha a própria frota. A frustração que toquei para Corvo na cítara surge dentro de mim. Como posso ser a senhora do meu destino, de todos os nossos destinos, quando temos tão pouco e o inimigo tem tanto?

Simples. Tire o que eles têm.

— Eu não posso aceitar — digo, encarando Miasma. — Minhas habilidades são de aconselhamento. É melhor deixar a frota nas mãos dos oficiais navais. Mas... se me permite...

— Fale.

— Gostaria de sugerir uma melhoria.

Ameixa aspira, mas Miasma gesticula para que eu continue.

— Seus soldados são fortes e bem treinados, mas vou arriscar um palpite de que o enjoo atormenta a muitos. Os sulistas, ao contrário, viveram a vida toda na água. Eles estão em melhores condições de combate e terão vantagem em qualquer batalha naval.

Miasma esfrega um polegar sobre o lábio inferior.

— E você tem uma solução para isso?

— Sim. Conectar as embarcações.

Antes que Miasma possa responder, Ameixa tem um ataque.

— Que absurdo! — Ela se vira para sua senhora. — Primeira-ministra, a senhora não deve ouvir a raposa! Conectar os barcos os deixaria imóveis! Se alguma calamidade acontecesse, tudo estaria arruinado!

— Calamidade? Como um meteorito caindo do céu e pousando bem em cima da minha frota? — Miasma solta um muxoxo. — Ameixa, ah, Ameixa. Sabe que não gosto quando você exagera.

— Eu...

— Brisa está certa. Meu povo não passou muito bem nessa jornada para o Sul. Conectar as embarcações os ajudará a se recuperar.

— E se eles atacarem com fogo?

— Com esse vento? — Miasma tira a faixa larga de sua cintura. Ela a estende, como uma oferenda ao vendaval, e a faixa voa de volta para ela. — Eles se queimariam. Não tenha medo, Ameixa. Não seria permanente. Os barcos podem ser desconectados com bastante rapidez.

— Mas...
— Poupe seu fôlego. — Ameixa fica ali, fumegando, enquanto Miasma sobe os degraus. Corro atrás dela, tremendo em minhas vestes enquanto ela parece aquecida em seu colete sem mangas. — Os oficiais navais farão o que Brisa mandar — grita ela acima do vento. — Conecte os barcos e prepare-se para a guerra. Trate os que não voltaram como desertores. O Sul é nosso inimigo, e qualquer um que se aliar a eles será aniquilado.
— Tenho que voltar.
— O quê?
Levanto a voz.
— Eu tenho que voltar. — Estou improvisando, dizendo tudo o que posso para justificar o retorno à Cigarra, mesmo depois de ela supostamente ter expulsado Corvo e eu. — Para os desertores.
Miasma desce o último degrau e se vira para mim, os olhos brilhando.
— Você não acabou de ouvir minhas ordens? Os desertores devem ser...
— Não os *nossos*. Os deles. — Pronuncio os nomes de vários oficiais da marinha do sul, e o olhar de Miasma se estreita com o reconhecimento. Eles são o talento de uma geração, valendo o dobro do ouro de qualquer oficial do império. Coloco alguns nomes menos conhecidos para disfarçar, e termino dizendo: — Eles querem servi-la. Se não fosse pela dica deles, Corvo e eu não teríamos conseguido escapar vivos.
— Então por que eles não estão aqui com você agora? — pergunta Miasma, sempre desconfiada.
Não muito tempo atrás, ela também suspeitava de mim. Mas ela cobiça o talento, principalmente quando é rebelde.
— Eles estão com medo — digo, apelando para a sensação de poder de Miasma.
— Hã?
— Muitos deles serviram o Sul por décadas e ajudaram Grilo diretamente em campanhas militares e no desenvolvimento de tecnologia naval. — Percebo como a compreensão enfraquece as feições de Miasma. Muitas de suas forças atuais já revestiram suas armas com sangue do império. Basta olhar para a diversidade dentro de seu exército. — Eles não têm certeza se o império os perdoará e, sem anistia garantida, não estão dispostos a arriscar a segurança de suas famílias. Mas dê sua palavra, e eu concederei pessoalmente os indultos.
Miasma acena antes mesmo de eu terminar.

— Quantos perdões você acha que concedi, Brisa Ascendente? Vou lhe dizer agora: mais do que os anos que esta dinastia já durou. Claro que posso conceder indultos, eu perdoaria a todos nesta terra se jurassem lealdade a mim. Mas não posso enviar você como mensageira.

Se Miasma sabe o que é conceder indultos, então sei o que é detectar pena.

— Você acha que sou fraca.

— Apenas no corpo — diz Miasma, sem aspereza. — Não mentalmente.

Projeto meu queixo.

— Eu não morri fugindo de você.

Isso arranca uma risada dela.

— Não, embora Ameixa certamente o desejasse.

Fico feliz em saber que tenho sido um espinho ao lado da escrivã sênior desde o começo. Eu espero, sem fôlego, pela permissão de Miasma para ver Cigarra.

— Hoje, não — diz ela por fim. — Amanhã.

Não, hoje, não. Amanhã, vou me regozijar com Cigarra, Kan e todos os outros que duvidaram da minha capacidade de obter cem mil flechas. Vou explicar a eles exatamente como o império planeja nos destruir e como, juntos, sendo aliados, vamos destruí-los primeiro.

Mas hoje devo uma visita a alguém.

✦ ✦ ✦

A cabine do barco cheira a pomada de menta e a cogumelos medicinais.

Também cheira a morte.

Quando estou prestes a entrar, uma criada sai, trazendo uma bandeja de lenços usados. Eu a deixo passar, então fecho as portas atrás de mim, me aprisionando não apenas no quarto, mas em minhas memórias do orfanato. O mingau de milho fino, as picadas de pulgas e de mosquitos. Passávamos o verão ansiosas pelo inverno, quando os insetos congelariam e morreriam. Mas, quando o inverno chegava, nós também congelávamos e morríamos. Assim, em todo verão esperávamos o inverno. E em todo inverno esperávamos o verão, sonhando com dias melhores que nunca chegaram.

De fato, esta cabine não é o orfanato. Está faltando o toque de alguma coisa. Provavelmente matéria fecal e vômito. Mas nenhum incenso consegue encobrir aquele fedor familiar de doença. A vertigem me percorre conforme avanço pela cabine, mantendo os olhos fixos na cama de dossel ao longo da parede oposta: meu objetivo.

Minhas pernas fraquejam antes disso.

Agarro uma cadeira em busca de apoio, surpreendendo-me quando minha palma encontra um material que definitivamente não é madeira. É a capa de Corvo, pendurada no encosto da cadeira e endurecida com sangue seco. Afasto a mão, mas não antes de captar um brilho em um dos bolsos.

Uma jarrinha de cerâmica.

Lanço um olhar para a cama sombria, então volto-me para o bolso. Mergulho a mão com cuidado. Minha respiração fica mais lenta quando retiro o frasco.

Abro a tampa de contas e sacudo o conteúdo: pequenas pérolas claras. Elas derretem quando as rolo entre os dedos. O resíduo é inodoro. Sem gosto, quando lambo a ponta do meu polegar.

A vertigem diminui. Minhas pernas recuperam a força. Não era apenas o cheiro da morte que me afetava, ou a cabeça machucada. Era o veneno.

Este é o antídoto.

Enrolo a rolha de volta. Hesito. Não posso levá-lo. Ainda não. Corvo vai obrigatoriamente notar sua ausência. Mas eu talvez nunca mais tenha essa oportunidade. Essa pode ser minha única chance.

Um som vem da cama, e minha mão decide por mim, abrindo-se. A jarrinha de pílulas cai de volta no bolso. Minha outra mão solta a cadeira, e eu me viro, me preparando antes de chegar ao lado da cama. Não tenho certeza do que temo mais: que Corvo pergunte por que eu estava mexendo em seus bolsos ou que ele não tenha forças para isso.

O último medo aumenta à primeira vista. Ele parece uma pintura malfeita de tinta: o cabelo muito escuro, a pele muito pálida, sem qualquer gradiente entre preto e branco, vida e morte. Minha tontura retorna, meus olhos se fecham.

Eu os abro e encontro seu olhar atento.

Antes que eu possa falar ou me mover, ele se vira de lado. Corvo se apoia em um cotovelo e apalpa a própria bochecha, os quadris inclinados de uma maneira que seria sugestiva, se sua expressão não estivesse tensa de dor.

— Veio acabar comigo?

A raiva sobe pelo meu pescoço. Como ele ainda consegue brincar?

— Não parece que você precisa da minha ajuda.

— Ai. — Seu estremecimento é muito convincente. — Só estou tentando agraciá-la com o meu lado bom.

— Você não tem um lado bom — vocifero, empurrando-o de volta para a cama.

Ele faz uma careta, e eu empalideço ao ver a bandagem no seu ombro, o sangue já escorrendo.

— Você vai chorar?

Corvo arqueja enquanto se acomoda de costas.

— Não.

No máximo, vou desmaiar.

— Que pena. — Suas pálpebras se fecham, a área sob os olhos manchada de roxo. — Eu tenho um bolso cheio de lenços reservados para uso pessoal, mas para você eu teria aberto uma exceção.

Sento-me de maneira cautelosa na beirada da cama.

— É isso que eu sou? Uma exceção?

— Você acha que eu teria vivido até a idade avançada de 19 anos, se levasse uma flechada por qualquer um?

A cabine de repente fica muito quente. Alcanço meu leque, mas há sangue nele também. As penas de garça-azul estão arruinadas. A pena de martim-pescador quebrou na ponta. Meu coração mal considera a perda. Sinto dor em lugares que eu não sabia que poderiam doer. Há um preço quando você confia em milagres. Este, suponho, é o preço de confiar em Corvo.

Ele salvou minha vida.

Eu não estava no controle.

— *Por quê?* — exijo saber.

Corvo olha concentrado para o dossel da cama, como se visse algo que eu não vejo. Minha curiosidade me oprime depois de um minuto, e me inclino, esticando o pescoço para espiar o dossel, me aproximando o suficiente para que sua respiração roce meu pescoço.

— Porque eu gosto de você.

Meu olhar desce. Para seu rosto, seus lábios, seus olhos semicerrados. Ele me encara, e eu o encaro de volta, o dossel escuro acima de nós. Tudo parece surreal. Como um sonho.

Mas, pela lei dos sonhos, acordaríamos agora. Não haveria chance de Corvo arruinar o momento.

— É um mau hábito meu, gostar de coisas perniciosas — reflete ele.

— Eu não pedi para você se furar com uma flecha.

— Não, mas quase quebrou minha costela, caindo debaixo de mim dessa forma.

Meu rosto inflama.

— Você... você esmagou minha cabeça!

Espero que Corvo responda com uma piada.

Não imaginava que ele ficaria solene.

— Está doendo?

Ele estende a mão. Eu a afasto.

— Sim. — Odeio ter admitido isso para ele. Odeio que a dor no meu peito esteja pior. *Eu gosto de você.* Ele só disse isso para me pegar desprevenida. Ou espera algo em troca. — Eu não gosto de você, só para constar.

— Nem um pouco?

— Não.

— Não se preocupe — diz Corvo. — Tenho muito tempo para cortejar você. Poderia até levar outra flechada se precisasse.

Balanço a cabeça.

— Você enlouqueceu.

— Talvez, sim. Eu não seria o primeiro de nossa espécie.

Não vou enlouquecer. Mas então me lembro do declínio de Mestre Yao. Começou de uma forma bastante inofensiva. Um lapso de memória. Um julgamento mais lento. Ele nunca falou de seus sonhos, mas agora estou pensando nos meus, nos estranhos sonhos do céu, que começaram há oito anos. Talvez sejam o primeiro sintoma... *Não, não mergulhe em incógnitas...*

Incógnita: quanto sangue Corvo perdeu? Quanto mais ele *tinha* para perder?

Não sei.

Estou de volta ao fundo do barco, meu coração alheio à flecha a caminho.

Eu não sabia.

Onde procurar por Kan e antes disso... eu não sabia o que havia mudado, durante a fome, que me custara o amor dela.

Ainda não sei.

Sinto que estou levantando da cama.

— Brisa?

Brisa é o nome de alguém que está sempre no comando. No momento, não me sinto como ela. Eu sou Qilin, a órfã que perdeu todas as pessoas importantes.

Vivendo ou morrendo, não deixarei nenhuma marca nesta era.

— Você está indo embora? — rosna Corvo enquanto estou ali, sem falar.

Algum dia eu vou ter que ir. Voltarei para o lado de minha verdadeira senhora, e Corvo e eu nos tornaremos inimigos mais uma vez.

Algum dia, não poderei dizer:

— Eu volto.

Enquanto subo as escadas, o balanço do junco se acalma. No convés, os marinheiros fazem uma caminhada entre este barco e o adjacente. Um espigão de metal atravessa os dois para conectá-los. Outros juncos recebem tratamentos semelhantes. Em breve, teremos uma fortaleza flutuante e interligada de barcos. É apenas o começo para o desfecho que tenho em mente.

Um desfecho para o meu projeto.

Eu ainda sou a Brisa. Não penso no que meu estratagema significa para as criadas que me trazem a cítara que pedi, ou no que isso significa para Corvo, que me observa da cama conforme me sento de pernas cruzadas, com o instrumento no colo.

— Não há necessidade de fazer uma serenata para mim — diz ele enquanto coloco minhas mãos nas cordas. — Você é livre para retribuir meus sentimentos com palavras simples.

— Fique quieto. Apenas ouça.

Toco uma das primeiras músicas que aprendi. É baseada na história de amor de uma divindade-cobra imortal e de um jovem estudioso, que superaram as imensas probabilidades de ficarem juntos.

Não terminou bem para eles. Raramente termina bem para uma divindade e um humano nessas lendas. O filho deles era um demônio que consumiu seu pai mortal, antes de causar estragos no céu e na terra. Mas eu toco a parte da música que conta sobre o namoro, que tem uma melodia lúdica e rápida. Seria animadora, se minha mente não estivesse se desviando para Corvo, que trabalha para uma senhora diferente da minha. Kan também. Um dia Ren pode lutar contra o Sul. E então? *Eu não sei.* A morte está mais perto do que penso.

Corvo me lembrou disso hoje.

O ar parece dez vezes mais pesado quando tiro as mãos das cordas.

— Se eu morrer — diz Corvo, por fim —, você pode tocar o hino fúnebre.

— Que engraçado da sua parte supor que eu compareceria.

Então, antes que Corvo possa dizer mais alguma coisa, toco novamente. Desta vez, me lembro do dia em que parei de procurar por Kan. Era o fim de um longo inverno. A neve estava derretendo, poças se formavam nas ruas. Um séquito de guerreiros passou cavalgando, seus garanhões espirrando água nos espectadores, os corpos brilhando com armas, escudos e armaduras — todos exceto um. Essa pessoa cavalgava na frente. Ela usava vestes brancas esvoaçantes e carregava um instrumento estranho, um leque e nada mais. *Estrategista*, sussurravam as pessoas.

Foi a primeira e última vez que a vi.

No dia seguinte, eu estava vagando, perdida e faminta, quando um som musical veio de uma taverna. Espiei o lugar, e, ali, ao lado de uma mesa, estava sentado um homem magro com uma carranca permanente esculpida em seu rosto. Mas a música que ele tocava! Seu *instrumento*. Tinha um nome. *Cítara*. O homem também tinha.

Yao Mengqi.

Cigarra me perguntou por que escolhi esse caminho. Eu ofereci uma explicação adequada. Poupei-a da história da lamentável órfã de 12 anos que estava do lado de fora da taverna, enquanto o homem tocava o mesmo instrumento da estrategista que liderava todos aqueles guerreiros. O homem olhou para cima e me viu encarando-o. Sua carranca se aprofundou. Para ele, eu era apenas mais uma pirralha imunda.

Quase lhe dei as costas.

Mas então uma brisa suave soprou por trás de mim, e, apesar de todas as coisas que não sabia, havia uma que eu entendia.

A primavera estava no ar.

Tempos melhores estavam por vir.

Eu só tinha que acreditar em mim mesma.

九

UMA BRISA DO SUDESTE

Acredite em si mesma.
 99.810.
99.820.
99.830.
O clique do ábaco é música para os meus ouvidos. Assim como o ranger das carroças que trazem do cais fardos de feno em forma de flecha, e a voz aguda do cortesão anunciando a contagem total de dez em dez.
— 99.900!
— Mais alto. — Eu me acomodo no divã perto da estação de contagem e me refresco com um leque substituto. É mais feio que o de garça-azul, feito de penas de pombo, mas não me importo, não quando tenho cem mil flechas de Miasma. — Quero que todos possam ouvir.
— Sim, minha...
— Pode me chamar de Brisa Ascendente.
Uma criada desliza para reabastecer meu chá. Enquanto trato meus pulmões com o vapor perfumado, a luz do sol corta as nuvens de chuva sobre o rio e deixa tudo — os barcos esperando para ser desmontados, as carroças cruzando o cais, os trabalhadores puxando as flechas — dourado. É como se os céus soubessem como esse momento é raro para mim. "Vitória" geralmente significa conseguir para Ren um dia, uma hora, um minuto extra para escapar de Miasma por um triz. Não me lembro da última vez que pude relaxar sob a sombra de um guarda-sol de seda e aproveitar os frutos do meu trabalho.
— 99.930! — fala em voz alta o cortesão, como fora instruído.

Com um sorriso, eu me acomodo mais fundo no divã.

— Você não parece preocupada.

O cheiro de incenso de madressilva precede Cigarra. Quatro criados carregam seu divã de marfim e o colocam ao lado do meu.

— Por que deveria estar? — pergunto, observando a roupa de Cigarra.

Ela trocou as vestes brancas por vestes verde-espuma-do-mar acentuadas com um brocado de ouro. Combinava com os brilhos dourados de sua coroa. Apenas seu cabelo, parecendo um lençol liso até a cintura, pertence à garota descalça que conheci na corte.

— A ansiedade aguça a mente — diz Cigarra, parecendo uma filósofa de 40 anos de idade.

Abano um mosquito do meu nariz.

— A ansiedade é contraproducente.

— Alguém que conheço sempre disse isso.

— Deve ser estrategista.

E eu devo ser masoquista. Por qual outra razão eu continuaria falando sobre estrategistas, quando há apenas uma em quem Cigarra pensaria?

— Você está certa — diz Cigarra. — É mesmo.

Sigo seu olhar para onde ele se move, esperando ver Kan, mas ela está apenas olhando para o rio, uma serpente brilhante que nos separa de Miasma.

Meus dedos tamborilam no joelho. É o veneno, digo a mim mesma. Vou precisar voltar para minha dose diária do antídoto em breve, e não porque estou me lembrando da música de cítara que toquei para Corvo.

— 99.950! — grita o cortesão, uma distração bem-vinda. — 99.960! 99.970!

A última carroça chega à estação do ábaco. A contagem chega perto de cem mil. Cigarra se levanta do divã, aceitando uma espada de ouro trazida à frente por um servo. Também fico de pé. Nossos olhos se encontram enquanto ela descansa a lâmina contra a inclinação do meu ombro. Ela verá sangue se pressionar mais forte.

— 99.980! 99.990!

A última das flechas é retirada do feno, marcada no eixo com alcatrão e classificada em cestos. A última das contas do ábaco desliza para o lugar certo. Os últimos registros vão para o livro de armamentos, e todos esperam enquanto o cortesão confere os números antes de limpar a garganta e gritar a contagem final.

Não pode ser.

— De novo — ordena Cigarra. — Bem alto, para que as pessoas no fundo possam ouvir.

— 99.999!

O número ressoa como uma corda de cítara quebrada. Quais eram as chances? Uma em cem mil, certamente. Ficar com uma flecha a menos, não duas, não três.

— A perspectiva de perder a cabeça a diverte? — pergunta Cigarra enquanto sorrio sem alegria.

— Acho as coincidências divertidas.

— Está sugerindo que isso não foi uma casualidade, mas o resultado de alguma interferência?

— Não. — Dou um passo à frente, a lâmina deslizando ao longo do meu ombro. — Uma flecha a menos é uma flecha a menos.

Cigarra impede meu avanço com a ponta da espada em meu peito.

— Você não precisa ter uma flecha a menos.

— O que quer dizer?

— Você tem cinco segundos para produzir a centésima milésima flecha, aqui mesmo. — Ela levanta a espada. — Cinco. — Fecha os olhos. — Quatro.

Então é assim.

— Três.

Eu *poderia* ter trazido uma aljava de flechas, só para garantir.

— Dois.

Mas isso seria duvidar de mim mesma, e não faço isso desde o dia em que fiquei do lado de fora daquela taverna.

— Um.

Não tenho nada para Cigarra quando ela abre os olhos. Sem flechas ou palavras. Abro minhas mãos vazias, e ela sorri.

— É disso que eu gosto em você. É orgulhosa demais. — Ela ergue a espada e aponta para o meu pescoço. — Um dia, você vai morrer por isso.

É tudo fingimento. Ela não vai me matar. Não pode me matar. Nem por uma flecha...

A lâmina cai.

Os espectadores suspiram. Não tenho fôlego para isso. Eles estão olhando para a espada fincada no chão, a lâmina dourada dividida em dois para revelar uma flecha igualmente dourada em pé, no centro. *Camponeses*, penso de maneira débil. Claro que a espada nunca seria transpassada em *mim*.

Cigarra arranca a flecha do chão.

— Hoje sua vida foi poupada por mim.

Ela me oferece a flecha. Eu a quero tanto quanto meu ego quer a caridade dela. Mas preciso viver para ver meu estratagema concluído, então aceito. É muito pesada. Cigarra assente para o cortesão.

— Cem mil!

A senhora do Sul olha para as pessoas reunidas.

— Por muito tempo, o Norte vem tomando nossos recursos como bem entende. Agora eles navegam com sua frota para nos intimidar até a submissão. Mas não vamos nos curvar. Junto com Xin Ren, vamos derrotar Miasma!

Essas palavras deveriam ser minhas, penso enquanto os estivadores aplaudem.

— Ren será uma grande aliada — continua Cigarra. — Com o apoio dela, as Terras do Sul voltarão ao auge de sua glória. Vamos recuperar todo o território que nos pertence por direito, começando pelos Pântanos.

Espere. Eu nunca prometi *isso* à Cigarra. Mas os estivadores aplaudem — mais alto ainda quando Cigarra decreta uma festa de dois dias para comemorar a aliança. Ela se vira para mim.

— Por que está abatida? Não era isso que você queria?

Os aliados têm um preço. Eu sabia disso. Apenas pensei que teria mais tempo antes que Cigarra falasse sobre os Pântanos, a zona neutra entre o Oeste e o Sul, que historicamente pertencia ao Sul — até que os piratas Fen a roubaram. Quando Cigarra destruiu os Fen, Miasma pegou o território e presenteou Xin Gong com ele. Como ele tem sido bem inútil, tenho poucas razões para acreditar que o tio de Ren desistirá das terras em nosso benefício.

Mas agora não é hora de subestimar Ren, então aceno para a flecha dourada em minhas mãos.

— Você chama esta coisa de flecha?

— Como você chamaria isso, senão de flecha?

— Seu arqueiro mais forte não poderia lançá-la pelos ares.

— Achei que você ia gostar. Me disseram que você gosta de pompa e de extravagância.

— Quem disse?

Pela primeira vez, Kan não me vem à mente. Ela nunca me viu usando minhas melhores vestes brancas e o leque de garça-azul. Vivíamos na miséria e na sujeira. A maior "pompa" que tínhamos era um ovo de chá marmorizado todo Ano-Novo e uma túnica de algodão se o orfanato tivesse esmolas de sobra.

Cigarra não responde.

— Tem alguém aqui que quer te ver — diz ela em vez disso, saindo do cais antes que eu possa pressioná-la.

Eu a alcanço. Ela dispensa seus criados, e entramos em um matagal bem cuidado de bambu. Quanto mais fundo vamos, mais fraca é a luz, tingida de verde como se estivéssemos debaixo d'água. Saímos do caminho e cruzamos uma ponte coberta de musgo que desce para a floresta, onde bambus brotam do chão ao acaso, com caules totalmente crescidos, mais grossos que meus braços.

Um oficial de governo me encontraria no Pavilhão Rouxinol. Um general ou oficial da marinha me encontraria em uma sala de batalha ou em um barco. Minha confusão aumenta quando a floresta termina abruptamente, o bambu transformando-se em campos de chá.

— Aonde estamos indo?

— Para um lugar que você conhece bem.

Franzo a testa. Não há nada aqui além de um pomar de frutas cítricas a oeste, um campo de treinamento de infantaria a leste e... minha torre de vigia favorita no meio de tudo isso.

Ela surge da paisagem verde como um espantalho muito magro, com quatro pernas longas, uma cesta no lugar da cabeça e um teto de palha no lugar de um chapéu. As outras cinco torres de vigia têm vista para passagens críticas nas montanhas e nos rios, mas esta é cercada por campos de chá até onde a vista alcança. Como resultado, não é protegida ou tripulada. Era o lugar ideal para ler o cosmos a fim de maquinar minha estratégia de pegar flechas emprestadas, mas não consigo imaginar que pessoa ilustre me esperaria aqui.

Cigarra para na base da torre de vigia.

— Sirva-me, Brisa.

— Perdão?

— Você me ouviu. — A desmaiada luz do sol brilha em sua coroa quando ela levanta o queixo. — Deixe Ren e junte-se às Terras do Sul como minha estrategista.

— Não.

Não hesito em responder, e os lábios de Cigarra se contraem.

— O que em mim não está à altura de Ren?

— Prefiro não insultá-la na sua cara.

— Eu ordeno que o faça.

— Você não é minha senhora.

— Sério? — Seus olhos brilham. — Por aliança, acredito que o que pertence à Ren agora também pertence a mim.

Tudo bem, então. Se ela insiste.

— Você não tem ambição. — O rosto de Cigarra fica sombrio. Foi ela quem pediu. — Você se importa com seu reino, o que, na sua cabeça, inclui os Pântanos. Mas suas aspirações nunca atingiram o nível do império. Você não consegue ver valor além da casa que conhece. — Eu espero que minhas palavras sejam absorvidas. — Estou errada?

— E se você estivesse? Eu seria capaz de convencê-la do contrário? — Cigarra bufa. — Então você não vai me servir. Mas por que Ren? Ela também não aspira ao império.

— Ela quer ajudar Xin Bao.

— Xin Bao é uma causa perdida. E nem comece a falar da honra de Ren. Eu vou morrer se tiver que ouvir sobre isso mais uma vez. — O olhar de Cigarra se estreita. — *Você quase morreu por isso.* — Eu discordo. — A população pode apoiá-la, mas a maioria de seus seguidores são agricultores sem instrução e trabalhadores desqualificados. Você não os respeita. Miasma pode ser aquela que afirma ser um deus, mas os mesmos rumores cercam Ren. Então, Brisa? É por isso que você a segue? Porque ela é o seu deus? — Cigarra me encara. — Você poderia ter algo melhor do que Ren, mas continua arriscando a vida por ela a cada passo. Por quê?

Não sei. As palavras brilham em minha mente: uma mentira. Eu *sei*. Ela tem o sobrenome correto. A reivindicação justa. Se a população respeita isso, o que importa o que *eu* respeito? Aposto minhas esperanças em Ren porque vejo a melhor chance de sucesso.

Mas então outra voz soa: *por que você respira? Por que o sol nasce no leste? Você precisa de uma razão para seguir Ren?*

Sem dúvida. Ren não é família. Não devo obrigação a ela da mesma forma que devo à Kan.

— Por que você acha? — pergunto para Cigarra, que claramente tem a própria opinião.

— Acho que você a segue porque ela é um azarão, e você simplesmente não consegue resistir a um bom desafio. Servi-la não é diferente de coletar cem mil flechas em três dias. Estou certa?

— Eu seria capaz de convencê-la do contrário? — pergunto, jogando suas palavras de volta para ela. — Já terminamos?

O fervor em sua expressão diminui.

— Ao que parece, sim. — Ela dá as costas para a base da torre de vigia. — Tenha uma boa escalada.

— Terei — digo para a senhora do Sul, balançando minha cabeça.

Uma criança. Pelo menos ela finalmente reconheceu minhas habilidades como estrategista.

Arregaço as mangas e agarro a escada. Com segundos de subida, já estou tremendo. Meus braços cedem nos degraus finais e desabo na plataforma. Lótus e Nuvem ririam se me vissem.

— Precisa de ajuda?

Meu olhar se ergue de susto... para o último rosto que esperava ver.

Ren me ajuda a ficar de pé.

— É bom ver você, Qilin.

Não consigo falar. Da última vez que meu coração bateu tão rápido, foi por Corvo. Mas ele me dispersa. Ao redor dele sou névoa, tomando qualquer forma que eu queira.

Ren tem o efeito oposto. Eu me recomponho para ela, os pensamentos se condensando enquanto a estrategista em mim retoma o controle.

Cigarra me encurralou sob a torre de vigia de propósito.

Esperava que eu traísse Ren na cara dela.

Eu me curvo o mais baixo que minhas costas doloridas permitem.

— Descansar, Qilin.

Permaneço curvada.

— O quanto você ouviu?

— O suficiente para elogiar Cigarra — diz Ren, bem-humorada. — Tenho que dar o braço a torcer, ela levanta pontos válidos.

Estou menos encantada.

— Você não deveria estar aqui.

As terras entre nós estão repletas de senhores da guerra, bandidos e lacaios do império. Os poucos cursos d'água que não estão nas mãos de Miasma cortam ravinas traiçoeiras, propensas a inundações repentinas. Além disso, para Ren estar aqui, ela teria que ter partido quase imediatamente após minha deserção. Qual foi a impressão que isso causou nos camponeses? Qual foi a impressão que *eu causei* em Ren, quando envenenei nossos cavalos?

— O que você sabe? — pergunto, lembrando minhas instruções para Turmalina.

Se Ren investigar, não diga nada.

Ren caminha até a beira da torre de vigia. Ela está mais bronzeada do que antes. Mais magra. Picadas de mosquitos do pântano espalham-se por seu pescoço, já com aparência de velhas.

— Quando você pediu vinte homens, eu confiei que você tinha um plano. Quando Nuvem disse que você desertara para Miasma, acreditei que havia mais nessa história. Quando os cavalos morreram, acreditei que era por uma causa maior, e, quando Miasma afastou suas tropas de Hewan, minha confiança se tornou um palpite. Então nossos batedores relataram que Miasma estava enviando uma delegação para o sul. Achei que era hora de falar com a última pessoa com quem você foi vista.

Ren agarra o corrimão de madeira e olha para mim.

— Você escolheu bem sua confidente. Turmalina se recusou a falar. Então eu disse a ela que já sabia do seu plano. Você ia pegar uma carona de barco com Miasma até o Sul. Eu só precisei ver a expressão dela para confirmar. — Ren sorri quando me junto a ela na beirada. — Aposto que você não achava que eu tinha essa astúcia em mim.

Eu murmuro um "não". Ainda não estou satisfeita que Ren se arriscou para vir aqui. ("Não pode haver uma aliança Ren-Cigarra sem Ren, pode?" foi a resposta dela.) Mas Ren também não se parece muito com a senhora que deixei em Hewan. Seus olhos não estão nas estrelas que começam a se mostrar, mas nos campos bem diante de nós, campos que um dia podem pertencer à Xin Bao mais uma vez.

— Eu já te sobrecarreguei o suficiente — declara Ren ao crepúsculo conforme cai a noite. — Daqui em diante, deixe comigo. Já informei à Cigarra que podemos contribuir com dez mil homens.

— Dez mil?

De onde?

— O clã Xin é grande. Eles podem poupar algumas tropas.

— Eles estão nos ajudando?

— Sim.

— Mas por quê?

O tio dela ignorou nossa existência até agora.

— Isso não é nada para o Governador Xin Gong — diz Ren dando de ombros. — Eu escrevi para ele, disse para pensar nisso como um empréstimo.

Escrevi para ele também. O que mudou? Algo se esconde por trás desse progresso. Assim como Cigarra espera os Pântanos, Xin Gong vai esperar um reembolso.

— Aiya, você está me deixando nervosa — diz Ren quando permaneço em silêncio. — As tropas serão úteis, não?

Penso com clareza. Se e quando Xin Gong se tornar um problema, vou lidar com ele. Sou a Brisa Ascendente, afinal.

— Com que rapidez você consegue colocar as tropas dele situadas ao redor das passagens de Pedra-pomes e de Xisto?

— Em três dias estará feito.

Três dias. De repente, planos que levariam semanas para se desenvolver se desenrolam diante dos meus olhos.

— Vamos atacar à noite. — Corto meu leque pelo ar. — Vamos acertá-los com dois golpes: um a partir da água, outro a partir da terra. Cigarra destruirá a frota do império enquanto bloqueamos as duas passagens da escarpa, impedindo sua retirada. — Abaixo meu leque, os dedos apertados ao redor do cabo. — Miasma não vai escapar desta vez.

A princípio, Ren fica em silêncio. Talvez eu não devesse ter aludido à loucura de Nuvem, ou falado com tanto vigor. Mas então seus olhos encontram os meus.

— Será bom estar na ofensiva pelo menos uma vez.

— De fato.

Isso é tudo o que venho construindo desde que me juntei ao acampamento de Ren. Quando sairmos vitoriosos, Ren finalmente representará uma ameaça verdadeira ao império. *Assim como eu*, lembro a mim mesma enquanto o sorriso de Ren se dissolve.

— Você sofreu, Qilin.

Minha mão segue seu olhar até minha própria têmpora.

— Não é nada. — Toco a lesão. — Já está descamado.

Um grilo canta em algum lugar da noite.

— Ah, quase esqueci. — Ren enfia a mão na dobra cruzada de suas vestes e tira uma vareta embrulhada em pergaminho. — Veja o que encontrei no mercado.

Através do pergaminho, vejo a massa irregular de açúcar.

Lentamente, eu pego o bastão.

Não gosto de doces. Ferem meus dentes. Vou descartar este mais tarde, assim como todos os outros. Mas, na frente de Ren, eu o seguro e sorrio. Desde o dia em que ela me comprou o primeiro — este chamou sua atenção, não foi? —, decidi que não faria com ela o que Kan fez comigo. Se Ren me comprar doces porque me viu na barraca, perdida em minhas memórias com Kan e seu amor difícil de conquistar, eu vou aceitar. Aceitarei qualquer coisa que Ren me der. Mesmo que não sejamos parentes. Mesmo que ela tenha outras irmãs.

Outras irmãs. Enquanto olho para o doce, percebo que esqueci alguém muito importante para Ren.

— Lótus...

— Já escapou com os soldados de infantaria. Ela colocou a vida deles em risco quando saiu para encontrar Miasma sem suas ordens, de modo que a puni por isso.

Só posso imaginar como isso foi recebido. Mas não importa. O importante é que Ren se reencontrou com sua irmã de juramento.

— E as pessoas...

Eu me afasto. *O que elas pensam de mim?* Por que estou sequer perguntando? Desde quando me importo com como sou vista pelas pessoas?

— O que elas pensam não importa — diz Ren, como se estivesse lendo minha mente. — Você será recebida como uma heroína quando isto acabar.

— Ela não é uma heroína.

Tanto Ren quanto eu nos viramos, mas apenas eu estremeço.

Kan sobe o último degrau e pula como uma megera na plataforma.

— Esta é... — *Minha irmã.* — Novembro. Estrategista de Cigarra — concluo, as palavras azedas na minha boca.

Ren observa Kan. Eu também o faço, com medo de encontrar alguma semelhança reveladora. Mas tudo o que vejo é uma garota de 15 anos de idade, com manchas de chá em suas vestes e cabelos mal cortados.

Ren parece muito menos pobre em comparação.

— Estou ansiosa para trabalhar com sua senhora — diz ela, abaixando a cabeça para Kan.

A formalidade é desperdiçada com minha irmã. Ela olha para mim, e eu limpo a garganta.

— Eu deveria informar Novembro sobre nossos planos.

— É claro. Vou deixar você fazer isso.

Kan não reconhece a presença de Ren enquanto ela chega até a escada. Espero minha senhora descer. Espero um pouco mais.

Finalmente, encaro minha irmã.

— O que você quer?

Kan puxa algo longo e fino de detrás das costas.

Uma flecha.

Não uma flecha qualquer, mas uma que foi extraída dos bonecos de estopa dos meus barcos de palha. Fios de lã azul ainda estão presos nas penas vermelhas e pretas, e, quando Kan a estende, vejo que a haste está sem a faixa de alcatrão com a qual todas as flechas registradas foram marcadas.

Meu instinto estava certo. Alguém me *sabotou*.

Minha própria irmã.

— É para você — diz ela. — Pegue.

Minha mão treme quando a pego. Não deveria. Tenho minhas cem mil flechas. Mantive minha cabeça. Mas o resto de mim treme, porque a questão não é a flecha. Eu sei que Kan me odeia o suficiente para me querer morta. Dar a flecha para mim é a maneira dela me dizer isso. O que eu não sei é:

— Por quê?

— Por que o quê?

— Por que você me odeia?

Desde a fome. Desde que consigo me lembrar. Por quê?

Isso me consome, esse mistério de Kan.

Isso me reduz a nada.

—Você não é minha irmã — diz Kan, e essas palavras... Já as ouvi antes. Quando acordei do coma induzido pela fome. — Você não é minha irmã. Você não é...

— *Do que você está falando?*

— *Você não é Qilin!* — grita Kan, e eu dou um passo para trás.

— Não entendo.

— Você não é minha irmã — repete Kan, calma novamente. — Isso é tudo que precisa entender.

Você está errada. Entender tudo — de quem eu era a quem poderia ser — é a única razão pela qual consegui recuperar o controle da minha vida depois de perdê-la.

— Kan...

— Novembro. Esse é o meu nome agora.

Ela se afasta de mim e fala sobre o posicionamento da frota de Miasma. Fala das rotas de retirada que a primeira-ministra tomará, se for atacada pela frente. Desenvolve uma estratégia de terra e água, terminando com:

— ...fogo. — Uma palavra arrancada do meu crânio. — O Sul vai atacar com fogo — diz Kan, sua arma de escolha igual à minha, e eu a encaro.

Essa garota, minha irmã, é a única razão que poderia ter me convencido a mudar de lado. Cigarra poderia ter usado essa cartada.

Mas, em vez disso, é como se nosso passado nunca tivesse existido. O cosmos muda. O vento muda. Uma brisa sopra o cabelo de Kan para frente, e o meu, para trás.

Uma brisa do sudeste.

Em três dias, ela atiçará fogo sobre a armada de Miasma, toda conectada e ainda mais fácil de devorar. Mas, esta noite, há apenas um incêndio. Que está aqui, no meu coração. Ele me queima de dentro para fora, quando aceito que Kan nunca me dirá a verdade sobre o que aconteceu. Que assim seja, então. Ela pode ter sua posição, seu codinome. Ela será Novembro — a estrategista —, e eu serei a estranha.

†

UMA PEQUENA CANÇÃO

Eu serei a estranha.

Em três dias, os "desertores" do Sul chegarão às margens da escarpa. Eles viajarão de barcaça, sob o disfarce de um carregamento de grãos dirigido por mim. A notícia encanta Miasma.

— Serão os três dias mais longos da minha vida — declara ela sobre sua taça de vinho.

Concordo.

Mais três dias até a armada dela queimar.

Mais três dias até eu voltar para Ren com nossa maior vitória até agora.

À noite, sonho com o acampamento — passear com Ren, conversar com Turmalina e até beber com Nuvem e Lótus, e é por isso que sei que estou sonhando. Durante o dia, presa nessa embarcação inimiga, imagino-as se preparando para a grande batalha. Dei ordens tanto ao nosso pessoal quanto ao de Cigarra, mas estou ansiosa para fazer mais. Na cabine, embrulho meus poucos pertences em um grande lenço e os coloco debaixo do beliche. Retiro a jarrinha que fiz com a ajuda dos artesãos de Cigarra e a examino uma última vez.

Tanto a jarra quanto as pílulas dentro parecem idênticas às de Corvo. Ele não será capaz de diferenciá-las após a troca. Ele vai ficar com a réplica, e eu ficarei com o antídoto, porque, uma vez que eu sair para buscar os "desertores", não voltarei para minha dose noturna.

A questão, ao que parece, é como colocar minhas mãos em seus bolsos.

— O que você quer dizer com "sem visitantes"?

— Exatamente o que acabei de dizer — diz a criada posicionada do lado de fora da cabine de Corvo. — Sem visitantes. Pegue isso e vá embora.

Ela me entrega uma bandeja com uma xícara de chá.

Eu aceito, mas não bebo.

— Ele mesmo disse isso?

— Disse.

— Não acredito. — Tento me mover ao redor da serva, mas ela se move comigo. — Como vou saber que ele está mesmo em condições de falar?

— Ah, acredite em mim, ele está — fala uma voz atrás de mim.

É o médico, aproximando-se com a caixa de remédios.

— Ele tomou o tônico? — pergunta ele à serva.

— Disse que é muito amargo.

— As crianças de hoje. — O médico suspira.

A criada abre as portas da cabine para ele. Levanto minhas sobrancelhas.

— O médico está aqui para o bem do Mestre Corvo — diz ela, de maneira afetada.

— Eu também estou.

Ela me lança um olhar depreciativo.

Cruzo os braços.

— Você tem medo de que eu faça o quê? Seduza-o terrivelmente? Encante sua alma? Bem, o que é, então?

— Ele piorou depois da sua última visita.

— Isso é...

Impossível. Tudo o que fiz foi tocar algumas músicas. Ele até teve energia para flertar.

Mas ele não estaria assim se não fosse por mim. Corvo salvou minha vida, e aqui estou eu, recompensando-o ao tentar roubar a garrafa em sua capa.

Vá embora, diz uma voz na minha cabeça. *A empregada está certa. Você é a última coisa de que ele precisa.*

Mas não saio dali. O dever chama, e eu quero respostas.

— Como ele está? — pergunto quando o médico sai.

Ele balança a cabeça. Olho para sua caixa de remédios: lençóis ensanguentados espreitam por debaixo da tampa. Meu coração fica frio.

— Eu posso ajudar. — Meu leque está na minha mão, como se eu pudesse planejar o restabelecimento da saúde de Corvo. — Posso convencê-lo a tomar o remédio.

Ou, no caso, forçá-lo a tomar.

— Você? — zomba o médico. — Quem é você para ele?

Em seguida, ele deixa um conjunto de extratos e instruções com a serva e se apressa até o convés, sua simples pergunta assombrando o ar como o cheiro de ervas.

Quem sou eu para Corvo? Ninguém. Na melhor das hipóteses, uma rival. Na pior, uma inimiga. O que posso fazer por ele? Nada além de beber meu chá e ir embora também.

A noite vem. O amanhecer irrompe. Faltam dois dias. Estou agitada na minha cabine e quase pulo quando a porta se abre, mas é apenas uma serva trazendo outra xícara de chá com o antídoto. Bebo o líquido, então vou para a cabine de Corvo e caminho do lado de fora.

Ele piorou. Ele piorou.

Pode estar em coma. Pode estar morrendo. *Ou,* penso enquanto vejo tigelas e xícaras limpas saindo de seu quarto, *ele não está à beira da morte*. Está comendo e bebendo.

Corvo está me evitando.

Ele sabe que vou embora. Não quer que eu ponha as mãos no antídoto. Mas então por que não retê-lo e deixar o veneno cobrar seu preço? Ele deve ter seus motivos. Nada é por acaso com Corvo. Mantenho isso em mente enquanto me afasto de sua cabine, com a réplica da jarra apertada na mão. Mas há um nó mais apertado na minha garganta.

Ele sabe que você precisa vê-lo para conseguir o antídoto.

Mas não sabe que você quer vê-lo, com ou sem antídoto.

Ou talvez saiba. *Ele te salvou. Disse que gosta de você.* Não — metade do que Corvo diz é provavelmente uma atuação. Levar a flechada por mim? Um ato arriscado, mas não sem recompensa. Ele pode estar tentando ganhar minha confiança, apenas para me apunhalar pelas costas. Ferir-se para Ferir o Inimigo. É o Estratagema Trinta e Quatro. Eu *sei* disso.

E, no entanto, também passo o dia seguinte do lado de fora das malditas portas de sua cabine.

Quando finalmente volto para a minha naquela noite, um grupo de criadas me espera. A primeira-ministra está dando um banquete em seu barco esta noite, dizem elas. Minha presença é solicitada. Elas trazem as vestes que Miasma tinha feito especialmente sob medida, e, por uma fração de segundo, me pergunto se Corvo contou a ela sobre minha preferência por branco.

Mas o manto dentro do baú é preto. Ele desliza sobre minha pele, leve como a água. Três servas mexem com a faixa, enquanto outra alcança minha cabeça. Eu me afasto.

— O que está fazendo?

— Adornando seu cabelo.

— Meu cabelo está bom deste jeito.

Usar preto para Miasma é o meu limite.

Mas nada disso é para Miasma. Tudo tem sido para a aliança Ren-Cigarra.

Suporte mais um dia.

Estico o braço e tiro o grampo. Meu rabo de cavalo cai, solto. Minha cabeça parece desequilibrada.

A criada trança uma parte do meu cabelo em volta da minha cabeça e deixa o resto pendurado nas minhas costas. Quando ela termina, me olho no espelho e vejo o tipo de garota que poderia ficar tentada pelas riquezas de Miasma e por certos estrategistas de cabelos escuros. Mas sou muito estrategista para cair nessa. Estou atuando, assim como Corvo. Cada osso do meu corpo se lembra disso quando piso no barco de Miasma e chego ao banquete. Sopradores de chamas, malabaristas de facas e transformadores de rosto se misturam com a comitiva no convés. Dançarinos bailam em vestidos translúcidos. Uma orquestra de alaúdes e de gaitas toca, e as mesas se estendem de bombordo a estibordo. Acima, flâmulas que costumavam se balançar pendem frouxas e imóveis. Os ventos pararam.

Mas amanhã eles terão invertido a direção e soprarão uma verdadeira corrente sudeste.

— Brisa Ascendente!

Miasma gesticula para que eu vá até sua mesa e acena a mão quando a alcanço. Dou uma voltinha para ela, assim como fiz no topo da escarpa.

— Esplêndida! — Ela se vira para o resto da mesa, onde estão sentados inúmeros generais, conselheiros e estrategistas, mas nenhum Corvo. — Uma verdadeira joia, não é?

Forço um sorriso tímido em meus lábios.

— Venha. — Miasma dá um tapinha no assento à sua direita. — Não seja tímida. Sente-se! — Ela pega um jarro de bronze e enche minha taça. — É uma pena que Corvo não esteja se sentindo bem o suficiente para se juntar a nós.

— Sim. — Decido arriscar. — Eu esperava vê-lo hoje.

— Sente falta dele, não é? Sei que você deve sentir falta de Ren — diz Miasma, sem me dar a chance de me recuperar. Seu hálito já cheira ao vinho que ela acabou de me servir. — Não culpo você. Ela tem esse efeito nas pessoas — continua, gesticulando com o recipiente —, atraindo-as para si. Mas, na realidade, tudo o que ela faz é tomar. Sua confiança, seus bens... ela os toma e os remodela, sem remodelar a si mesma. É uma ladra de tudo o que você pensa que seja seu. Mas chegará o dia em que eu tomarei tudo o que ela pensa que seja dela. — Miasma se inclina, a ponta ossuda de seu nariz quase tocando o meu. — Começando por você.

Então, antes que eu possa processar de onde veio tudo isso, Miasma se recosta.

— Serva!

Uma criada aparece, e Miasma ordena que ela me sirva os melhores cortes de cabrito montanhês.

— Senhora...

— Ora, o que eu já disse, Brisa? — repreende Miasma enquanto a serva empilha carne no meu prato.

Umedeço os lábios.

— Mi-Mi. Eu não...

— Coma — diz Miasma, empurrando o prato na minha frente. — Quero que seu corpo se fortaleça tanto quanto sua mente.

Eu não como carne. Pelo menos não as coisas brilhantes e meio fétidas amontoadas diante de mim. Mas, sob o olhar de Miasma, mastigo e engulo um pedaço de cabrito. Depois outro. Suor frio escorre pela minha espinha. Juro nunca mais comer carne outra vez.

Termino o prato e me recosto, meu estômago espumando com a acidez.

Miasma de repente se levanta.

— Um brinde!

Taças e pratos chacoalham quando ela pula em nossa mesa.

— À nossa imperatriz, Xin Bao — declara ela, andando sobre pratos de comida. — Que sua estrela permaneça brilhante e que seu reinado seja longo!

Ela chega ao final da mesa e bebe o vinho de um gole só. Todo mundo bebe também. Lanço o conteúdo da minha taça por cima do ombro.

Uma serva sobe em um banquinho para encher o cálice de Miasma. Com mais vinho na mão, ela retoma o ritmo.

— E à Xin Ren e à Cigarra! Quanto entretenimento elas nos proporcionaram! Mas já brincamos com nossa presa por tempo suficiente. É hora de aproveitarmos a chance e acabar com elas!

Gritos de consenso. Outra rodada desce, e todos batem suas taças enquanto Miasma sorri, as feições de caveira exageradas à luz das tochas. Ela aceita uma segunda recarga de bebida e a ergue para o céu.

— Os céus podem ter me abençoado com o poder de reunir o império, mas eu não poderia ter feito isso sem você! Sim, você! E você! — O vinho derrama do cálice enquanto ela o aponta. — Todos vocês! Vocês, meus mais queridos e leais servidores! Para vocês e para nossa vitória iminente, apresentarei uma pequena canção. Ou poema. — Miasma bebe o vinho e joga a taça antes de pegar a jarra. — Como muitos sabem, eu não canto bem. Mas um poema eu consigo fazer!

Ela toma um longo gole pelo bico da jarra e passa os nós dos dedos sobre a boca.

— A vida do homem — grita, marchando pela mesa — é apenas o orvalho da alvorada. Dias passados, muitos... — sua bota se afunda em uma tigela — ...dias futuros, quase nada. Em meu coração, a melancolia se pôs a criar / e vem de cuidados que não consigo abandonar. O que pode solucionar esse problema pequenininho? — Miasma oscila, e os generais se levantam, estendendo a mão para estabilizá-la. — Conheço apenas uma bebida... Du Kang, o vinho!

Várias gargalhadas.

— Discípulos vestidos de azul...

Um guarda se aproxima da mesa e se ajoelha.

— Relatório!

A primeira-ministra toma mais um gole, depois arremessa o jarro. Enquanto as servas correm para recuperá-lo, Miasma se abaixa para ouvir a mensagem do guarda.

— Vamos ter que fazer aqui mesmo — responde. Ela se endireita, encarando o resto de nós. — Parece que temos uma interrupção. Meu poema terá que ficar para outro dia.

Gritos se elevam em protesto.

— Não temam! — declara Miasma. — Vocês vão se divertir da mesma forma. Guardas!

Um silêncio desce sobre todos, menos sobre os dançarinos, que gritam e saem correndo enquanto os guardas arrastam uma pessoa para a proa do navio. Eles a jogam no chão, e eu meio que levanto do assento.

Corvo?

Não. O mesmo manto preto e longos cabelos negros, mas é uma estranha. Minha mente se esvazia de alívio — um alívio que eu nem deveria sentir. Eu me concentro.

Com exceção de Corvo, a maior parte da comitiva de Miasma é mais velha. Essa garota é jovem. Ela é uma estrangeira, ou uma...

— ...serva — diz Miasma — foi pega mandando pombas para a corte de Cigarra. O que isso faz dela?

— Uma traidora! — dizem todos em um uníssono praticado.

— E o que acontece com os traidores neste acampamento?

— Eles morrem!

Miasma pula da mesa e se agacha diante da garota, agarrando o queixo dela. O ponto sob minha orelha formiga, lembrando do corte de sua unha.

— Eu gosto dos seus olhos. — A garota choraminga através da mordaça, e Miasma a liberta. — Gostaria que você tivesse pensado duas vezes antes de me dar motivos para arrancá-los.

Ela forma uma garra com a mão, posicionando-a acima da têmpora da garota, como se pudesse arrancar os olhos dela aqui, agora. Conselheiros cobrem seus rostos com as mangas de brocado. Os generais e os soldados observam porque têm apetite por sangue. Eu assisto porque não tenho mais apetite para discutir.

Mas então a mão de Miasma se fecha em um punho.

— Ameixa.

— A serviço da primeira-ministra.

— Quantos cofres de ouro eu tenho de sobra?

— 253, senhora.

Miasma se levanta. Ela se vira para nós, os olhos brilhando.

— Eu sei o que meus inimigos dizem de mim. Que sou cruel. Temperamental. Irracional. Mas ninguém nunca reclamou da minha generosidade. Eu dou às pessoas o que elas merecem. Agora é a sua chance. — O sino em sua orelha tilinta quando ela abre os braços nus para a multidão. — Responda-me. Qualquer um. Qual é a maneira mais dolorosa de matar um traidor?

Sugestões inundam o ar, cada uma mais horrível que a outra. Vozes arranham umas às outras, até que tudo o que ouço é meu próprio silêncio e um sussurro atrás de mim.

— Cozido no vapor.

O sussurrador é um servo com o rosto tatuado. Um prisioneiro. Eu o encaro, e ele encara de volta, atordoado, como se não pudesse acreditar no que acabou de dizer.

Mas é tarde demais. Como uma cobra sentindo o movimento na grama, Miasma vira a cabeça em nossa direção.

— O que você disse?

O prisioneiro olha para mim impotente, como se *eu* pudesse reivindicar suas palavras.

— A primeira-ministra lhe fez uma pergunta! — grita Ameixa. — Fale.

— C-cozido no vapor. — O homem mantém os olhos em seus pés. Talvez ele trabalhe com a garota. Talvez sejam amigos. Não importaria. Uma pessoa sem nada tem tudo para trair. — Mo-morrer cozido.

— Cozido... — Miasma esfrega a lateral do rosto, pensativa. — Cozida será, então. Mas arranque os cabelos primeiro. Gosto do meu porco sem pelos.

A serva geme através da mordaça. Miasma acena para os guardas. Enquanto eles arrastam a garota para o convés, a primeira-ministra gesticula para o prisioneiro.

— Ameixa, cuide para que ele receba um cofre.

— Isso é...

— Muito desperdício? — Miasma balança a cabeça. — Ameixa, Ameixa, o que eu já disse sobre seus modos mesquinhos? Bem? — Ela enfrenta o público. — O que vocês me dizem? Sou esbanjadora ou generosa?

— Vossa Senhoria é muito generosa! — gritam todos, mas a atmosfera mudou.

O vinho está intacto nas taças. A comida segue intocada. Uma criada corre para informar que o cozinheiro acendeu o maior dos caldeirões, e um conselheiro à minha frente pede licença e corre para a murada do barco.

— Excelente — diz Miasma. Rezo para que isso marque o fim do banquete, mas ela salta de volta para a mesa. — Agora, onde eu estava?

Um general limpa a garganta.

— "Discípulos vestidos de..."

— Mi-Mi.

Olhares se viram para mim.

Eu deveria ficar em silêncio. Aquela garota poderia ter sido eu, mas com uma diferença: sou muito esperta para ser pega.

Eu me levanto e me dirijo à Miasma.

— Permita-me tocar uma música para você.

— Ah? Você não gosta do meu poema?

— Um poema é uma canção sem melodia. O seu merece uma. Permita-me providenciá-la.

O rosto de Miasma está imóvel, como se fosse de porcelana. Então um sorriso o racha.

— Muito bem colocado! Tragam uma cítara para Brisa Ascendente.

— E um acompanhante — acrescento, esperando que ela pense em convocar Corvo.

Mas um membro da orquestra é chamado adiante. Seus olhos estão cautelosos quando ele se senta na minha frente, atrás da própria cítara.

Vejo sua cautela se transformar em repulsa, quando o cheiro de carne fumegante flutua acima do convés.

— O que é que você tem para nós? — pergunta Miasma, enquanto as pessoas empalidecem à direita e à esquerda.

Levanto minhas mãos.

— Os gritos dos soldados de Ren sob os cascos de sua cavalaria.

— Excelente! — ruge Miasma.

— Hino de batalha — murmuro para o outro citarista, então assinto.

É sua deixa para começar a tocar. Enquanto suas notas zumbem, eu aperto as cordas com força e arrasto minhas mãos para cima e para baixo ao longo delas. Meus dedos queimam com a fricção, e cerro os dentes quando o som nasce.

Estes serão os gritos dos soldados de Miasma enquanto são queimados vivos, o guincho de seus barcos enquanto eles se desfazem nos elos. Bato a mão na madeira da cítara — um único e tenso batimento cardíaco — então arranco meus dedos dali, cortando os gritos.

Um navio afunda. Outro pega fogo. Uma senhora cai.

Outra sobe.

Acrescento melodia aos gritos, faço-os tremer com o vibrato, reproduzo o ódio, a raiva e a tristeza dos últimos que ficaram de pé. Espero que Miasma esteja entre eles. Espero que ela viva o suficiente para ver todos os seus esforços virarem cinzas.

Espero que ela se arrependa de ter subestimado Ren.

A emoção por trás do pensamento me assusta. Então a assumo. Nunca toquei a cítara para Ren. Uma estrategista não é uma artista comum. Agora eu toco para Miasma porque *não* sou estrategista dela. Estou aqui por uma senhora que não cozinharia uma pessoa viva, mesmo que fosse traída. *Eu* traí Ren.

Ela acreditou em mim de qualquer maneira, para além da razão.

Quando termino, todo o convés está em silêncio. Até as chamas crepitando nos braseiros são faíscas mais silenciosas e fracas, em comparação com a tempestade de fogo que está por vir.

Miasma quebra o encanto.

— Uma obra-prima! Como você chama essa música?

Curvo minha cabeça.

— Estava esperando que a senhora a honrasse com um nome.

Miasma pensa por um momento.

— Uma pequena canção para uma batalha curta deve ser chamada de "Vida Curta".

Todos elogiam o nome. A comida e a bebida recomeçam. Acho que é verdade que podemos ficar insensíveis a qualquer coisa, incluindo o cheiro de carne humana cozida.

Eu me levanto da cítara.

— Espere. — Meu acompanhante também se levanta, os olhos brilhando de admiração. Normalmente eu a absorveria, mas hoje não muda nada para mim. — Brisa Ascendente. Você também atende por Estrategista de Thistlegate, não é?

Thistlegate. Por um segundo, as lembranças daquela cidade eremita me inundam. O citarista se aproxima.

— Não é meu codinome preferido — respondo finalmente.

— Eu sou Lu Pai. Qual é o seu nome de família?

Ousadia da parte dele perguntar.

— Você, Lu Pai, só precisa se referir a mim como...

— Brisa — chama uma voz muito familiar, roubando o codinome da minha boca. — Aí está você.

Aí está você, quero responder, mas não posso, pois minha língua fica muito nervosa.

O músico rapidamente se curva.

— Mestre Corvo.

— Você já pode ir — diz Corvo, antes de agarrar meu cotovelo e me escoltar para longe.

Olho para ver se Miasma nos viu, mas ela está conversando com seus generais.

— O que você está fazendo? — pergunto, enquanto deixamos o barco e cruzamos para outro pelas tábuas conectadas. Servos e marinheiros se curvam quando passamos. Tento me libertar, mas o aperto de Corvo é de ferro. — Me solte.

— Só se prometer seguir adiante — diz Corvo, enquanto cruzamos para outro barco.

— E se eu quiser ficar?

— Por que motivo? Lu Pai?

— Sério, Corvo? — Firmo meus calcanhares e arranco meu cotovelo. — Você me evitou por dias e agora aparece sem qualquer explicação.

— Somos estrategistas. Não precisamos explicar as coisas um para o outro.

Sua voz está tão escorregadia quanto na noite em que desafiou minha deserção, e eu estremeço.

Mas ele não busca meu cotovelo novamente.

— Não fique para trás — diz ele, antes de seguir em frente.

Quem é ele para me dar ordens?

E quem sou eu, obedecendo?

— Aonde estamos indo? — pergunto mais uma vez, enquanto descemos do último barco e entramos na costa rochosa.

Ele não responde, me deixando de mau humor.

Caminhamos por muito tempo, que ficou ainda mais longo graças ao fato de eu estar me sentindo mal por me encher de cabrito. *Mas não foi você quem foi atingida por uma flecha.* Olho para as costas de Corvo enquanto ele avança. Se ele está com dor, fica em silêncio. Se está debilitado, esconde. Tudo nele é um enigma.

Não sei se alguma vez consegui resistir a algum.

O vento aumenta, cortando meus pensamentos e minhas vestes muito finas. Meu cabelo ridiculamente adornado voa para o meu rosto, e afasto os fios enquanto escalamos uma série de rochas salientes, apenas para encontrar mais rochas, inclinadas de ambos os lados, criando o túnel de vento perfeito para bagunçar meu cabelo de novo.

Abruptamente, Corvo para.

— Para o que estamos olhando? — pergunto às suas costas. Estamos no fundo do que parece ser um leito seco de rio. — Rochas?

— Estamos olhando para a sua única maneira de fugir.

Eu o encaro enquanto ele enfia a mão debaixo do manto e tira o culpado por seu tamanho: um saco de dormir cheio de suprimentos. Ele me entrega.

— É um longo caminho daqui até a cidade mais próxima, e presumo que você não saiba caçar ou fazer armadilhas. Vai precisar disto.

— Não entendo.

— Estou te libertando.

— Estou bem feliz onde estou.

— Brisa. — Ele se aproxima, e eu, por capricho, tiro seu chapéu. Foi assim que nos conhecemos: o luar se derramando entre nós, seu rosto muito perto. — Eu sirvo à minha senhora por muitos anos. Servirei até a minha morte. Mas essa é uma escolha minha. Você não conhece Miasma. O que viu esta noite é apenas a superfície. Ela traz à tona o melhor e o pior de uma pessoa. Tem centenas de nós debaixo de suas asas, e somos todos seus fantoches, superando uns aos outros apenas para agradá-la.

Ele recua e olha para o céu. Está claro esta noite, uma lua em forma de foice lançando luz sobre as rochas.

— É por isso que sou do jeito que sou. Falei sério quando disse que a tosse é minha arma. É uma arma e um escudo. Posso ser o estrategista de Miasma, mas não valho o tempo ou a atenção de ninguém. Minha doença vai dar cabo de mim eventualmente, e alguém estará pronto para me substituir.

De todas as coisas que Corvo já me disse, esta pode ser a mais verdadeira. A admissão é crua, desarmante. Não sei como responder.

— Se uma pessoa como você pode sobreviver no Norte, eu também posso.

— Estou feliz que pense que isso é sobreviver. Mas não concordo. — Corvo olha para baixo e, antes que eu perceba, pega minhas mãos. Eu achava que as minhas estavam frias, mas as dele parecem gelo. — Você merece viver.

De repente, ele está me soltando e me empurrando para frente.

— Vá.

Eu irei. Amanhã eu vou. *Tenho que* ir. Mas agora não. Preciso aguentar mais um dia. Miasma não pode suspeitar de nada.

— *Vá!* — ordena Corvo, quando não me movo.

— Eu não quero ir. — O saco de dormir cai das minhas mãos direto nas rochas. — Vou ficar — digo, endireitando meus ombros para Corvo. — Não me importo se Miasma é cruel! — grito contra o vento, para todo o leito do rio ouvir. Avanço um passo. — Eu a escolho. Ficarei com ela. — Coloco-me bem na frente de Corvo. — Vou ficar com *você*.

Ele sorri, triste e cético.

— Brisa...

Silencie-o. Então eu o faço — da maneira mais eficiente que sei.

Agarro seu rosto e esmago meus lábios contra os dele.

Ele se afasta, como pensei que faria.

— A tuberculose...

Jogo os braços ao redor de seu pescoço e o silencio mais uma vez. Sou uma peça posta em jogo, uma estratégia já em movimento. Farei o que for preciso, perderei o que for necessário. Além disso, a tuberculose não é uma sentença de morte garantida. Viverei o suficiente para ver Ren restaurar o poder de Xin Bao. Só tenho que ficar no acampamento de Miasma esta noite.

Só tenho que convencer Corvo.

Não tenho experiência de campo ou livros para me guiar. Este beijo... é o meu primeiro. Mas aprendo rápido. Eu me ergo para capturar seu lábio superior, e ele endurece. Suas mãos se fecham em volta dos meus ombros, mas ele não me afasta. Corvo me segura com tanta força quanto imagino que esteja se segurando, a mente em guerra e os músculos travados. Ele está tremendo. Resistindo. Lutando.

Ele esquece que eu sempre ganho.

Mas eu esqueço também, porque, quando ele me puxa, eu mordo. O sal corre sobre nossas línguas. Seus dedos deslizam pelo meu cabelo solto, e minha cabeça se inclina para trás, minha garganta exposta. Não estou mais me inclinando em sua direção, mas segurando-o para me equilibrar. Corvo é a única coisa que me ergue do chão, e por um segundo eu o deixo. Imagino ficar aqui e trabalhar ao lado dele. Mas não duraria. Um dia, eu acordaria e me odiaria por trair meu objetivo.

Eu nos separo. A cada tragada de ar, eu sinto o sabor.

Sinto o sabor de sangue.

Corvo me observa em silêncio, seu lábio partido ao meio.

— Essa é a sua decisão? — pergunta ele finalmente, com a voz ofegante.

— É.
Ele levanta a manga até a minha boca e a limpa.
— Sinto muito.
Disse aquele que está sangrando.
— Fui eu. Eu...
Ele envolve os braços em volta de mim.
...*mordi você*.
Enquanto o abraço de volta, olho para o céu, a lua e as estrelas por sobre seu ombro. Eles são os únicos assistindo enquanto deslizo minha mão pelo bolso da capa de Corvo.

Sai a jarra verdadeira.

Entra a falsa.

ANTES DE TUDO QUEIMAR

Caro Corvo,

Quando eu terminar de escrever isto, terei saído para recolher os desertores do Sul.

Não voltarei.

Você não sabe disso, é claro. Nem Miasma. Juntos, vocês observarão o rio do alto da escarpa. Um vendaval do sudeste limpará a névoa da água à medida que a noite cai, e, conforme a lua brilha no céu, luas menores aparecerão no horizonte, as luzes das lanternas balançando nos lemes das barcaças de grãos.

Miasma vai adorar vê-las. Você, suspeito, será mais cauteloso. Em que momento você notará que as barcaças não estão baixas o suficiente na água? Em que momento você vai perceber que elas estão se movendo muito rápido?

Deixe-me contar um segredo: as barcaças não estão sobrecarregadas com toneladas de grãos. Apenas potes de enxofre e de pólvora negra, e os bravos soldados que se ofereceram para levar o fogo do inferno direto para sua armada. Você alertará Miasma assim que se der conta, e ela gritará com os marinheiros para desconectar os barcos.

Mas o incêndio já terá começado.

Antes de tudo queimar, eu queria escrever para você. Queria lhe dizer, só para constar, que não espero que você me perdoe. Culpe a mim ou aos céus por nos colocar em lados opostos nesta guerra.

Que possamos nos encontrar em outra vida.

Qilin.

十二

A BATALHA DA ESCARPA

Que *possamos nos encontrar em outra vida.*

O momento em que acontece é tranquilo. Estou longe demais para ouvir o barulho das panelas de enxofre no convés, o rugido, o crepitar do inferno. Há apenas um brilho à distância, o nascimento de um novo dia no meio da noite. O nascer do sol por cortesia de Brisa Ascendente.

Da minha posição em uma rocha morro acima, posso ver fileiras e mais fileiras das tropas de Ren em posição de sentido. Turmalina, montada em Pérola, vai na frente. Sua voz soa como um gongo.

— Desembainhar!

Lâminas e lanças perfuram o ar.

No passado, corríamos.

— No passado, corríamos.

No passado, recuávamos.

— No passado, recuávamos.

Não mais.

— Não mais! — Turmalina dá a volta com sua égua, e eu profiro as próximas palavras com ela. — É nossa luta agora, e não vamos parar de lutar até que estejamos nas ruas da capital, levando nossa senhora para onde ela pertence... — Turmalina faz uma pausa, depois grita: — Ao lado da Imperatriz Xin Bao! — Como eu a instruí. — Abutres e urubus rondam nossa jovem monarca. Ela precisa de uma protetora. Ela precisa de Ren!

As tropas bradam. Não importa como Miasma tente nos enquadrar, nosso manto não é a insubordinação. É para restaurar a imperatriz, proteger o trono.

— Ei, Pavão. — Lótus sobe na rocha ao meu lado e se senta com as pernas estendidas. — Qual é a estratégia hoje?

— Assistir a Incêndios do Outro Lado de um Rio em Chamas — murmuro, com a atenção em nossas tropas.

— Sério? — Lótus olha por cima do ombro. — Não consigo ver o rio daqui.

Sou tola por esquecer como Lótus leva tudo ao pé da letra.

— Não. Significa que esperamos. — Os ventos são fortes. O fogo vai se espalhar. Miasma vai ordenar uma retirada. Nuvem e as forças do clã Xin a atacarão por trás, afunilando-a, assim como seus soldados desmoralizados, na direção das emboscadas que preparei. — Esperamos que Miasma vá direto para minhas armadilhas.

— E se a Cara de Caveira não aparecer?

— Ah, ela vai.

Há apenas três caminhos para a capital do império a partir daqui: ir pelas passagens do oeste, Xisto ou Pedra-pomes, ou ir direto para o norte. O norte é a rota mais óbvia — tanto para uma retirada quanto para uma emboscada. Miasma sabe disso. Ela pegará as passagens mais longas e difíceis pelo oeste, mesmo que isso signifique fazer suas tropas passarem pelo inferno, apenas para evitar uma derrota humilhante, mas justa.

No campo abaixo, Turmalina explica isso aos nossos soldados. Movo meu leque de pena de pombos enquanto ela gesticula, apontando para o oeste quando Turmalina o faz e para o norte quando ela o faz.

— Você não deveria estar lá embaixo? — pergunta Lótus.

Olho para ela, que acena com a cabeça do machado para as tropas.

Lentamente, abaixo meu leque.

— Estou bem aqui.

Acima e longe do acampamento de Ren, cheio de soldados tacanhos que podem não gostar de receber ordens de uma desertora...

Lótus me puxa pelos pés.

— O que você está fazendo? — gaguejo quando ela me arrasta atrás dela.

— Colocando um pavão em seu lugar.

Sou puxada morro abaixo, quase colidindo com ela quando o chão se achata. Cabeças se voltam para Lótus. Olhos se estreitam quando me espiam a reboque. Cerro os dentes e abaixo meu olhar. Essa deve ser a vingança de Lótus. Dizem que Ren lhe concedeu vinte chicotadas por desobedecer às minhas ordens e sair para encontrar Miasma.

Definitivamente vingança, penso, uma vez que estamos na frente de todos, e o silêncio é tenso como uma corda de arco.

Então Lótus envolve minha mão ao redor do cabo do machado e ergue os dois bem acima de sua cabeça.

— Quem está pronto para esmagar alguns crânios?

A resposta é um rugido ensurdecedor. Lótus ruge de volta. Suas bochechas estão coradas, os olhos acesos. Quando eles encontram os meus, espero ver amargura, mas tudo que encontro é fogo. Está nos olhos de todos, quando finalmente me atrevo a olhar outra vez.

— Abaixo o império! — grita Lótus, e lanço um olhar para ela.

Isso com certeza é um motim. Mas então o grito se espalha, incendiando-se como fogo.

— Abaixo o império!

— Abaixo o império!

— Abaixo o império!

— Abaixo o império — sussurro, saboreando as palavras.

Cigarra está enganada. Nem todo seguidor de Ren é leal à Xin. Para esses soldados, a Imperatriz Xin Bao é propriedade de *Miasma*. Eles lutam apenas e tão somente por Ren. A fúria deles se torna minha fúria, e nossa fúria é contra um único inimigo.

— Abaixo o império!

O vento se levanta, os gritos morrem. Lótus me libera para reunir suas tropas. De acordo com meu plano, ela levará metade de nossas forças para uma das duas passagens que Miasma pode usar. Turmalina ficará com a outra metade. Quanto a mim, meu trabalho está feito. Minhas ordens foram emitidas. Eu me retiro...

— Pavão!

Enrijecendo a coluna, me viro e vejo Lótus acenando para mim de cima de seu garanhão.

— Comigo, Pavão!

Balanço a cabeça, mas Lótus já está vindo. Ela desmonta, e me afasto dela.

— Você está enganada, Lótus. Eu...

...sou erguida e jogada em cima de seu garanhão. O chão está, de repente, assustadoramente distante.

— Lótus, me larga. *Agora*.

Agarro o pito da sela e olho, desesperada, para Turmalina, do outro lado do campo. *Me salve.* Mas ela está de costas para mim. *Vire-se, Turmalina!*

— Você não quer ver a cabeça da Cara de Caveira rolar? — pergunta Lótus, tomando as rédeas.

— Não.

As sobrancelhas espessas de Lótus se erguem em confusão, e me pergunto se realmente tenho que explicar que é suficiente para mim apenas vencer, sem testemunhar o derramamento de sangue em primeira mão.

Mas, antes que eu possa, a confusão de Lótus se derrete.

— Não tenha medo. — Ela acaricia o nariz enorme de seu garanhão. — Bolo de Arroz é manso.

E eu sou humilde.

— Isso não é engraçado — sibilo, enquanto Lótus sobe atrás de mim na sela. — Ren vai te chicotear por...

Bolo de Arroz começa a galopar.

Com os dentes estalando como cigarras de verão, eu me agarro ao braço de Lótus protegido por couro. A jornada continua, uma eternidade e mais um pouco, antes de chegarmos à passagem de Pedra-pomes. Eu me afasto de Lótus depois que ela me ajuda a descer e cambaleio até a boca do desfiladeiro, procurando um esconderijo para assistir à batalha. No horizonte, a fumaça paira como a lâmina de um carrasco.

Tinha que ser feito. Os servos que atendiam às minhas necessidades diárias, os marinheiros que ligaram os barcos por ordem minha — todos eles teriam morrido em um conflito do império em algum momento. Ainda assim, vejo seus rostos. Vejo o dele, pálido, mas corado, o sangue escorrendo de seu lábio. Lembro-me da sensação de seu corpo no meu, nossa música entrelaçada.

Ele estará seguro. Estrategistas não entram em lutas (mais uma razão para os guerreiros nos desprezarem). Mas ele encontrará as forças de Nuvem, assim como todo o pessoal de Miasma. Haverá flechas e espadas. Haverá Nuvem também. Duvido que ela seja misericordiosa.

Uma onda de náusea me atinge, quase tão forte quanto as vezes que fui envenenada. Mas peguei o antídoto de Corvo. Eu deveria estar bem. Inclino-me contra um pedaço de pedra-pomes, respirando com dificuldade, os pensamentos nebulosos.

— O que você está olhando? — pergunta Lótus, e eu salto ao encontrá-la ao meu lado.

— Nada.

Não deixei nada meu para trás — nem mesmo a carta para Corvo. *Qualquer estrategista que se preze teria feito o que fiz*, penso, tocando o papel dobrado na manga. É o que me fortalece.

Não tenho medo de perder tudo ou todo mundo.

Instável, afundo no chão, as costas contra a rocha. Lótus se senta ao meu lado. Eu a ignoro. Ela é a razão de eu estar neste lugar e neste estado miseráveis.

— Você estava certa. Sobre a Cara de Caveira. Ela dá presentes se você for forte, e esses presentes mantiveram meus soldados fortes. — Lótus me cutuca com o cabo do machado, e estremeço. — Lótus deve a Pavão.

Ela certamente deve. Se Lótus estivesse realmente grata, não teria me arrastado até aqui. Mas não posso levar o crédito pelo que não fiz.

— Você lutou com os soldados de Miasma e venceu. Fugiu com todos os guerreiros.

— Nem todos. — Lótus levanta a manga e estende o braço. Os quatro açoites em sua pele ondulam quando ela fecha o punho e o flexiona. — Por Musgo.

Musgo, suponho, era o subalterno que perdeu a cabeça para Miasma. Ele ainda estaria vivo, se Lótus tivesse me ouvido desde o início. Mas não digo o óbvio, e, por um tempo, Lótus também não diz nada. Nós nos sentamos em um raro silêncio, quase perfeito.

Um grito o despedaça.

Com um pulo, ficamos de pé. Bem, Lótus pula. Eu tropeço, minhas pernas parecendo estar cheias de alfinetes e de agulhas, e manco atrás dela. No meio da passagem, chegamos a um grupo de soldados. Eles se separam para Lótus passar, e respiro fundo quando vejo o soldado no centro deles.

O pior não é que ele está deitado no chão com uma flechada no pescoço. É que ele ainda está se contorcendo, como um peixe numa tábua.

Lótus se agacha ao lado dele.

— Wei? Wei!

A contração para.

Lótus se levanta. Seu olhar vai para as formações de pedra-pomes de cada lado de nós. Enquanto ela examina nossos arredores, minha atenção vai para a flecha. As penas são meio carmesim, meio pretas. Eu reconheceria as marcações em qualquer lugar, afinal, coletei cem mil delas.

Império.

Mas uma emboscada de Miasma? Aqui? Impossível. Ela não poderia ter previsto os movimentos desta batalha. Mesmo que tivesse, Miasma não é do tipo que sacrificaria toda a sua armada só para me capturar. É de Ren que ela deveria ir atrás. E Ren está lutando na vanguarda, ao lado de Cigarra. Não, aqui, não. Algo não está certo. Sei disso em um nível visceral.

— Erguer escudos! — grita Lótus, mas é tarde demais. Um *zuum*, e outro soldado cai. Flechada no peito. Olho para o corpo até que sou arrancada do momento por Lótus. Ela me empurra para trás de si e se vira, o machado em posição. — Formação de tartaruga!

Nossos soldados reorganizam os escudos no momento em que as flechas caem. A maioria bate fora do bronze. Algumas penetram. Uma ponta de flecha corta os pelos do nariz de um soldado, e outra prende a bainha das minhas vestes no chão. Nossa formação se mantém. A saraivada para.

O estalido começa.

Pedras. Pequenas, desalojadas quando pés encontram apoio na pedra-pomes acima. Os soldados ao meu redor ficam tensos em suas posições, e aperto meu leque com mais força quando o inimigo aparece de rapel.

Eles caem no chão como aranhas, vestindo o preto dos mercenários e com lenços amarrados em torno de suas cabeças e de queixos. Mas as espadas e os arcos em suas costas são feitos com ouro do império.

Algo não está certo. Minha mente está paralisada, lenta. Estou perdendo um detalhe, um sinal, uma mudança no cosmos que não consegui prever...

Caio de joelhos enquanto música de cítara passa pela minha cabeça.

Longe, muito longe, Lótus está gritando, mas não consigo entender as palavras. *O que há de errado comigo?* Estou acordada, não desmaiada ou sonhando. E ainda assim... essa música. É ensurdecedora. Diante dos meus olhos, uma luta de curto alcance irrompe. Espadas se cruzam. Lanças ficam vermelhas. Um homem perde a mão. Um acorde sai de sua boca em vez de um grito. Vejo vermelho, como se minha mente estivesse sangrando, depois rosa. Um céu rosa, calcário branco, um gazebo de vime branco.

O esvoaçar de uma figura atrás de uma cortina, tocando a cítara.

Meus pés se movem, me trazendo para o gazebo. Estico o braço para puxar a cortina para trás.

Uma ponta de lança rasga a névoa.

O campo de batalha se inunda em minha frente. Um lampejo de machado, e Lótus corta a ponta da lança da estaca, salvando minha vida. Ela corta as pessoas também. Então me joga por cima do ombro e corre pela passagem, até a curva onde amarramos os cavalos. Lótus me coloca em cima de Bolo de Arroz, me entregando as rédeas e gritando algo na minha cara, continuamente, até que ouço através da música.

— *Saia daqui!*

Ela já está se virando e se afastando, desaparecendo no meio do conflito.

Saia daqui.

Olho para baixo, para as rédeas na minha mão. Olho para cima, para a luta na passagem.

Meus dedos se fecham sobre as rédeas.

Corra. Conheço uma batalha perdida quando vejo uma. *Essas tropas são dispensáveis. Você não é. Você é a única estrategista de Ren.*

Corra e não olhe para trás.

Mas eu olho. Espio Lótus no emaranhado de corpos. Três lacaios do império voam até ela de um pedaço de pedra-pomes acima. Ela os estripa no ar. Outro vem atrás dela. Ela estala o pescoço dele com uma das mãos.

Ela vai ficar bem. Lótus pode retornar como heroína, e eu retornarei como a covarde que todos odeiam. Enquanto eu puder criar estratégias ao lado de Ren, nossa missão continua.

Ela vai ficar bem. Pressiono os calcanhares nas laterais de Bolo de Arroz. Ele não se move.

— Vamos — murmuro. Puxo as rédeas. — *Vamos*. Lótus vai ficar bem. — Olho para trás novamente a fim de provar o que digo. — Está vendo? Lótus...

...bloqueia uma lança, antes que ela espete um de nossos soldados. Quando Lótus acaba com o atacante, ondulações se formam no alto de uma das pedra-pomes. Vejo um brilho, e meu sangue congela.

A ponta da flecha encontra Lótus antes que eu encontre minha voz, atingindo-a entre as omoplatas.

Lótus cai.

Ela vai se reerguer. Vai sobreviver contra todas as probabilidades. Ela tem que sobreviver. E se Lótus não o fizer... não há nada que *eu* possa fazer. Não posso pegar uma espada e salvá-la. Não posso fazer nada além de montar o tabuleiro, jogar minhas peças e minimizar as perdas quando sou derrotada.

E esta noite, nesta passagem, fui superada.

Corra, diz a estrategista em mim. Aperto as rédeas, molhadas de suor. *Você não é uma guerreira.*

Lá você seria um fardo.

Mas Lótus é a irmã de juramento de Ren, e não posso falhar com ela.

Não posso ser, outra vez, a garota que eu era.

Salto de Bolo de Arroz e dou um tapa em seu flanco.

— Vá! Galope para longe!

Bolo de Arroz resmunga, mas fica parado. *Cavalo com cérebro de milho.* Pego uma flecha do chão e apunhalo sua garupa.

— *Corra, seu tolo!* — grito enquanto ele grita, empinando.

Seus cascos dianteiros batem no chão — e continuam batendo enquanto ele sai da passagem.

Arfo, tentando respirar, mas já sem fôlego, então me viro para encarar a carnificina.

Ninguém me corta imediatamente. Todo mundo está travado em uma luta até a morte com seu oponente. Tropeço em corpos — alguns nossos, alguns do império —, entro em poças de sangue — é tudo igual —, o caos, tanto caos, enquanto procuro por Lótus pelo chão. Meu pânico aumenta quando não consigo encontrá-la.

Não consigo encontrá-la.

Não consigo encontrá-la porque ela está de pé, lutando, a flecha saindo de suas costas. Outra a atinge no peito. Ela a arranca, joga a cabeça para trás e ruge. As pedras ao nosso redor tremem. Os pássaros voam para o céu noturno, e, por uma fração de segundo, os soldados inimigos ficam atordoados. Lótus os derruba como se fossem madeira.

Porém, mais soldados descem pelos penhascos, como formigas em um porão, e estou a três passos de Lótus quando um deles enfia uma lança atrás de seu joelho. Ela se curva. Outro o segue e bate com um porrete na cabeça dela.

Lótus cai.

Ela atinge o chão, e eu desabo junto, a força das minhas pernas arrancada. Algo racha meu crânio, e alguém pisa na minha espinha. A extremidade de uma arma de haste soca minha bochecha, e eu engasgo com meu próprio sangue. *Vou morrer.* Bem aqui, nesta passagem, antes de ver Ren marchar para a capital. Tive a chance de viver e deixar minha marca, uma chance que aquela Qilin mais jovem e suja aproveitou ao entrar naquela taverna. Agora a joguei fora.

Para quê? Não consigo sentir metade do rosto enquanto rastejo até Lótus.

— Pa... vão. Que... estratégia... agora...

— Ferir-se para... Ferir... o Inimigo.

Lótus balbucia.

— Lótus... conhece... essa...

É bom que conheça mesmo. É um dos poucos estratagemas que soa como o seu significado. Inflija um ferimento em si mesmo, induza o inimigo a baixar a guarda e ataque quando ele menos esperar.

Exceto que não tenho mais nenhum ataque. Se ao menos eu pudesse fazer mais do que alcançar a mão de Lótus com minhas últimas forças. Meus dedos trêmulos encontram seus dedos imóveis.

Vale a pena? Grita a estrategista em mim. *Segurar a mão dela? Estar ao lado dela enquanto Lótus morre?*

Vale a sua vida?

Não, não vale. Eu tinha planos. Traí Corvo por eles. Desisti de Kan. Tomei decisões difíceis e sacrifiquei o amor do povo.

Mas Ren... ela ficaria com Lótus. Meus olhos se fecham de maneira fraca. A música de cítara está de volta, tocando em minha mente. Eu a escuto, escuto a luta, ainda em fúria enquanto deitamos no chão, corpos desabando para se juntar a nós.

Uma bota pisa na minha cabeça.

O gemido de um arco e seu disparo. Minhas costas ardem. Tudo se desvanece. Nenhuma sensação. Apenas escuridão, como o interior de uma cabana de palha fechada contra o sol do meio-dia.

Então alguém abre a porta. A luz entra. Uma mulher de vinte e poucos anos caminha pelo pequeno espaço. As duas guerreiras ao seu lado fazem uma careta quando ela se ajoelha e se curva. A mulher toca a cabeça no tapete diante dos meus pés, então a levanta. Seus olhos cinza são simples, mas quentes, como pedras absorvendo a própria luz do sol que eu vinha tentando evitar.

Meu nome é Xin Ren, diz ela. *E vim pedir sua ajuda.*

O tapete está úmido sob meus pés quando me levanto. A neve está derretendo, pingando pelo telhado. A primavera é minha estação favorita. Representa novos começos.

Isso, infelizmente, é um final.

☩ ☩ ☩

Às portas da morte, tenho algo a confessar.

Eu disse a verdade sobre por que sou uma estrategista.

Acontece que há outra verdade, sobre uma garota que se perdeu novamente depois que seu quarto e último mentor morreu. Não importa quantos guerreiros ela fosse comandar, ainda haveria meteoros. Inundações. Doença. Morte. Desanimada, a garota retirou-se para um vale chamado Thistlegate, um paraíso para os sábios eremitas. Ela fechou a porta para o mundo.

Ren abriu essa porta.

Ela, e ninguém mais, precisava que eu fosse uma estrategista.

Nestes momentos finais, estou dentro dessa memória. Com Ren.

Esta é a terceira visita dela. Ladeada por Lótus e Nuvem, ela caminha diante da minha cama, se ajoelha, se curva.

Ela fez eu me dar uma segunda chance.

Desculpe, Ren, sussurro agora. Em algum lugar distante, acho que ouço uma cítara. *Você pensou que falharia comigo.*

Mas sou eu quem vai falhar com você.

A música morre.

SEGUNDA ESTROFE

*Ao norte, um miasma
recuou, derrotado, mas vivo, a passagem
emboscada antes de chegarem lá.*

*Ao sul, uma cigarra
saiu da sombra de sua irmã
e pôs os olhos no oeste.*

*A oeste, uma senhora
venceu uma batalha,
mas perdeu sua estrategista.*

*E nos céus,
uma estrela piscou, deixando de existir.*

十三

O QUE ESTÁ ESCRITO

Quando abro os olhos, tudo está rosa. Os pássaros cantam alto. Mais perto, alguém dedilha a cítara. Levanto-me na cama que parece uma nuvem, cercada por uma cortina de gaze, e as notas param. Passos soam, suaves contra a pedra. Uma sombra aparece além da gaze. Uma mão delgada a separa.

Nós nos encaramos pela abertura, a citarista e eu.

Seu cabelo está puxado para trás, preso no lugar por uma cobra viva. Outra cai de seus braços como uma faixa decorativa, enquanto a pele de uma terceira cobra prende seu peito. Abaixo de seu umbigo exposto, pende uma longa saia esmeralda, caindo aquém de seus pés descalços.

Mas minha atenção está absorta em seus olhos.

As partes brancas são pretas. As íris são vermelhas. São como sóis eclipsados rodeados de coroas douradas.

Demônio. Monstro.

— Brisa?

O monstro sabe meu nome.

— Brisa — sussurra a mulher-cobra novamente, não mais como uma pergunta. — Gota de Orvalho! Ela está de volta!

A mulher se senta na cama e segura meu rosto.

Afasto-me dela.

— Eu não estou morta?

— Morta? — A mulher-cobra ri. — Claro que não, tolinha.

Não morri...

Antes que eu possa processar isso, uma criança pequena sobe na cama, vestindo nada além de um par de calças amarelas e ostentando uma cabeça raspada — exceto por um tufo de franja. Ela rasteja para o meu colo, e eu me encolho quando uma nuvem de abelhas multicoloridas se materializa ao redor dela. Mas as abelhas se tornam a menor das minhas preocupações, quando a criança me abraça apertado e acaricia meu estômago. De repente, uma voz está na minha cabeça, não soando nem um pouco como uma criança, e sim como uma fera faminta.

Humm. Um pouco mais magra, mas ainda bela e macia.

— Bem-vinda ao lar, Brisa — diz a mulher-cobra.

Já estava na hora, diz a criança-demônio sem abrir a boca.

Lar.

Durante toda a minha vida, fui um lar para o conhecimento, mas nenhum lugar foi um lar para mim. Nem o orfanato, nem as residências de meus muitos mentores, nem minha cabana em Thistlegate. Posso não saber o que é um lar, mas sei o que *não* é.

Isto não é um lar.

Empurro a criança chamada Gota de Orvalho e saio da cama. O choque se espalha no rosto da mulher-cobra. O momento em que ela não tenta me alcançar é o momento em que fujo.

— Brisa!

Corro para fora do gazebo e atravesso os terraços brancos. Os céus acima de mim florescem, rosados. *Este lugar... eu conheço*. É o céu. Mas, assim como antes, não estou morta. No mundo real e desperto, estou deitada, desmaiada em algum lugar, babando e machucada, mas ainda respirando e *necessária*. Estou perdendo a batalha mais importante da minha vida. Tenho que voltar.

— Brisa! Espere!

Corro mais rápido. Se me capturarem, nunca serei livre. À medida que elas ganham terreno, procuro algo — qualquer coisa — que possa usar para retardá-las. Estou cercada por um lago de nuvens cor-de-rosa. A borda esculpida do terraço é a única coisa entre o céu e eu.

Elas me querem viva. Isso eu posso deduzir. E falam a minha língua. Desde que tenhamos uma língua em comum, posso negociar.

Só preciso de uma vantagem.

Subo na beira do terraço.

— Não se aproximem! Ou eu pulo!

A mulher-cobra desliza até parar.

A criança para atrás dela, mas as abelhas continuam avançando. Uma chega até mim e pousa no meu nariz. Recuo — e caio no vazio — por um mero instante.

Termina antes que eu possa gritar. Meus sentidos mergulham na escuridão. Formas aparecem, nebulosas no início. Meus olhos se ajustam às linhas de uma pequena sala e aos contornos irregulares de uma pessoa sentada no centro: ninguém menos que Ren.

Ren. Quase rio, como se tivesse saído de um pesadelo terrível. Entro na sala iluminada por velas. Ren não se vira, e eu não chamo por ela. O silêncio parece sagrado, e ela parece perdida em pensamentos, curvada sobre algum objeto.

É uma cítara, percebo, quando estou perto o suficiente para espiar por cima do ombro dela. *Minha* cítara. A inscrição desbotada na lateral, a incrustação de mica no braço desgastado e limpo. Ren a embala enquanto passa um pano sobre as cordas — sete ao todo, eu contei. Notas doces de óleo de damasco surgem do instrumento reparado.

— Não há necessidade — murmuro. — O brilho não vai permanecer.

Ren não responde.

Chego mais perto, então paro. Três bastões de incenso queimam na frente de Ren. A fumaça flutua sobre uma tigela de pêssegos, depois sobe, passando por uma placa nominal geralmente reservada para os mortos.

Pan Qilin
Brisa Ascendente
18 anos de idade
Seu brilho rivalizava com o das estrelas.

Mas não estou morta. A mulher-cobra disse que não estou morta.

Eu *não posso* estar morta.

— Senhora. — Eu a alcanço, sacudo seu ombro. — Senhora... — Paro, tento o nome dela. — Ren.

Minha respiração fica presa quando ela olha para cima. Seu rosto está tão perto. Seus olhos gradualmente se concentram.

— O que é? — sussurra.

— Graças aos céus...

— Xin Gong solicita sua presença no chá.

Devagar, eu me viro.

Turmalina está curvada no minúsculo limiar. Um corte recente atravessa sua bochecha esquerda, juntando-se à cicatriz na ponte de seu nariz. Foi da Batalha da Escarpa? Nós ganhamos? Meu coração afunda ao pensar na alternativa.

— Chá — repete Ren, com a voz monótona. Ela volta a polir minha cítara. — Outro dia.

— A senhora disse isso ontem — diz Turmalina.

O pano permanece sobre as cordas.

— Nós vencemos, minha senhora. — Eu expiro, mas Turmalina continua: — A um custo terrível. Mas as pessoas precisam...

— Você não tem tropas para treinar, Turmalina?

Apesar da rejeição de Ren, Turmalina não sai. Ela permanece na porta enquanto Ren mergulha o pano no pote ao lado dela e começa a polir o braço do instrumento.

Saio do meu torpor e me jogo contra a guerreira.

— Turmalina! — Agarro seus antebraços blindados. — Sou eu! Brisa! Turmalina, diga alguma coisa! *Turmalina!*

Ela se afasta.

Volto para a sala à luz de velas — para este *santuário* —, tropeçando na soleira pelo caminho. Ainda posso responder a este mundo, mas ele não responderá a mim. O que eu sou, então? Um fantasma? Eu me tornei as superstições em que nunca acreditei?

Alguém me agarra. A mulher-cobra.

— Brisa, volte para o palácio do céu — implora, enquanto eu luto com ela. — Vou explicar tudo.

— Você pode começar aqui mesmo. Por que está me seguindo? Quem é você?

— Sou sua irmã.

— Não. — Pergunta errada. — Não, *o que* você é? O que *eu* sou? Somos... — Olho para Ren, para o incenso. O orfanato estava sempre queimando incensos para apaziguar as almas das crianças recém-falecidas. — Somos fantasmas?

— Não, Brisa. — Há algo na maneira como a mulher-cobra diz meu nome... algo naqueles olhos demoníacos dela que parecem quase humanos. — Somos deuses.

✣ ✣ ✣

O nome dela é Nadir.

O nome da pequena é Gota de Orvalho.

Elas se chamam de deuses.

Onde será que já ouvi essa?

Somos reais, insiste Gota de Orvalho, ofendida com minha menção à Miasma. Suponho que seja um pouco mais convincente (e preocupante) o fato dela se comunicar por meio do pensamento. *A nova estrela que apareceu? Era sua.*

Não me atrevo a responder. Por que deveria falar com uma criança que afirma ter milhares de anos?

Você foi atingida por uma flechada na espinha. Nenhum humano poderia sobreviver a isso. Gota de Orvalho flutua em um pufe gigante e vem bamboleando em minha direção com suas abelhas.

— Fique longe — rosno, e ela para.

Olho para Nadir, esperando uma reprimenda — acabei de gritar com a irmãzinha dela —, mas a mulher-cobra fica em silêncio. Ela está em uma das entradas arqueadas do gazebo, olhando para o céu e seu sol inerte.

Você conhece este lugar. Gota de Orvalho redireciona o curso, indo até a cítara. Ela se senta no instrumento. *Você conhece esta música.*

Ela toca. Notas surgem, as mesmas notas que ouvia em meus sonhos, quando estava crescendo e, mais recentemente, quando fui arremessada daquele cavalo empinado, quando Corvo me deixou inconsciente no barco, e quando fomos emboscados na passagem. Todas as vezes, exceto na última, eu escapei da morte.

Ou, se não posso morrer, a cada vez era este... *lugar* me chamando de volta.

Gota de Orvalho para de tocar e sorri, como se pudesse me ver ligando os pontos. *Você controla o clima. Ele se curva à sua vontade.*

— Eu *leio* o cli...

Você desejou uma tempestade na montanha, então houve uma tempestade. Você desejou neblina no rio, então havia neblina. Você desejou um vento do sudeste, então lá estava um vento do sudeste. Você é uma divindade do céu, como nós. É especialista em controlar a atmosfera. Está certo que seus poderes foram selados em sua forma humana, mas semelhante atrai semelhante. Nenhum selo poderia ter bloqueado o alinhamento que seu qì tem com o cosmos.

Bobagem, tudo isso. Eu lia *o clima*! Queria gritar. *Não desejo coisas como um monge ou um médium.*

Mas uma palavra de Gota de Orvalho me pega desprevenida. Qì. A essência dos universos, aquela coisa indescritível que faz uma cítara *cantar*. Mestre Yao me causou tanta dor por não ser capaz de me conectar com isso. Certamente...

Ainda não está convencida? Gota de Orvalho espalha dez dedos gorduchos. *Olhe para suas mãos — suas verdadeiras mãos. Percebe? Não têm linhas. Somente os humanos são controlados pelas linhas do destino. Mas, mesmo em sua forma mortal, você era um pouco diferente deles. Você se cura mais rápido. Não contraiu doenças infecciosas no orfanato. Teve relações sexuais com aquele outro estrategista e não contraiu a doença dele...*

— Relações sexuais?

Gota de Orvalho franze a testa.

A relação sexual, a troca de fluidos ricos em qì.

Balanço a cabeça. Sou uma tola por ouvir tudo isso.

— Se sou uma divindade, então o que diabos eu estava fazendo no mundo humano por dezoito anos? — Espere... dezoito anos. — A estrela... apareceu apenas oito anos atrás.

Eu me sento, presunçosa. Aí está. *Tome isso, criança-demônio.*

Gota de Orvalho olha para mim. *Você realmente não se lembra, não é?*

— Não, ela não lembra.

Nadir vem em nossa direção. O chão sob seus pés se transforma em lama onde quer que ela pise, depois endurece, de volta como pedra.

— Uma parte dela ainda está presa na concha humana — diz à Gota de Orvalho. — A menos que a destruamos, a Brisa que conhecemos não retornará.

Teremos que encontrar o corpo se quisermos destruí-lo.

— Ou podemos destruir uma representação.

Nadir se abaixa e pega um pouco de lama. Em suas mãos, torna-se uma boneca. Ela a segura, e a cobra em seus cotovelos levanta a cabeça e abre a boca. A chama sai, e a lama endurece, embranquece e torna-se brilhante.

Nadir contempla a estatueta pronta na palma da mão.

As abelhas ao redor de Gota de Orvalho zumbem. *Será doloroso.*

— É a única maneira.

— O que...

Nadir arremessa a estatueta, e ela se despedaça. *Eu* me despedaço. Meus ossos se partem, e eu grito até não sobrar nada de mim para gritar, sem pulmões, garganta ou boca. Eu não existo... até que existo. As peças voltam a se encaixar.

Eu me lembro.

✝ ✝ ✝

Lembro-me dos dias. Os anos — quarenta mil, desde o momento da minha gênese até ser expulsa do céu.

Isso mesmo. A Mãe Mascarada, imperatriz de todas as divindades, selou minhas memórias de ser uma divindade e me baniu para o mundo humano porque fiz algo tolo. Fiz um monte de coisas tolas, agora que me lembro, mas esse incidente em particular envolveu uma aposta embriagada, com alguma outra divindade, sobre quem poderia impulsionar os ventos mais fortes... bem, soltando um pum sobre a borda do céu.

Como eu disse, tolice. Irracional. Pior, Brisa-sendo-um-deus-real se importava ainda menos com os camponeses mortais lá embaixo. Não lhe ocorreu que seus ventos causariam uma praga e que a praga causaria a fome, uma das muitas que atormentaram o reinado de Xin Bao.

Quando os guardas da Mãe Mascarada vieram me buscar, Nadir alegou que foi um acidente. Mas a humildade não era — não é — um ponto forte em mim. Eu não poderia ser conhecida como Brisa, a Assassina Acidental. Então confessei e esperei meu castigo. Deuses imprestáveis eram supostamente acorrentados ao Obelisco das Almas e atingidos repetidas vezes por raios.

Em vez disso, a Mãe Mascarada me levou mais para baixo, passando pelas nuvens de tempestade dos céus inferiores.

Para o reino mortal.

Nós nos materializamos em um quarto minúsculo e escuro, que tinha um cheiro absolutamente repulsivo. Fiquei para trás enquanto a Mãe Mascarada avançava. Duas garotas estavam deitadas em um saco de dormir. Ambas eram jovens, mas uma era um pouco mais. Ambas estavam famintas, mas uma estava mais morta que a outra.

— Volte — sussurrou a garota mais jovem e menos morta. Era Kan. — Volte. Volte.

Ela me encarava o tempo todo, como se pudesse me ver. Isso foi desconcertante. O qì de um deus deveria ser puro demais para os olhos mortais detectarem.

Então vi o espírito entre nós. Uma alma mortal, semelhante à garota que já havia partido. Em termos humanos, um fantasma. Eu podia vê-la, e parecia que a garota mais nova também. De alguma forma. Queria perguntar à Mãe Mascarada como. Talvez eu soubesse, se tivesse tido tempo para me educar sobre humanos, igual à Nadir. Ela amava os humanos. Certa vez deu vida às suas estatuetas de barro e as usou para povoar o mundo mortal, quando este ainda era jovem e a modelagem ainda era possível aos deuses.

Mas, obviamente, eu não era nada parecida com Nadir e nunca tive a chance de perguntar.

— Eis uma alma que você extinguiu — disse a Mãe Mascarada, olhando para o corpo da menina morta e ignorando seu espírito remanescente. — Existem outros milhares como ela. — Sim, captei a mensagem. O cheiro do lugar estava me matando. Será que era tarde demais para solicitar a punição por raios? — Agora você deve tomar seu lugar.

— Espere... *o quê?*

Quando me dei conta, eu já estava acordando, meus poderes de divindade selados, esquecidos com minha identidade. Eu tinha a identidade da garota — Qilin — em vez disso. Esse conceito confuso de pais mortos há muito tempo, um mais nítido de fome no estômago e Kan. Uma irmã que, até certo ponto, percebeu que eu não era a sua.

Agora, minha sentença expirou com meu último suspiro humano. Acabou. Está tudo acabado.

Quando acordo, estou deitada na cama. Gota de Orvalho está trançando meu cabelo, e Nadir está pairando sobre mim com olhos preocupados. Os olhos da minha irmã. Não os de um demônio.

— Oi — sussurro, e Nadir os fecha, lágrimas escorrendo pelo seu rosto.

Não sei como consolá-la. Estou de volta, mas estive fora por oito anos. Um piscar de olhos para um deus. Uma vida inteira para mim.

Eventualmente não o será. "Eu" serei Brisa, a divindade, uma mestre do cosmos desde o princípio. Os anos passados no mundo humano? Esses serão o piscar de olhos.

Alcanço Gota de Orvalho e puxo sua franja parecida com um tufo. Ela odeia quando eu faço isso.

Pelo que vejo, está de volta ao normal, pensa Gota de Orvalho.

— Sim — sussurro. Este é o meu lar. Minha família. Elas nunca irão morrer, nunca me deixarão como outros deixaram Qilin. Não sei por quê, então, dói tanto dizer: — De volta ao normal.

✦ ✦ ✦

Depois de me monitorar por um dia, Nadir me considera pronta para enfrentar a Mãe Mascarada. Ela vai julgar se estou ou não apta a recuperar meus poderes. Coloco as vestes que minha irmã prepara e paro quando percebo que ela me encara.

— O que há de errado?

— Você está vestindo o que eu pedi.

— Você sabe o que será melhor.

A cobra em volta dos braços de Nadir se aperta, e me pego lendo sua linguagem corporal. *Ela está nervosa.*

— Você geralmente valoriza as suas próprias opiniões.

Tradução: eu era ainda mais arrogante como divindade.

— O que mais... parece diferente para você? — pergunto, quando deixamos o Ninho da Aurora, o nome da nossa casa, e descemos os terraços.

— Bem... sua dieta, é óbvio.

Ela está certa. Gota de Orvalho caminha entre nós, sua cabeça balançando abaixo de nossos quadris. *Você está sóbria há um número recorde de horas.*

— Eu não quis dizer isso — diz Nadir rapidamente.

Nós duas sabemos que é verdade. E você come como um monge.

— Você adotou uma dieta rica em legumes e verduras — acrescenta Nadir.

É a mesma coisa.

Chegamos ao final dos terraços e ao início do lago sem fim.

Como meus poderes ainda estão selados, Gota de Orvalho convoca uma nuvem para nos levar ao Palácio Zênite da Mãe Mascarada. Ao pisarmos nela, considero as palavras de Nadir e de Gota de Orvalho. É verdade, eu consumia muito mais carne e vinho como divindade. Não sei por que perdi o gosto por ambos no mundo mortal. Talvez porque Qilin tenha passado fome no orfanato, ou a rica comida e bebida me lembravam de maneira inconsciente da pessoa que eu não era mais.

Os altos gazebos do Palácio Zênite perfuram as nuvens distantes, enquanto nos aproximamos dos domínios da Mãe Mascarada. Subimos nas costas de Qiao e Xiao, as serpentes gêmeas escravizadas por ela. Seus corpos se arqueiam em uma ponte iridescente que leva ao salão principal.

Um guarda mascarado nos para no ápice da ponte.

— Só uma pode acompanhá-la — diz ele através de sua máscara, uma sólida folha de ouro.

As cobras de Nadir sibilam. Lembro-me vagamente de seu medo dos guardas. Mas me lembro melhor da maneira como ela passou por eles, apesar de seus medos, para implorar em meu nome diante da Mãe Mascarada. Quando Gota de Orvalho se oferece para ir comigo agora, o olhar de Nadir se firma com determinação.

— Vou levar Brisa.

Vejo vocês duas em breve, então, diz Gota de Orvalho. Ela é um pontinho amarelo ao lado do enorme guarda quando a observo, do outro lado da ponte.

Olho para frente. A visão parece nova por dois segundos, antes que as memórias retornem. Há o Portão da Lanterna, que uma vez eu incendiei, e há a estátua de uma fera qilin, onde gravei meu nome em sua garupa — novamente, sob a influência de bebida e desafios.

Talvez Nadir esteja relembrando minhas indiscrições passadas também, porque ela para logo antes da soleira do corredor. Os dois pilares de cada lado de nós duas se elevam como pernas de gigantes à luz do sol.

— Lembre-se — murmura Nadir. — É a Mãe Mascarada.

— Certo. E ela me odeia.

Eu não a culparia. Tanto Nadir quanto Gota de Orvalho são muito mais velhas do que eu — cem mil anos e setenta mil anos, respectivamente —, mas sou a única que se cansou de ser uma pequena divindade boazinha.

— Ela não tem nenhum conceito de ódio ou de amor — corrige Nadir. — Não conhece nenhuma emoção além da dos outros. O que quer que você esconda, ela verá. O que quer que você sinta, ela usará para testá-la.

Preferia que ela simplesmente me odiasse.

— Eu ficarei bem — digo, para tranquilizar Nadir. — Eu sou a Brisa...

— *Ascendente.*

A cobra em volta dos braços de Nadir se contrai.

— Lembre-se de quem você realmente é, Brisa.

Então, os servos da Mãe Mascarada nos anunciam.

— Cabeça abaixada! — diz Nadir e abaixa o queixo. — Você não deve olhar a Mãe nos olhos sem ser convidada.

Atravessamos o limiar.

Entrar no salão é como entrar no acampamento de guerra de Miasma. Eu busco meu leque — que não existe. Nadir está muito ocupada fazendo uma reverência para notar meu deslize. Rapidamente a imito, observando a reverência, e uma voz, nem masculina nem feminina, soa mais fundo no estrado.

— Descansar.

Nadir se endireita, levantando tudo menos a cabeça. Eu a imito de novo, fixando meu olhar no chão turquesa, pêssego e branco-ágata, enquanto a Mãe Mascarada desce do estrado. Sua sombra cai em cascata sobre os degraus e se sobrepõe à minha.

— Bem, olá outra vez, Brisa.

Meu olhar se ergue.

É Corvo, de pé, diante de mim, sorrindo. Não... é Kan. Eu pisco, e é Cigarra, me rodeando.

— Você gostou do seu tempo no mundo humano?

Minha boca se abre. Nenhuma palavra sai. Dois pares de olhos queimam minha pele: os de Nadir, em crescente preocupação, e os de Cigarra, negros como tinta.

Não... *os olhos da Mãe Mascarada*. Criadora do universo, imperatriz de todas as divindades. Para recuperar meus poderes, preciso provar que estou apta para a natureza divina. Se eu não fizer isso, não sei o que vai acontecer. Ninguém sabe. Deuses não podem morrer, mas aqueles que ela manda embora ninguém nunca mais ouve falar.

Minhas unhas se cravam em minhas palmas. Eu me concentro na dor, deixo que seja minha bússola.

— Gostei desse tempo lá.

Nadir enrijece. Tarde demais, percebo que não é a resposta certa.

— Ah? — A Mãe Mascarada para atrás de mim. — O quanto... — sua voz muda do tom adolescente de Cigarra para um tenor perfeito, pairando sobre o lóbulo da minha orelha — ...você gostou? — pergunta Corvo, antes de pressionar seus lábios na lateral do meu pescoço.

Meu coração se aperta. Meu estômago queima. Meu corpo está confuso, mas minha mente, não.

Eu me afasto de Corvo.

— Aprendi minha lição. — Minha voz treme. Meus punhos também, fechados ao meu lado. — Não vou fazer isso de novo.

— Não vai fazer o quê de novo?

Não fazer nenhum mal. Essa é a primeira regra de ser um deus — a regra que quebrei oito anos atrás.

— Machucar humanos.

— É mesmo?

Eu assinto.

— Bom. Bom — diz Corvo... a Mãe Mascarada. Ela para na minha frente e se transforma em Miasma. — Excelente — murmura a primeira-ministra, o sino tilintando na orelha, o couro cabeludo meio raspado. — Mas e a ajuda? E se...

Miasma cai e *derrete*. Um ensopado de pele, órgãos e ossos borbulha no chão, o esqueleto grotesco que sustenta cada humano bem diante dos meus olhos. A estrutura se monta, e uma pessoa, nua como um recém-nascido, se levanta do ensopado, as vértebras se encaixando audivelmente enquanto endireitam a coluna.

— E se eu precisar de ajuda, Qilin? — Ren ofega.

É uma ilusão, digo a mim mesma enquanto ela desaba mais uma vez e começa a se liquefazer na mesma hora. *Uma ilusão*.

Mas então a Ren-não-Ren, uma meia poça no chão, olha para mim com o que resta de seu rosto. Sua boca se abre, e meu nome, um som miserável, sai.

— Qi... lin. Ajude...

Não parece que me mexi, mas devo ter feito isso, porque algo me puxa de volta. A cobra de Nadir sibila em volta do meu braço, encerrando a corrida para minha senhora, que está completamente irreconhecível agora, parecendo igual a qualquer humano que fosse fervido.

Não sou um deles. Podemos ser todos compostos de qì, mas ainda há um mundo de diferença na pureza de nossa matéria física, de nossa energia. *Semelhante atrai semelhante*. Eu sou uma divindade. Sou diferente dos humanos.

Não deveria me importar com eles.

Não fazer nenhum mal. A primeira regra de ser um deus.

Tem uma contrapartida.

Não fazer nenhum bem, penso, conforme a poça no chão assume a forma de outra pessoa. Tenho que mostrar à Mãe Mascarada que não me importo.

Que não vou interferir. A Biblioteca dos Destinos já escreveu o de todos os mortais.

O que está escrito não pode mudar.

A nova pessoa se levanta e se aproxima, as feições se transformando em um rosto familiar.

Minha respiração para.

— Eu sabia que você não era minha irmã — diz Kan. — Sempre soube. Minha irmã me deixou naquele dia. Eu a vi flutuar para longe. Você era uma impostora. É por isso que te odeio.

— Eu sinto muito. Sinto muito. Sinto muito. — As palavras saem antes que eu possa detê-las.

— Eu te perdoo. — Kan se aproxima de mim. — Sinto sua falta. — A cobra de Nadir me solta. — Por favor, volte. Volte, irmã.

Tremendo, eu respiro fundo. Alcanço o poço de qì enterrado dentro de mim, sempre lá, nunca longe, mas agora... o selo racha. Atrás do rosto de Kan, sinto outra presença. A Mãe Mascarada. Ela está assistindo, esperando para ver o que vou fazer com essa lasca de poder que liberou para mim.

Mostre a ela, então.

Mostre a ela que você não se importa.

Extraio a energia. Viro a palma da mão de frente para Kan.

Eu a reduzo a uma névoa.

Por um instante, nada acontece. Então o vento corre através de mim. Eu *sou* o vento. Sou as nuvens fora desta sala, o bater de asas distantes, a vibração de uma cítara sendo tocada a milhares de lǐ de distância. Mas, quando meu poder sobre a atmosfera se instala em meus ossos, suas vozes retornam.

Elas são tudo o que consigo ouvir.

十四
UM MUNDO À PARTE

Volte, irmã.

Gota de Orvalho está de barriga para baixo, deslizando os dedos pelas nuvens abaixo enquanto viajamos para casa. Sento-me ao lado dela, em silêncio.

Não era Ren quem eu vi morrer. Não foi Kan quem eu destruí. Eram apenas ilusões inspiradas pelos meus medos mais profundos.

O que quer que você esconda, ela verá. O que quer que você sinta, ela usará para testá-la.

Nadir está de pé na borda da nuvem, os olhos fixos à frente. Ela é a primeira a descer quando chegamos aos terraços. Gota de Orvalho e eu a seguimos. Mal passamos do limiar do átrio, quando Nadir bate o pé. A lama sob seus pés se expande, endurece e racha. Fragmentos de terra sobem e voam até mim.

— Ah... — Os pedaços quebrados formam um casulo ao meu redor, brilhando como brasas quando chego muito perto. Olho para Nadir pelas frestas. — Para que isso?

— Você pode ficar aqui e refletir sobre o que fez hoje.

As palavras abrem um baú de memórias: Nadir me dando tônicos para ressaca, colocando panos frios na minha testa, me vestindo com roupas limpas. Ela sempre foi mais uma mãe do que uma irmã para mim. Mas a severidade de seu tom é novidade.

— Eu passei no que quer que fosse... aquele teste — protesto. — Recuperei meus poderes. Fiz como você pediu.

— Fez mesmo? — A voz de Nadir treme. — Eu disse para você se lembrar de *si mesma*. Em vez disso, você se lembrou... daqueles mortais.

— O que você viu lá atrás foi... — *Um acidente. Um erro.* Engulo em seco, incapaz de dizer as palavras. — Não vai acontecer de novo.

— Prometa.

Nadir estende a mão, e uma garrafa verde se materializa em sua palma. Levo um instante para lembrar o que é isso. Tropeço para trás, como se o Elixir do Esquecimento pudesse fazer efeito apenas pela visão.

— Não.

A garrafa desaparece. Nadir fecha a mão.

— Você não é mais a mesma.

— Não quero voltar a ser como antes — deixo escapar, para o horror de Nadir. Mas é verdade. Estou me lembrando de mais coisas. Outros deuses eram obcecados em fazer amor ou em fazer guerra (nunca faltava nenhum dos dois nos céus), ou eram como Nadir, dedicados ao autocultivo. Eu? Por baixo da minha devassidão juvenil, me lembro da apatia esmagadora, sabendo que nada do que fiz tinha importância nesta existência interminável. — Eu era *terrível* antes.

— Mas você era *você*. *Nossa* irmã. — A cobra nos braços de Nadir se contorce. — Não deles.

— Nadir...

— Eu nunca te proibi de nada, Brisa. Nunca. Deixei você fazer todas as coisas imprudentes que seu coração desejava. Mas não posso perder você de novo. Enquanto se recusar a esquecer o mundo humano, não vou deixar você ir.

Ela se afasta.

— Nadir, espere. — Estendo a mão sem pensar e sibilo, as pontas de meus dedos chamuscadas. — Nadir!

Mas ela já se foi. Não há mais ninguém no átrio, além de Gota de Orvalho e eu.

— Eu não entendo. — Balanço a cabeça. — Nadir... ela *gosta* de humanos. *Ela não interfere em suas vidas. Nenhum de nós o faz. Você conhece as regras.*

Conheço. *Não fazer nenhum mal. Não fazer nenhum bem.* Mas nem sempre foram essas as regras. Como alguém que mal se incomodava com os mortais, nunca me perguntei por que a mudança de paradigma aconteceu, por que os deuses antigos podiam interferir, mas agora era proibido. É tão arbitrário. Tão injusto. Eu rosno, e as abelhas de Gota de Orvalho zumbem, como se quisessem me confortar.

Nadir vai mudar de ideia. Apenas dê um tempo a ela.

— Quanto?

Talvez um mês. Talvez um ano.

— Um *ano*?

Não posso me dar o luxo de ficar nesta prisão de barro por um ano. Dinastias podem ascender e cair nesse período.

É um tempo curto comparado a oito. Se você nos ama, então faça o que Nadir pede. Esqueça sua vida mortal. Esqueça as pessoas de lá.

— Não posso. Elas precisam de mim.

Nós também.

— Não, não precisam. Não de verdade. — Não da mesma forma que os camponeses precisavam de mim. Não posso acreditar que estou pensando neles, mas o povo é tudo o que consigo ver. — Você nunca esteve ao lado deles, andando pela lama apenas para viver mais um dia. Nunca... — *conheceu Ren* — ...serviu a alguém que prefere morrer a deixar seu povo para trás. Nunca... — *foi salva por alguém que trabalha no lado oposto. Eu paro, engolindo em seco.* — Não quero esquecê-los.

Nenhum deles.

Por muito tempo, Gota de Orvalho não fala.

Tem algo que você precisa ver.

De repente, estou de pé sobre uma pedra flutuante coberta de musgo. Uma fileira delas cambaleia pelo céu cheio de nuvens, para os céus mais altos.

Venha. Gota de orvalho salta de pedra em pedra. *Nosso destino está no topo.*

No topo está a maior pedra, a base para um templo de laca vermelha, no qual também flutuam prateleiras feitas da mesma rocha musgosa. Gota de Orvalho acena com a mão, e as prateleiras se reorganizam. Uma dispara para a frente, parando bem diante de nós.

— Onde estamos?

Eu deveria saber, mas minhas memórias ainda estão empoeiradas.

A Biblioteca dos Destinos. Gota de orvalho vasculha a prateleira convocada, desalojando pergaminhos. As abelhas os pegam. Enfim ela encontra o que procura. Gota de Orvalho me entrega o pergaminho, que está lacrado.

Havia uma razão pela qual você serviu Ren, entre todos os senhores da guerra, pensa Gota de Orvalho enquanto o desenrolo. *E essa razão está escrita aí.*

Leio as palavras uma, duas, três vezes, incrédula. Isso não pode ser verdade. Isso...

Você deveria viver e morrer como um mortal, pensa Gota de Orvalho. *Então, como qualquer humano, seu destino foi escrito pelos Escribas da Mãe Mascarada. Foi determinado que você serviria à senhora mais fraca do reino. Você nunca esteve no controle.* As abelhas tiram o pergaminho das minhas mãos e o devolvem à prateleira. *Você não escolheu a senhora a quem serviu. Aquela foi uma lealdade já decidida para você. Era parte do seu castigo.*

A Biblioteca desaparece, e volto a estar cercada por cacos de barro.

Reflita, Brisa. Gota de Orvalho se afasta da minha prisão e, como Nadir, sai do átrio, levando suas abelhas consigo. *Você não escolheu Ren. Você nunca teve escolha.*

✢ ✢ ✢

O tempo passa. A noite não cai. O céu permanece de um rosa enlouquecedor enquanto ando na minha prisão. Eu poderia muito bem ficar parada.

Então fico.

Paro de caminhar, meu peito arfando.

Você não escolheu Ren.

Não escolheu a senhora a quem serviu.

A senhora mais fraca do reino.

Cerro minhas mãos. Eu *escolhi* Ren. Escolhi a senhora com o apoio do povo. Mais fraca? Só aos olhos dos ignorantes, como Cigarra. Miasma. Todos se sentiram ameaçados. Confio no meu discernimento.

Algum destino prescrito não poderia ter me aprisionado.

Nada pode. Giro nos calcanhares e explodo os cacos de argila com o qì. Tento mais de uma vez, antes de fazer o que qualquer humano faria: pego os cacos com minhas próprias mãos. A argila aquece. O fedor da carne chamuscada é pior do que a própria dor. Mas eu aguento, até que as rachaduras comecem a se alargar. Está funcionando. Está...

As rachaduras se fecham.

Eu solto, ofegante. A bagunça sangrenta em minhas mãos se cura diante dos meus olhos. Limpo a saliva do meu queixo e pego a argila novamente.

Desta vez, impeço minha própria cura. O qì que controla os fragmentos enfraquece. Ele foi projetado para me segurar, não para me machucar. Enquanto eu empolo e fico cheia de bolhas, os pedaços de barro se movem e se separam.

Arrebento a argila e corro, minhas mãos apenas parcialmente curadas quando subo para os terraços. A dor recente me rouba o fôlego. Mas estou livre. O céu rosa acima é o lar dos deuses.

O meu está lá embaixo.

Enquanto cambaleio na borda estreita de pedra — a fronteira entre mundos —, as palavras de Gota de Orvalho voltam a mim.

Uma lealdade já decidida para você.

Eles que vão para o inferno. Se eu tiver que deixar Ren, será em meus próprios termos.

As nuvens se movem, lambendo os terraços como ondas em um banco.

Elas se fecham sobre mim quando pulo.

☩ ☩ ☩

Eu não deveria estar aqui.

É o primeiro pensamento que me vem à mente quando acabo em uma sala inconfundivelmente imperial. As paredes de laca vermelha são opressivas. As chamas das velas cintilam nas divisórias de bronze, nas urnas e num gongo decorativo, redondo e polido.

Eu não estou refletida nele.

Nem os fantasmas. Posso vê-los agora, essas coisas sobrenaturais nas quais nunca acreditei, que nunca *pude* ver por causa do meu qì selado. Aqui, assumem a forma de servos. Generais. Oficiais. Eles me encaram das sombras tingidas de vermelho, e eu os encaro de volta, meu queixo erguido. Podemos ser ambos feitos de qì, mas fantasmas são abominações. O incenso queima para dissipá-los. Eles permanecem em um mundo que não é mais deles.

Eu sou uma divindade, não um fantasma. Somos diferentes.

Afasto-me deles e vou para a sala.

Duas pessoas se enfrentam em um tabuleiro de xadrez. Uma delas é Miasma. Ela se senta com um joelho dobrado sob o cotovelo, esfregando um pedaço de pedra preta sobre o lábio inferior.

— Você me deixou ganhar de propósito.

O outro é Corvo.

— É louvável que você tenha notado — diz ele, e meu pescoço formiga onde a Mãe Mascarada o beijou.

Pela primeira vez, estou mais interessada no rosto de uma pessoa do que em sua jogada. Meus olhos se fixam nos de Corvo, depois deslizam pela ponte de seu nariz. Sua pele está mais pálida do que me lembro. Será que Miasma o culpou pela derrota do império na Batalha da Escarpa? Ou por não prever minha traição? Meu estômago se contorce, e um baque me faz pular.

Mas é apenas Miasma, deixando cair a peça de xadrez.

— Ah, é? E por quê?

A pedra preta ricocheteia no chão e aterrissa nas bainhas das minhas vestes.

— Porque é perigoso pensar que você ganhou quando na verdade perdeu — diz Corvo enquanto me abaixo, movida por instinto.

Meus dedos apertam a pedra. Mas ela não se mexe. Posso *senti-la* — sólida e zumbindo com o qì —, mas não posso exercer força sobre o objeto inanimado.

— Sabe do que mais gosto? — Miasma se inclina para frente. — Pensar que ganhei quando na verdade ganhei.

Silenciosamente, Corvo limpa o tabuleiro, depositando sozinho as pedras brancas e pretas em seus respectivos potes. Ele não usa a mão direita, nem mesmo para segurar a manga esvoaçante da esquerda.

Clunk. Uma peça cai ao mesmo tempo que meu estômago se contorce.

— Você se ressente de mim? — pergunta Miasma, e meu estômago se contorce ainda mais.

Ela não teria coragem.

— Não. — Corvo continua a jogar peças nos potes, uma por uma. *Clunk. Clunk. Clunk.* Seu cotovelo esquerdo repousa sobre a mão direita, bloqueando-a da minha visão. — Calculei errado. Nossas tropas pagaram o preço. Eu também deveria pagar.

Atrás de mim, os fantasmas murmuram.

Não. Eu o alcanço e agarro seu braço. Sinto Corvo — sua energia, seu calor familiar e flexível —, mas, sob o qì de seu corpo, está o de sua alma, inflexível como uma armadura. Resiste a mim como a peça de xadrez, mas pela razão oposta. O qì da alma é muito vivo, uma tempestade que me repele. Não consigo empurrar ou puxar seu cotovelo para longe de sua mão.

— Já passamos por muita coisa, não é? — pondera Miasma.

— Já — concorda Corvo. — Desde a Batalha das Planícies Centrais.

— Você ainda estava trabalhando para Xuan Cao. — Miasma balança a cabeça. — Um javali, assim como os líderes das Fênix Vermelhas. Tantos javalis seguidos por tolos. Nós derrubamos todos eles. Agora... — Ela toca

os dedos médio e indicador nas duas pedras brancas ainda no tabuleiro.
— Uma ninguém e uma inseto permanecem.
Corvo olha para o tabuleiro, quieto.
— Você não deveria subestimar Ren.
— Então devo superestimá-la como o resto do mundo? — Miasma lambe os lábios. — Você sabia, Corvo? Nossa imperatriz uma vez ofereceu à Xin Ren um título real. Eu estava aqui. Eu vi. Ela não aceitou. As terras de Xin Gong estão agora à sua disposição. Ela não as agarra. Quando aquela estrela ainda estava no céu, Xin Ren poderia ter espalhado rumores de que ela mesma era uma divindade. Ela fez isso? *Não!*
— Outros espalharam os rumores por ela — aponta Corvo, e os olhos de Miasma brilham. Ele não deveria ter dito isso. — Sinto muito pela estrela — acrescenta, e meu coração bate forte com o silêncio de Miasma.
Eu me preocupo que ela interprete suas palavras como pena.
Mas então Miasma joga a cabeça para trás e ri.
— Corvo, ah, Corvo. Já faz 25 anos agora que vivi sem a bênção de um sobrenome como o de Xin Ren. Viverei sem a bênção dos céus. Tomarei o que eu quiser, quer eles achem que mereço ou não. Não é isso o que significa ser um deus? — Miasma pega uma das duas pedras brancas e olha para ela, sorrindo. — Posso ter perdido uma estrela no céu, mas Ren perdeu mais. Sem sua pequena estrategista, ela não é nada. Eu mesma vou acabar com ela.
Não me lembro de ter me mexido, mas minhas mãos estão no cabelo de Miasma, e estou *puxando-o*. Ela estremece e apalpa a cabeça.
— Devo chamar o médico? — pergunta Corvo sem perder o ritmo.
— Não se incomode. A velha mula é tão inútil para mim quanto para você.
— Eu não piorei sob seus cuidados.
— Ele teria perdido a cabeça se você o tivesse.
Miasma se levanta. Eu gostaria de poder fazer mais do que dar-lhe uma enxaqueca. Gostaria de poder queimar todo este lugar.
Mas então eu também estaria queimando Corvo. *Como deveria*, argumenta outra parte de mim. *Ele é o inimigo.* Mas, se Corvo não fosse um amigo, eu não teria conseguido trocar o antídoto. O império me matou de qualquer maneira, mas eu não morri pelas mãos dele.
Inimigo. Amigo. Rival.

— Descanse um pouco, Corvo — diz Miasma com uma ternura nauseante, aumentando minha confusão.

Como ela ainda pode se importar com o bem-estar dele depois de prejudicá-lo?

Como *eu* posso?

— Esqueça isso — ordena Miasma, enquanto Corvo continua a limpar o tabuleiro. — Mande um servo fazer isso.

Ele se levanta, e um servo se ajoelha em seu lugar. Corvo se dirige à porta com cortinas e para na soleira.

— Mi-Mi.

— Sim?

— Você alguma vez confiou nela? Em Brisa?

Meu coração para ao som de meu nome.

Diga não, penso para Miasma. Tem que ser não. Por que mais ela teria armado uma emboscada para mim na passagem de Pedra-pomes?

Miasma traça um dedo pela concha de sua orelha, parando no sino.

— E você, Corvo? — pergunta, como se ela já tivesse respondido.

Mas não respondeu.

— Não — diz Corvo no lugar dela.

O silêncio é frustrante. Balanço a cabeça, tentando limpar meus ouvidos desse som.

— Então por que não disse nada? — pergunta Miasma.

— Queria respeitar seus desejos.

O rosto de Miasma se enruga.

— Bem, não faça isso no futuro.

— Receio que precise — diz Corvo, de maneira suave. — Você pode me matar se eu não o fizer.

Você não tem medo? Por que lembrá-la?

Mas Miasma simplesmente ri outra vez.

— Você tem razão. Você, Corvo, está certo e é sábio. Eu fui a tola desta vez. Pensei que alguém tão inteligente escolheria melhor do que seguir Ren.

Não ouço a resposta de Corvo.

Miasma confiava em mim.

Mas Corvo nunca confiou.

Ou é o que ele diz. Não aceito a resposta dele como Miasma aceitou. Respeitar seus desejos não vale o preço de perder uma armada inteira. Respeitar os desejos dela não é o suficiente para explicar por que ele não reteve o antídoto desde o início. Corvo salvou minha vida no barco. Ele tinha que ter confiado em mim, pelo menos um pouco.

— Por que a mentira? — exijo saber.

Corvo não responde. Só me resta segui-lo por um corredor estreito e, antes que eu perceba, para dentro de seu quarto. Ele fecha a porta, seu braço roçando o meu. Parece tão real. Estou viva. Ele está vivo.

Nós dois estamos vivos, mas em um mundo à parte.

Corvo tira a capa e a pendura em um cabide na parede. Sem o manto, ele é magro, quase menor. Ele começa a abrir suas vestes externas também, e estou prestes a desviar o olhar quando ele para, em um estado de seminudez que poderia muito bem ser completa, a julgar pela temperatura das minhas bochechas.

Ele usa o manto desamarrado, como um xale, enquanto se senta em sua mesa. Eu sento ao lado dele. Corvo levanta o braço direito, a manga deslizando para trás enquanto pega uma escova e, finalmente, vejo o curativo. Está enrolado em sua mão e preso em um espaço entre o dedo anelar e o indicador.

Um dedo sumiu.

Não sei se sinto alívio ou horror. Miasma poderia facilmente ter cortado sua mão inteira. Corvo poderia ter perdido a vida, como os fantasmas naquela sala, que talvez também estivessem certa vez a serviço de Miasma.

Ele já perdeu demais.

O cabo da escova, destinado a ficar estabilizado entre o anelar e o dedo médio, balança no aperto de Corvo. Depois de vê-lo lutar por vários minutos, não aguento mais e envolvo minha mão na dele. Finjo que estou ajudando, embora não esteja. Estou machucando-o porque o rosto de Corvo empalidece. A bandagem fica vermelha.

Eu me afasto, respirando com dificuldade.

— Vá para a cama.

Ele não ouve. Não pode ouvir. Não escutaria, imagino, mesmo que pudesse.

A noite se intensifica, e o quarto esfria. Por fim, Corvo abaixa a escova. Ele se recosta na cadeira, fecha os olhos.

Sua respiração se equilibra e diminui.

Voltei por Ren, não por Corvo. Ele só sofre graças a mim. Eu o enganei. Ele caiu nessa, e eu já vi o que lhe custou.

Eu deveria ir embora.

Mas, por apenas mais alguns instantes, eu fico. Sento-me ao lado dele na mesa. Relembro seu rosto, embora nunca o tenha esquecido. Quando sua cabeça pende e a gola de seu manto escorrega, tento puxar o tecido de volta ao lugar, mesmo sabendo que é inútil. Meus dedos roçam sua pele.

Seus olhos se abrem.

Meu pulso ricocheteia. Ele me vê. Tenho certeza disso.

Então suas pálpebras se fecham. Ele suspira, o som tão desgastado que fico parada até ele adormecer novamente.

É claro que tenho algum tipo de efeito em Corvo, assim como tive em Miasma. Será que eu poderia existir assim, um deus no reino mortal, e de alguma forma ainda servir à Ren?

Não como uma divindade.

Meu olhar salta sobre o ombro de Corvo para encontrar Gota de Orvalho de pé, junto à parede, sua cabeça mal alcançando a bainha da capa dele.

Como uma deidade, você não pode fazer nada que reveja as linhas do destino mortal, pensa ao entrar no quarto acompanhada por sua nuvem de abelhas. Ela se aproxima.

E pula no colo de Corvo.

— Saia de cima dele. — Agarro Gota de Orvalho, mas suas abelhas me bloqueiam. — Você vai...

Gota de Orvalho pula para cima e para baixo. Corvo continua dormindo.

...*acordá-lo.*

Gota de Orvalho cutuca seu rosto. Puxa suas bochechas. *O que há para gostar nele?*

— Por que você está me perguntando?

Porque você é a única aqui que sabe a resposta.

— Eu não gosto dele.

Seu qì diz o contrário. Gota de Orvalho planta uma bananeira nos joelhos de Corvo.

— Basta! Pare com isso. — Eu a levanto. Uma abelha tenta voar pelo nariz de Corvo. — Não, Gota de Orvalho.

Por que não?

— Porque eu estou mandando.

Ele não vai sentir. Eu tive prática, ao contrário de você.

— Não é não.

Levanto Gota de Orvalho, quase deixando-a cair quando os lábios de Corvo de repente se movem. Dois tremores. Sílabas, como um nome.

Não parece o meu.

Algo em mim se enfurece. Eu esmago o sentimento. Não vou ser tão mesquinha. Carrego Gota de Orvalho para fora do quarto de Corvo, sem olhar para trás.

Ela abraça meu pescoço. *Nadir está certa. Você mudou.*

— É por isso que você está aqui? Para me espionar para Nadir?

Não. Eu queria vê-la. Sua irmã humana.

Paro no meio do caminho.

Minha. Ela não é minha.

Não é minha irmã.

Ainda assim, há uma parte de mim que quer defendê-la, protegê-la como se fosse um segredo.

— Ok — digo, por fim.

A paisagem se transforma. Estamos em outro quarto, muito diferente dos aposentos de Corvo. Há mais espaço aberto do que paredes de madeira. Tapetes de junco estão pendurados nas vigas, suas sombras se alternando com as faixas de luar no chão de bambu.

Kan dorme meio engessada em ambos. Ela chutou o cobertor, suas pernas saindo de sua túnica como o branco das cebolinhas.

— Volte. Volte. Volte — murmura Kan, repetindo sempre a mesma palavra.

Ela não está chamando por mim, eu sei, mas pelo fantasma de Qilin.

Aqui está outra pessoa que feri.

Eu me agacho ao lado de Kan, com um nó na garganta. Gota de Orvalho coloca a mão no meu joelho dobrado. *O nome dela é Pan Kan, não é?*

— Sim — sussurro e estremeço.

No Sul nunca faz frio, mas a noite é úmida, e Kan sempre adoeceu com facilidade, pegando tudo o que havia para pegar no orfanato. Uma corrente de ar sopra pelas paredes abertas, e meus dentes cerram. Onde está Cigarra?

As abelhas de Gota de Orvalho levantam o cobertor pelas pontas e o recolocam sobre Kan.

— Achei que você não pudesse fazer isso.

Ela não estava fadada a passar frio esta noite.

— E Corvo estava?

Gota de Orvalho sorri de forma inocente.

— Nada disso faz sentido. — Eu bufo.

Podemos dobrar as regras de pequenas maneiras. Respeite os mais velhos que eu lhe ensino como. Então Gota de Orvalho para de sorrir. Ela olha para Kan. Seu *qì* está cheio de medo.

— Faz parte de ser mortal.

Ter medo de perdê-los. Machucá-los.

Falhar com eles.

— Há outra pessoa importante para mim — digo, pegando a mão de Gota de Orvalho. — Deixe eu te mostrar.

Penso no nome dela, e o quarto prateado de luar fica embaçado. As paredes se solidificam em pedras. Estamos em algum lugar subterrâneo, com tochas nas paredes de terra lançando luz sobre uma mesa no centro. À sua frente, caminha um menino que beira a idade adulta. Ele está vestido de roxo, o cabelo preso em um coque e duas franjas laterais compridas.

— Onde está Samambaia? — pergunta, dando meia-volta.

A luz da tocha ilumina sua máscara dourada. *Não é um Guarda Mascarado*, penso, para me acalmar. Estamos no mundo mortal, e a máscara desse menino cobre apenas a metade esquerda de seu rosto. Além disso, enquanto os Guardas Mascarados são enormes, ele é mais esquelético do que a minha forma humana era. No entanto, as pessoas respondem à sua pergunta com deferência.

— A caminho, jovem mestre.

O "jovem mestre" continua andando. Um segundo depois, três batidas — duas longas, uma curta — soam da porta. As pessoas saltam para atender. O recém-chegado é conduzido e arrastado diante do menino mascarado.

— Você foi seguido, Samambaia?

— Não, jovem mestre.

O menino assente.

— Então que esta reunião comece. Você já entrou em contato com Xin Ren?

— Ela se recusa a ver qualquer um — diz Samambaia. Ele também está de máscara, como todos os outros sentados à mesa. — Nem mesmo seu pai, para o chá.

— Então você entrou em contato com sua irmã de juramento?

Irmã. Meu coração se aperta ao ouvir o singular.

— Não.

— Você está comendo arroz para nada? — dispara o menino, e Samambaia se encolhe. — Tente com mais afinco.

— Sim, jovem mestre.

Você não o conhece, não é? Gota de Orvalho esquadrinha a sala de terra. Ela puxa minha manga. *Vamos lá.*

Mas não me movo. Eles podem não ser Ren, mas estão falando sobre ela. Se isso já não fosse o suficiente para me paralisar, então as próximas palavras do garoto são.

— Estive esperando por uma líder como Xin Ren há muito tempo. Entre em contato com ela ou despojarei todos vocês de seus títulos.

— Mas, jovem mestre — contesta alguém do outro lado da mesa —, mesmo que seu pai não mereça essas terras, você não as merece?

— Eu? — O menino ri sem humor. — Eu sou...

A sala subterrânea desaparece antes que eu possa ouvir o resto.

— Ei!

Gota de Orvalho dá tapinhas na minha mão. *Haverá muito tempo para você bisbilhotar mais tarde.*

Haverá mesmo? Quantas chances terei para escapar dos céus? E como vou encontrar esse lugar novamente?

Falando nisso...

— Onde estamos?

Em uma nuvem.

Sim, estou ciente. Mas a terra sobre a qual pairamos é indistinta até que a nuvem desce. Uma colcha de retalhos de distritos, margeados a leste por pântanos e ladeados por penhascos em todas as outras direções. A região é uma depressão, e há apenas uma no reino.

As Terras do Oeste.

A nuvem nos leva a uma praça da cidade, pelo menos vinte vezes o tamanho de Hewan. Olmos chineses alinham as estradas. As próprias rotas se conectam como treliças. Os becos desabam em pavilhões afundados, as pontes incham sobre canais. Enquanto Gota de Orvalho e eu cruzamos uma ponte, a aurora irrompe lenta e azul sobre as montanhas ao norte. O céu — com uma estrela a menos — clareia.

Faço uma série de deduções.

Vencemos a Batalha da Escarpa. Forçamos Miasma a recuar, mesmo que não a tenhamos capturado com sucesso. Ren foi para oeste com nossas tropas a fim de devolver as de Xin Gong, e o tio implorou que ela ficasse. Uma reviravolta, mas é o que acontece quando um exército derrota o de Miasma com sucesso.

Aliar-se ao Sul. Estabelecer uma fortaleza no Oeste. Os dois primeiros tópicos do Objetivo da Brisa Ascendente, antes da etapa final: *Marchar para o Norte.*

Estamos mais perto do que nunca de trazer a guerra para o império.

E eu não estarei lá para ver isso acontecer.

Minha mão aperta a de Gota de Orvalho, que aperta de volta. *Você não deve nada a eles.*

— Eu sei.

Mas não tenho tanta certeza assim. Mesmo que tudo que eu dera à Ren tenha sido predeterminado, tudo o que ela me deu — os sapatos que teceu quando meu par se desfez, os livros que pegou quando fugíamos de cidade em cidade — foi por vontade própria. Ela nunca parecia surpresa quando eu lhe entregava resultados. Ren acreditou em mim, e isso *significava* alguma coisa.

Como se pressentisse meus pensamentos, Gota de Orvalho puxa meu dedo indicador. *Você voltaria para nós?*

— Eu não disse que ia embora.

Começamos a andar. Quando nossas pernas se mostram ineficientes, balanço a mão, e uma rajada de vento nos carrega. As Terras do Oeste são enormes, mas parece que sei exatamente para onde estamos indo. As vantagens de ser uma deidade.

Se você fosse embora, por quanto tempo seria? Pergunta Gota de Orvalho enquanto alas de muros vermelhos e arrozais cor de esmeralda passam por nós.

— Não muito.

Tem certeza?

— Estamos a menos de dois passos de realizar nosso objetivo.

Se você diz.

— O quê, não acredita em mim?

Eu acredito em você. É nos humanos que não acredito.

— Eles não são tão ruins.

Você está realmente sóbria?

A rajada diminui quando entramos em um caminho formado por uma copa de figueiras. O caminho serpenteia até um portão de pilares de pedra, além do qual ficam estábulos, quartéis e campos de treinamento. O vento desaparece, deixando-nos do lado de fora de um quartel erguido sobre palafitas.

Ren está naquele quartel. Eu simplesmente sei. Antes de entrar, olho para Gota de Orvalho. Sua expressão é indecifrável.

— Eu só quero vê-la — digo, mais para mim mesma. — Isso é tudo.

Dentro do quartel, sou assaltada pelo cheiro de ervas. Éfedra, alcaçuz, goji — elas estão penduradas no teto, em cestas, um testemunho da fertilidade das Terras do Oeste. Mas meu olhar se fixa em Ren. Ela está sentada ao lado de uma cama. Eu me aproximo... e congelo quando vejo a pessoa sob os lençóis.

A última vez que vi Lótus foi no campo de batalha. Nós duas estávamos mal. Mas nunca acreditei que veria Lótus — matadora de tigres, campeã soberana de competições de bebida — tão imóvel e quieta. Um curativo cobre seu olho. A pele ao redor está violeta da inflamação. Não há energia subindo de sua pele quando coloco uma mão sobre ela. Nenhum qì do seu espírito. Apenas o sussurro de uma respiração. O gaguejar de um batimento cardíaco.

Volto-me para Gota de Orvalho.

— Onde ela está?

Aqui.

— Onde está o *espírito* dela?

Gota de Orvalho senta na beirada da cama, as pernas com a calça amarela se balançando. *Se foi.*

— O que você quer dizer com "se foi"? — Minha respiração fica presa. — Como um fantasma?

Não. Lótus está viva, ela ainda está respirando...

Ela não é um fantasma. Apenas se foi. Se dispersou. Gota de Orvalho balança as pernas. *Em um nível minúsculo, humanos e deuses não são tão diferentes. Nós dois temos espíritos feitos de qì. Mas o espírito mortal é mais instável. Você e eu podemos viajar da forma que quisermos, sem corpos. Os mortais não podem. Se o espírito partir...*

— Ele volta. Eu sei que pode acontecer.

O meu fez isso depois de acidentes com a espécie equina.

Talvez, se o espírito tivesse ficado perto do corpo. Mas o dela se foi há muito tempo, Brisa. Mesmo que partes dela ainda estejam presas neste mundo, elas estão espalhadas. Você poderia passar sua infinita existência procurando por essas partes no éter e ainda assim não encontraria tudo que a compõe.

— Então ela nunca vai acordar?

Gota de Orvalho balança a cabeça.

Eu agito a minha.

— Não, Lótus voltará.

Como uma reencarnação, depois que seu corpo expirar e seu espírito for chamado de volta ao Obelisco das Almas.

— Não é isso que eu quero dizer!

Se Lótus se for, Ren também irá. Ela já está indo. Seus olhos estão vagos. As bochechas estão encovadas, mais finas do que quando a vi pela última vez em meu santuário. Elas juraram viver e morrer juntas, Lótus e Ren, quando juraram irmandade. Lótus *tem* que acordar.

Ouça. Gota de Orvalho fecha os olhos. *Seu coração já está enfraquecendo.*

Não quero ouvir. Quero gritar. Quero berrar.

— Ren. — Eu a agarro pelos ombros. Ela os encurva. — *Ren*. Você não pode...

— ...fazer isso consigo mesma.

Uma sombra cai sobre nós, e olho para os ângulos bem definidos do rosto de Turmalina. A crosta de sua ferida descascou.

— Por favor. As tropas precisam vê-la.

— Eu não quero vê-los.

— Então o que você quer? O que podemos fazer para ajudar?

— Quero ficar sozinha, Turmalina. Quero que você saia — diz Ren, sem tirar os olhos de Lótus. — Você pode fazer isso por mim?

— Não.

Ren pega as mãos de Lótus.

— Então você está livre para ficar onde está.

Estou tão perto de Ren, mas incapaz de ajudar. Ela está perdida, assim como eu. Quero fugir e me esconder.

Mas Turmalina não se mexe, então com ela eu permaneço, nós duas de frente para nossa senhora, Ren ajoelhada ao lado da cama em que Lótus está deitada.

Então Nuvem se aproxima. *Clang.* De repente, não estou mais sob a sombra de Turmalina, porque ela foi jogada para o lado. Ren está de pé, sua espada cruzada com a glaive de Nuvem.

— O que está fazendo?

Nuvem pressiona.

— Verificando se você ainda se lembra do seu voto.

— Fizemos um voto de morrer como uma.

— Um voto para nós mesmas. Mas prometemos ao povo deste reino que derrotaríamos Miasma. Você está disposta a quebrar esse voto pelo nosso?

Ren não responde.

— Eu não estou. — Com um movimento do pulso, Nuvem gira sua glaive para longe e bate a coronha no chão. — Vou esfolar quem fez isso com Lótus. Até lá, faça o seu trabalho. Viva e lidere.

Lentamente, Ren olha para a espada em sua mão. O instinto de viver ainda está lá, enterrado, bem fundo. O ataque de Nuvem o desembainhou.

— Vá aonde você é necessária — pede Nuvem quando Ren não fala.

— Vou vigiar.

Faça o que Nuvem diz, penso, acho que pela primeira vez na minha vida, prendendo a respiração.

Por fim, Ren assente. Sua espada suspira de volta em sua bainha, e eu suspiro também. Ela está de volta. Não por completo, mas, com o tempo, ela retornará.

Depois que Ren sai, Nuvem se volta para Turmalina.

— Vá com ela.

Turmalina não discute. Uma vez que ela se foi, Nuvem aperta as mãos de Lótus assim como Ren o fez. Mas, enquanto o aperto de Ren era solto, o de Nuvem é apertado. Seus tendões tensionam contra sua pele.

— Ela não pode sentir você — sussurro enquanto Nuvem olha para Lótus, seus olhos escuros focados. O qì emana de seus ombros arredondados em ondas, como se para compensar a falta de energia de Lótus. Coloco a mão na Nuvem, tentando relaxar seu aperto. — Não faça isso.

Enquanto espreito por entre seus dedos, meu mindinho roça a pele de Lótus.

De repente, estou caindo. É como pular dos terraços no céu. Mas, ao contrário deles, eu sei exatamente aonde vou pousar: nesta casca vazia diante de mim.

Em Lótus.

Puxo de volta. O impulso do meu qì, deixado sem ter para onde ir, catapulta por minha espinha. Ofegante pela adrenalina, olho para cima a fim de encontrar o olhar resignado de Gota de Orvalho. As perguntas que ela fez no caminho até aqui, essas hipóteses...

De repente, não são tão hipotéticas. Sem maiores explicações, eu sei.

Eu poderia ficar assim. O corpo diante de mim não tem espírito. Meu qì é compatível com ele. Poderia até ser capaz de afetar o destino, se o corpo mortal mascarar minha essência divina. Poderia voltar, ajudar Ren.

Dar à Ren a segunda chance que ela me deu quando visitou minha cabana em Thistlegate.

— Você vai me impedir? — pergunto à Gota de Orvalho.

Ninguém jamais foi capaz de detê-la, Brisa.

— Então vai contar a Nadir por mim?

O que você quer que eu diga?

— Que eu a amo. Que sinto muito. Estarei de volta antes que você perceba.

Gota de orvalho está em silêncio. *Tenha cuidado,* diz ela, por fim. *A Mãe Mascarada não se importa que deuses visitem o reino mortal, mas se souber que você está aqui para se intrometer...*

Ela não precisa dizer mais nada. Nenhuma de nós sabe bem que tipo de transgressões fazem com que um deus seja mandado embora em vez de apenas punido, mas tenho que supor que se intrometer deliberadamente no destino dos mortais seja um desses delitos.

— Venha aqui — digo, quebrando o silêncio. Quando Gota de Orvalho se aproxima, eu a abraço, solto-a e puxo seu tufo de cabelo. — Serei cuidadosa.

Gota de Orvalho me lança um olhar cético.

— Eu serei!

É melhor que seja. As abelhas se condensam ao redor dela. Um borrão de cor, e ela se foi.

Só há eu, Nuvem e Lótus agora.

Ao longe, um gongo soa. As sombras no chão se movem com o sol.

Lentamente, coloco minha mão na testa enfaixada de Lótus.

Perdoe-me, penso enquanto libero minha existência. É igual a abrir um jarro e derramar meu espírito como se fosse vinho. *Espero que você entenda.*

Imagino que, em algum lugar, por mais dispersa que esteja, Lótus pode me ouvir.

Imagino que ela diria: *faça o que for preciso, Pavão,* antes de erguer o jarro em um brinde. *Por Ren.*

十五

EM SEU NOME

*P*or Ren.
 Tudo dói quando acordo desta vez. O joelho, as costas, a cabeça. Um fogo arde em meu olho esquerdo. Mas há uma dor mais silenciosa na pele do meu rosto. Lágrimas caem sobre mim como chuva.
 Descanso minha mão sobre a cabeça curvada de Nuvem, e ela olha para cima. Uma lágrima rola da ponta de seu nariz. Deve ter pousado na minha bochecha, porque penetra através do curativo. Arde.
 — Nuvem. — Minha voz é muito grave. Muito áspera. — Nuvem — digo novamente, testando a vibração das cordas vocais de Lótus.
 Devagar, Nuvem limpa o nariz e os olhos.
 — Lótus. — Seu lábio treme. — Lótus — repete, agora sorrindo de forma tão reluzente.
 Reluzente demais. Dói ver. Dói mais do que todas as minhas dores combinadas, especialmente quando a ardência na minha bochecha desaparece e as outras dores se tornam insuportáveis. Gota de Orvalho estava certa: eu me curo rápido. Nunca tive a chance de perceber como estrategista, ou talvez Lótus tenha uma pele mais resistente. Os músculos de suas pernas se contraem, ansiosos para serem exercitados.
 — Espere — pede Nuvem, novas lágrimas prendendo-se nos cantos de seus lábios arrebatados. — Deixe-me buscar Ren. Ela vai querer estar aqui... — Nuvem olha em volta atordoada. — Que horas são?
 O gongo então soa: uma vez, por muito tempo. Uma hora depois do meio--dia. Nuvem esteve aqui esse tempo todo? A resposta é um óbvio *sim*. Nuvem é a irmã de juramento de Lótus. *Minha* irmã de juramento. Tenho que me

convencer disso primeiro, se quiser convencer os outros. Mas, por um momento, eu vacilo. Não quero fazer com Nuvem o que fiz com Kan. Se pudesse dizer a verdade a ela, que estou aqui na forma de Lótus por causa de Ren...

— É claro. — Nuvem dá um tapa em sua testa. — Ela está no santuário.

— Santuário.

Um aceno contido. Não combina com o fogo escuro nos olhos de Nuvem.

— A traidora tinha que ir até lá e acabar morrendo.

Traidora.

Eu.

Brisa.

Meu santuário, que Nuvem aparentemente queimaria se pudesse.

A verdade se dissolve na minha língua. Nuvem nunca me deixaria ver Ren se soubesse quem eu realmente era. Duvido que me deixaria sair desta cama viva.

Empurro as cobertas.

Nuvem me ajuda a sentar e depois a ficar de pé.

— Vai com calma, Lince.

— Eu consigo andar.

Meus primeiros passos são trêmulos, minha percepção de profundidade está distorcida através do meu olho sem curativo. Nuvem me estabiliza, e eu a afasto, inflamando a ferida nas minhas costas. Um xingamento — muito torpe — rasga meus lábios.

— Onde está o santuário? — pergunto, segurando o batente da porta.

Estou com medo de que Nuvem não conte ou, pior, insista em me acompanhar.

Meus medos estavam errados.

— Descendo o caminho das figueiras — diz Nuvem, sem perguntar se preciso que me mostrem o caminho. Há preocupação em seus olhos, mas também confiança, e ela só tem uma ressalva: — Ren não gosta que ninguém a perturbe.

Olho para fora. A neblina cobre até onde a vista alcança, como naquela manhã no rio. Eu tinha um plano então. Uma estratégia. Flechas voaram para mim.

Agora, não tenho nada além de uma aljava cheia de mentiras.

— Lótus não é *ninguém*.

☩ ☩ ☩

O caminho das figueiras é molhado e doce, perfumado pelos figos soltos dos galhos acima. Mas o cheiro é superado pelo do incenso quando chego ao santuário.

Meu santuário.

Não gosto de nada nele. Nem da escolha do incenso — o estimulante perfeito para um ataque de respiração —, nem do espaço sem janelas e preto. E, particularmente, não gosto de ver a escuridão agarrada à Ren, que se ajoelha diante do altar com meu nome inscrito. A oferenda de pêssegos na tigela parece recém-substituída, e ela está inclinada sobre alguma coisa. Minha cítara, acredito eu. Talvez Ren não consiga superar o fato de que nunca a consertou antes da minha morte. Gostaria de poder dizer a ela que não me importo nem um pouco.

Eu *posso* dizer a ela.

— É importante seguir em frente.

Não pareço nada com Lótus, percebo, depois que as palavras saem. Fico enraizada no lugar, enquanto Ren se vira. A carranca que amarrava suas sobrancelhas se desfaz.

— Lótus?

Meu nome é uma pergunta na boca de minha senhora. Na de Nuvem, era um fato. Ren fica de pé, com o rosto relaxado.

— É você mesmo?

Nuvem jamais aceitou de fato a ideia de Lótus nunca acordar. Ren tinha aceitado. Ela acreditava que sua irmã de juramento havia partido.

Estava preparada para seguir em frente.

Estou aqui para dar força à minha senhora, não para tirá-la.

Eu assinto.

Ren abre as mãos.

— Venha aqui.

Ando em direção a ela. Ren segura meus braços, me examinando da cabeça aos pés.

— Você está de pé. — Ela pisca rapidamente, como se estivesse verificando a visão. — Suas... suas feridas. — As mãos dela tremem quando me soltam, e lembro que Ren tinha chicoteado Lótus por insubordinação.

— Eu...

Ren engasga. Ouço a culpa em seu soluço.

Posso amenizá-la nesta nova forma.

— Lótus está bem. — Bato em meu peito com o punho. *Ai.* — Forte.

— Bom — diz Ren. — Fico feliz. Fico feliz...

Estabilizo Ren enquanto ela cambaleia. É como ter palha em meus braços. Ela sempre foi tão frágil assim ou Lótus que é forte? Franzo a testa, e Ren dá um tapinha no meu ombro.

— Voltaremos a treinar em breve. — Ela faz uma pausa, e me esforço para pensar na resposta de Lótus. Mas então Ren já está falando novamente: — Você estava lá. Quando a emboscada aconteceu, você estava com Qilin, não estava?

Qilin.

Eu concordo.

— O império nega ter um dedo em sua morte. Mas eram soldados do império, não eram?

Outro aceno em concordância.

Ren se agacha diante do altar, alcançando a coisa sobre a qual estivera curvada. Não é minha cítara, e sim uma caixa forrada com seda branca. Está cheia de objetos — meus. Vê-los é como ver meu próprio cadáver. Desvio o olhar, mas não antes de Ren puxar a flecha.

Assim como a que foi enterrada em Corvo, metade da haste é mais escura que o resto. Manchada. Os dedos de Ren se curvam sobre ela. Seus dedos ficam brancos.

— As pessoas dizem muitas coisas, Lótus. — Sua voz é calma, íntima. — Dizem que não luto pela imperatriz, mas por mim mesma. Dizem que luto contra Miasma porque a odeio. Aos olhos de alguns, nosso conflito é pessoal. Mas nunca senti que fosse assim. Uma de nós terminará sob a lâmina da outra? Suponho que seja inevitável. Mas nosso desentendimento sobre como governar o mundo não era pessoal. Até agora. — A flecha treme nas mãos de Ren. — Ela poderia ter tirado minha vida ou duelado com você ou Nuvem, de guerreira para guerreira, e eu teria respeitado o resultado. Mas não posso respeitar isso. Ela assassinou minha estrategista. Miasma tornou isso pessoal.

Silêncio. A respiração de Ren está alta.

Ela não deveria estar sofrendo tanto. Eu era sua estrategista, não sua irmã de juramento.

— É a guerra — digo, finalmente, tentando soar como Lótus. — Pessoas morrem.

Em vez disso, pareço apenas insensível. Um dia desses, Ren certamente entenderá.

Mas não hoje.

— Sinto a dor de Qilin, bem aqui — diz Ren, pressionando a ponta da flecha em seu peito. — Vou fazer Miasma sangrar por isso.

Tudo que conquistamos será em vão, se marcharmos para o Norte prematuramente.

— A vingança vem depois — argumento, tentando não gritar. — Primeiro a construção da base.

Sem me ouvir, Ren coloca a flecha entre os outros itens da caixa. Ela se levanta e coloca a mão nas minhas costas.

— Vamos festejar esta noite, para comemorar a sua recuperação.

Um banquete parece a última coisa que qualquer uma de nós quer ou precisa. Mas Ren está fingindo sua plenitude, e eu estou fingindo ser Lótus, então nós fingimos nisso também.

✣ ✣ ✣

Quando volto para a enfermaria, Nuvem já dispôs as peças de Lótus. Peço um momento a sós, sem me importar se não é característico dela, e pego a saia de pele de tigre de Lótus. Tão áspera, tão bruta. Carne uma vez esteve grudada nessa pele.

Em seguida, com o estômago revirando, forço meus dedos ao redor do cabo do machado de Lótus. Para este corpo, é tão leve quanto meu leque. Toco a lâmina — e me afasto quando me lembro dos ossos e dos órgãos cortados por ela. Vejo os soldados que Lótus estripou em seus últimos momentos. Todos inimigos. Eu matei inimigos também.

Não é a mesma coisa.

Coloco as vestes externas e a saia de Lótus e deixo a arma para trás quando saio da enfermaria. Quem leva um machado para uma festa?

Paro no meio do caminho.

Lótus levaria.

Dou meia-volta.

✣ ✣ ✣

A noite está quente como um abraço. Estamos seguros — tão seguros quanto os seguidores de uma senhora sem-terra podem estar, desfrutando da hospitalidade do governador das Terras do Oeste, Xin Gong, na cidade de Xin. Mas os braços que abraçam também podem estrangular. E esta noite, no banquete, mantenho a mão no machado de Lótus, todos os meus sentidos sintonizados à pressão do perigo.

Minhas deduções foram confirmadas: vencemos a Batalha da Escarpa, mas sofremos uma derrota na passagem de Pedra-pomes. Miasma recuou com segurança por ali e voltou para a capital. Seu comando do império ainda está de pé. E Ren... ela está mais instável do que jamais a vi.

Achei que o retorno de Lótus iria consertá-la.

— Pela recuperação de uma guerreira que inspira medo em todo o reino — diz Xin Gong.

Cálices tamborilam pelas longas mesas.

Xin Gong fica de frente para Ren.

— E pela reunião da melhor família de debaixo do céu.

Diz o tio sem caráter para apoiar Ren, ou até mesmo Xin Bao, contra Miasma. Xin Gong não se posiciona, não defende nenhuma causa — é uma farsa em uma época em que até os ladrões se declaram reis. Olho para Ren e vejo uma sombra em seus olhos. A multidão não percebe. Para eles, ela é sempre a senhora sorridente e benevolente. Uma serva lhe traz uma taça de vinho, e ela a ergue para todos os vassalos das Terras do Oeste reunidos.

— O governador Xin e eu trabalharemos com o mesmo objetivo: fortalecer nossas tropas e salvar nossas colheitas, para que o povo possa resistir à guerra que está por vir.

À menção de "guerra", o sorriso de Xin Gong endurece. Ele *deveria* estar nervoso. Teria sido dilacerado por Miasma há muito tempo, se não fosse pelas montanhas que cercam as Terras do Oeste, uma retenção natural contra invasores. Ele não tem filhos biológicos. Seu exército pode ser um dos poucos que triunfaram sobre o império, mas ele deve agradecer à Ren por isso. Ela poderia se declarar governadora agora, e a população a apoiaria. A honra a detém. Ren se recusa a trair o próprio sangue.

Mas ela deve. É o passo dois no Objetivo de Brisa Ascendente. *Estabelecer uma fortaleza no Oeste* é apenas um eufemismo para "arrancar o controle de Xin Gong". Não pode haver dois líderes em uma mesma terra, e nós precisamos dela. Uma base para treinar e alimentar nossas tropas. Um lugar para onde se retirar. Confiar em Xin Gong no nosso momento mais fraco seria mais fatal do que perder uma batalha. Ren *deve* traí-lo, sendo família ou não. Eu sabia disso desde o início. Só nunca imaginei ter de convencê-la na minha posição atual. Fisicamente, não estou mais longe de Ren do que estava como Brisa: Nuvem e eu nos sentamos logo à esquerda dela. Mas tudo o que posso ver é o assento vazio à direita de Ren.

Um assento que já chamei de meu.

Enquanto isso, o espaço à direita de Xin Gong é preenchido por dois jovens, um guerreiro corpulento e o outro...

Meu olhar congela nele.

O garoto da máscara dourada, o menino daquela reunião clandestina que falava em esperar por uma líder como Ren.

— Nuvem — murmuro, sem tirar os olhos dele. — *Nuvem*.

— Sim?

— Aquela pessoa. — Aceno para o garoto, que está dizendo algo para Xin Gong. — Qual o nome dela?

— Ele? — Nuvem abaixa a coxa de galinha e aperta os olhos para o rosto semimascarado e iluminado por trás. — Aquele é Sikou Hai.

Minha mente se ilumina com o nome. Ele é filho adotivo de Xin Gong, seu conselheiro mais próximo.

— O que é tão interessante? — pergunta Nuvem ao ver minha óbvia fixação. — Não me diga que você gosta dele.

— N-não. — Eu deveria dizer mais, irmãs conversariam mais. — Você gosta?

Nuvem pisca, então me dá um tapinha no nariz.

— Parece que aquele seu ferimento na cabeça não foi um hematoma nada pequeno.

Ela rasga sua coxa de galinha, antes que eu possa perguntar o que quer dizer, e eu fico com um prato de cabra na minha frente — o favorito de Lótus, aparentemente — e amigos de ambos os lados. Forço-me a engolir um pedaço de cabra, quieta e esperando. Um novo prato chega. Todos caem dentro, e só então arrisco outro olhar para Sikou Hai.

Ele se foi. Meus dentes rangem.

Mas então — um lampejo de ouro.

Dou um salto, e um jarro de vinho tomba. Ninguém sequer pisca, para minha surpresa, exceto um soldado que me agradece pelo "bode bêbado".

— Preciso usar a casinha — deixo escapar, ainda me sentindo obrigada a dizer alguma coisa, então me apresso para o que espero ser a direção certa.

Fora da praça da cidade e para o mato. Criaturas fogem da vegetação rasteira enquanto passo por ela, quase colidindo com uma árvore quando julgo mal os passos mais longos de Lótus.

Em pouco tempo, alcanço Sikou Hai.

— Espere! — chamo, e ele para, virando-se lentamente.

— Você está falando comigo?

Paro de forma desajeitada, sem palavras em vez de sem fôlego pela primeira vez. Mas Sikou Hai não é Ren ou Nuvem. Ele não conhece a verdadeira Lótus.

Perto dele, posso ser eu mesma.

— Parece que sim — digo, quando me aproximo —, considerando que não há mais ninguém aqui.

— Você deve estar enganada. — Os olhos de Sikou Hai se estreitam, voando do meu rosto enfaixado para o meu peito blindado. — Eu não lido com guerreiros.

— Eu... — *não sou uma guerreira.* — Estou aqui para falar sobre Ren.

Conheço uma abertura quando vejo uma, seja em um tabuleiro de xadrez ou no rosto de uma pessoa. Ao nome de minha senhora, a guarda de Sikou Hai baixa. Seus olhos praticamente brilham, e fico cautelosa. Como filho adotivo de Xin Gong, sua devoção à Ren com certeza é um mistério. Mas, mesmo que eu não confie nele, preciso entender o objetivo por trás de suas reuniões clandestinas.

— Sei que você...

Quer se levantar contra seu pai? Derrubá-lo por Ren? Ele vai me perguntar como eu sei disso. Enquanto vacilo, a expressão de Sikou Hai se fecha.

— Seria melhor você falar com meu irmão — diz ele, com a voz fria, seu olhar fixo em algo por cima do meu ombro.

— Muito bem colocado. — Eu me viro para encontrar o guerreiro corpulento do jantar vindo em nossa direção. — Sikou Dun, ao seu dispor. — Suas mãos estão, de repente, em meus braços. — O que você precisar, pode contar comigo.

Sikou Hai. Sikou Dun. Irmãos, embora mal dê para dizer. Sikou Dun tem o dobro do tamanho de Sikou Hai, um martelo como queixo e tocos de dentes. A saliva forma teias entre eles quando Sikou Dun sorri.

— Tire suas patas de mim.

Eu me contorço para fora de seu alcance e me viro, mas Sikou Hai já escapuliu.

— Fracote — diz Sikou Dun. — Você tem sorte de eu gostar das minhas garotas com...

Meus dedos esmagam seu nariz.

Ele tropeça para trás, e olho para o meu punho. Socar qualquer coisa sempre parecia que iria me machucar mais do que ao meu alvo. Mas Lótus foi feita para isso. Meus dedos estalam quando eu os abro, e meus nervos endurecem quando olho para Sikou Dun.

— Lótus, certo? — Com um grunhido, Sikou Dun torce o nariz de volta ao lugar. — Ouvi muito sobre você.

— Eu não ouvi nada sobre você. — E não me importo. — Traga seu irmão de volta — ordeno, a estrategista em mim aparecendo na cara desse guerreiro.

— Meu irmão? — repete Sikou Dun, incrédulo.

— Como é o relacionamento dele com o governador Xin?

— Como o de um conselheiro.

Inútil.

— E o seu?

Sikou Dun bate no peito.

— Como o de um filho!

Era previsível que Xin Gong escolhesse um herdeiro tão incompetente quanto ele.

—Seu sobrenome não é Xin.

— Eu o mereci, ao contrário de sua senhora.

— Ren é mais do que merecedora.

— Por causa de sua honra? — zomba Sikou Dun. — Atacar a primeira-ministra por trás não me parece muito honroso.

— Ela é uma governante sábia, que ouve os conselhos de seus estrategistas.

— Sabe o que mais é bom em ouvir? Uma cadela.

— Retire o que disse.

— Eu faria de você minha vice-comandante ou talvez minha esposa. Mas como Ren trata você? Com o chicote. — Sikou Dun se inclina, adulando meu rosto com seu olhar. — Uma cadela raivosa.

Minhas mãos estão, de alguma forma, em seu colarinho.

— Retire. O. Que. Disse.

Ele sorri.

— Então implore.

Eu vou matá-lo. Vou arrancar seus intestinos e alimentá-lo com eles.

Mas essa... essa não sou eu.

Tropeço para trás.

Primeiro os xingamentos, agora isso. Deve ser de Lótus. Corpos, como tudo neste mundo, também são feitos de qì, e o qì é fluido. O espírito de Lótus pode ter desaparecido, mas sua energia física está se misturando com a minha.

— O que, está com medo agora? — Eu recuo enquanto Sikou Dun avança. — Achei que você gostasse de brutalidade.

Livre-se dele. Não responda...

— Eu desafio você, em nome de Ren.

Sikou Dun para, então sorri, triunfante.

— Arma de escolha?

— Punhos.

— Quando?

— Quando você quiser.

Ele se curva — bem baixo. O gesto é uma zombaria.

— Parece que vamos nos atracar afinal de contas.

Se eu o quebrar nos lugares certos, ele nunca mais vai se atracar outra vez.

Mas, depois que ele sai, percebo com o que acabei de concordar. Não é um jogo de xadrez ou um duelo de cítaras.

É uma luta de socos.

Céus, ó, céus, o que eu fiz?

十六

DUAS SENHORAS EM UMA SALA

O que foi que eu fiz?
— Aí está você — diz Nuvem quando finalmente encontro o caminho de volta para o quartel, no escuro. — Por um segundo, pensei que você tinha caído na casinha.

Quem me dera. Aí um banho e uma troca de roupa resolveriam o problema.

— Você deixou isso para trás.

Eu poderia gemer ao ver o peso que Nuvem sustenta em sua mão. É o machado de Lótus. Esqueci na mesa. Bom para Sikou Dun. Não tão bom para mim. Pego a arma. Será que durmo com isso? Eu poderia me cortar. Mas nunca vi Lótus sem ele, então coloco o machado — com a lâmina virada para o lado — no saco de dormir já espalhado ao lado do de Nuvem. Agora, tenho que me despir na frente de todos.

Pensei que tinha deixado esses dias para trás, no orfanato.

Enquanto tiro as roupas íntimas de Lótus, a atividade flutua ao nosso redor. Os soldados apostam em quem vencerá os duelos de treinamento individual de amanhã. Uma queda de braço começa no fundo da sala. Uma discussão ao nosso lado faz alguém cair no meu saco de dormir.

— Ooopa, Lótus, desculpe — diz ela, empurrando seu oponente para trás.

Obrigo-me a deixar minha roupa de cama como está, amarrotada.

— Então, o que Sikou Dun queria com você? — pergunta Nuvem enquanto me sento.

Sua glaive pisca no horizonte da minha visão enquanto ela pule a arma.

— Você ouviu?

— A história está correndo por todo o acampamento.
Sempre soube que guerreiros eram fofoqueiros.
— Ele insultou Ren.
— Reúnam-se! — grita alguém, e de repente estou no centro de uma multidão.
Rostos — jovens, velhos, mas poucos mais velhos que a própria Ren — me observam, ansiosos e em expectativa.
Não tenho ideia de quem Lótus considerava um amigo além de Nuvem. Quem lhe devia uma vida no campo de batalha. A quem ela devia a sua em troca. Tudo o que sei é que nunca tive uma audiência de guerreiros tão extasiada. Minha boca se afina.
— E você? — perguntaram. — O que você fez?
— Dei um soco nele.
Pelas piadas, daria para pensar que eu quebrei o crânio dele. Uma laranja é atirada em mim. Eu a pego — com as mãos, e não com o rosto, como teria feito antes. Então Turmalina entra, e meu público se dispersa, murmurando "General" para a guerreira de armadura prateada, embora Turmalina não tenha uma patente mais alta do que Lótus ou Nuvem.
— Bom ter você de volta, Lótus — diz Turmalina quando se aproxima. — Como está se sentindo?
A melhor pergunta é: como eu respondo? Lótus e Turmalina eram próximas? Olho para Nuvem, que está muito focada em polir sua glaive. Tomando isso como um não, decido pela resposta mais segura.
— Pronta para derrotar Sikou Dun.
Estalo meus dedos para ilustrar minha fala, e o olhar de Turmalina fica solene.
— Tenha cuidado amanhã.
É uma resposta tão Turmalina que quase sorrio.
Nuvem me salva da exposição.
— Tenha um pouco de fé — resmunga para Turmalina.
— Não é apenas com Lótus que estou preocupada.
— Com quem mais, então? — zomba Nuvem. — Sikou Dun?
— Nossa senhora.
O silêncio cai como um machado alojado entre as duas guerreiras. Ambas evitam me olhar, o que torna óbvio que estão pensando em mim. Lótus quase levou o espírito de luta de Ren. Talvez ela tivesse tirado a vida de Ren, se tivesse morrido. Não importa o que aconteça amanhã, não posso morrer para

Sikou Dun, nem para ninguém. Essa é a responsabilidade que carrego, como irmã de juramento de Ren.

Uma responsabilidade que eu não percebi que também carregava como Brisa.

— Ren está bem — diz, por fim, Nuvem. — Ela só não está bem por causa daquele santuário, que você poderia fazer um favor a todos e incendiá-lo.

— Não resolveria nada — responde Turmalina, com a voz seca como areia. — Ela construiria outro.

— Ninguém vai construir um santuário para Dun — interrompo, interpretando mal o subtexto de propósito.

É o que Lótus faria. Nuvem, sendo Nuvem, desfaz meu trabalho.

— Apenas admita que você gostava da traidora — diz ela para Turmalina, e minha mente fica mais lenta.

Gostava. Não *tolerava*, como eu tinha assumido. Quando Turmalina seguiu minhas ordens. Deu-me conselhos.

Emprestou-me seu cavalo.

— Brisa não era uma traidora — diz Turmalina, com a voz tão baixa que é quase um rosnado.

Ninguém discute com ela, mas Nuvem não esconde sua discordância. Seu rosto, refletido na lâmina crescente de sua glaive, está vermelho. Quando Turmalina finalmente atravessa a sala, Nuvem se livra do pano de polimento. Eu espero que ela amaldiçoe Turmalina. Em vez disso, ela suspira.

— Diabos, estraguei tudo.

— Como? — pergunto, mas Nuvem já está balançando a cabeça.

Sua armadura de couro estala quando ela a desamarra. Nuvem a coloca debaixo do travesseiro, depois desliza em seu saco de dormir.

— Gostaria que ela não fosse tão malditamente... — Seus lábios incham com palavras reprimidas e ar, então ela põe os dois para fora. — Eu nem sei.

— Está falando da Turmalina?

Sem negar, Nuvem dobra um braço sobre seus olhos.

— Nunca serei digna dela.

— Você. E. Turmalina.

— O que é que tem?

Além do fato de que Nuvem parecia odiar as entranhas de Turmalina agora mesmo?

— Nada.

— *Humf.* — Os cobertores farfalham quando Nuvem vira as costas para mim. — Você é uma mentirosa terrível.

Moedas tilintam conforme as apostas são coletadas. A última vela morre com um sopro.

Os roncos de Nuvem se juntam aos de todos os outros.

Enfio-me no meu saco de dormir — isto é, no de Lótus — e engasgo quando o material exala um odor que entope a garganta. O cheiro de Lótus, concentrado. Quando foi a última vez que ela lavou isto? Nem quero saber.

Sozinha em minha vigília, olho para o teto com vigas. Finjo que é o universo, os nós na madeira representando galáxias próximas e distantes.

Mas, aqui, no fundo da enseada das Terras do Oeste, nem mesmo o luar consegue cortar a neblina. Tudo é escuro para mim, incluindo o teto.

Viro de lado, esbarrando em um hematoma. Lótus saberia o que dizer à Nuvem. No entanto, Sikou Hai teria parado para Brisa. Ren precisa de suas irmãs de juramento, mas, para construir um reino, Ren precisa de Brisa. É possível ser as duas? É possível ser até mesmo *uma*?

O sono me suga antes que eu possa encontrar as respostas.

☩ ☩ ☩

Na manhã seguinte, acordo com um tumulto de fivelas estalando e lanças retinindo. Capacetes brilham quando os soldados de Ren os vestem. Em um lampejo de armadura prateada, Turmalina está fora das portas do quartel antes que eu possa esfregar os olhos.

— Nuvem? — Minha boca está confusa, meus sentidos mais ainda. Todos estão se vestindo para a guerra, mas não ao som da corneta ou da batida do tambor. — Nuvem, o que está acontecendo?

— Hein? — Nuvem amarra sua trança com uma fita azul, antes de se virar para mim com uma expressão confusa. — O que você está fazendo acordada tão cedo?

Cedo? Já perdi o amanhecer. Mas estou descobrindo que Lótus não é uma pessoa matinal. Minha cabeça e meus membros estão pesados como chumbo, e meu estômago ronca como um sapo.

— Todo mundo — sou interrompida pelo meu próprio bocejo — está acordado.
— Sim, porque o pessoal das Terras do Sul está aqui — diz Nuvem, como se dissesse *o café da manhã chegou*.
Ela volta a se arrumar, colocando sua capa azul, enquanto pisco.
Os sulistas estão aqui.
Nossos aliados, que eu assegurei.
Eu me levanto — rápido demais. A dor explode pelo meu olho esquerdo. Nuvem me agarra antes que eu tombe.
— Ei, ei. Você realmente não precisa estar acordada.
Pelo contrário, eu preciso muito.
— Eles estão em uma reunião? Ren e os sulistas?
— Suponho que sim.
— Quero estar lá.
— Então você estará — diz Nuvem, para meu alívio.
Isso é tudo que eu preciso, digo a mim mesma, vestindo as vestes ocre de Lótus e amarrando sua saia de pele de tigre. *Estar lá. Ouvir*. Vou descobrir como aconselhá-la mais tarde, mas contanto que...
— Relatório!
Um soldado irrompe e se ajoelha, apresentando-nos um quadrado de papel nas palmas das mãos viradas para cima.
— General Nuvem. General Lótus. Uma mensagem.
Nuvem pega o papel.
— Do Sul?
— Do general da guarda do governador, Sikou Dun.
— Dele? — Nuvem franze o nariz enquanto desdobra o quadrado. — O que ele quer?
Fico sem chão, antes mesmo do soldado dizer:
— Está endereçado à General Lótus.
Silêncio.
Nuvem ergue os olhos da mensagem.
— Ele diz que vai esperar por você no campo de treinamento número dois, entre *chén* e *sì*...
O gongo soa com oito notas curtas.
— ...horas. — A sobrancelha de Nuvem baixa. — Agora mesmo.
Ela manda o soldado embora, depois amassa o bilhete.
— Foi essa a hora que você concordou?

Por um momento assustador, não consigo me lembrar. Meu cérebro está nebuloso apesar do sono, o mais confuso que já esteve como mortal. Meu estômago ronca novamente, e reprimo outro bocejo.

Então me lembro da noite passada. Sikou Dun, me perguntando quando eu gostaria de duelar. Com o sangue fervendo, eu disse a ele para marcar quando quisesse.

Eu, Brisa Ascendente, a Sombra do Dragão, estou presa em minha própria armadilha.

Amaldiçoo a mãe da Mãe Mascarada, e Nuvem me dá um tapa nas costas. É como os guerreiros mostram simpatia, eu acho, mas isso realmente dói.

— Você sabe como essas coisas são. — Não sei nada sobre lutas. — Cordialidades inúteis, frases girando em círculos... — continua Nuvem, e percebo que ela está falando sobre o encontro com as Terras do Sul. A arte da diplomacia, o tipo de luta para a qual sou, *fui*, feita. — Prometo que você não vai perder nada.

Não, apenas o primeiro encontro desde nossa vitória conjunta como aliados.

— Estou com inveja de você. Eu ia gostar de fazer um exercício.

Pode tomar o meu lugar. Mordo as palavras de volta. Lótus nunca pensaria nelas. Ela marcharia até lá e acabaria com Sikou Dun bem rápido. Eu... apenas tenho que fazer o mesmo. Eu *posso*. Quão difícil pode ser?

— Guarde um lugar para mim — digo para Nuvem. Em seguida, caminho para a porta. — Lótus não vai demorar.

✦ ✦ ✦

Eu posso fazer isso. Eu posso fazer isso. Eu posso...

Minha mente se esvazia com a visão de Sikou Dun.

A luz do sol brilha sobre seus ombros, que estão nus como o resto dele. Dun está quase nu, exceto pelas calças, que estão amarradas nas panturrilhas.

— Bom dia! — chama ele do outro lado do campo de treinamento. Soldados de Ren e de Xin Gong já se reuniram. Os de Xin Gong soltam uma risadinha quando Sikou Dun diz: — Linda como sempre.

— Ah, você acha?

Eu posso consertar isso.

Gritos de guerra irrompem quando desfaço o curativo ao redor do meu olho arruinado. No chão, uma poça de água da chuva reflete algo raivoso, mutilado, vermelho. Não olho muito de perto, apenas enrolo o curativo em volta da minha mão direita. Sikou Dun afasta as pernas e agarra o chão com os dedos dos pés. Eu o imito. O único som, por um longo, longo momento, é do meu batimento cardíaco, antes de uma cotovia cantar.

Dun avança.

Não há tempo para elaborar um plano de ataque. Minhas mãos disparam e o encontram por algum golpe de sorte. Eu o agarro, o levanto e o arremesso pelo pátio.

Bem, isso foi interessante.

A multidão aplaude quando ele aterrissa — com força. Mas não o suficiente para nocauteá-lo. Ele fica de pé e cambaleia, as narinas dilatadas. Seus olhos estão lívidos quando se voltam para mim.

Eu jantei com Miasma. Conversei com generais inimigos. Fui envenenada por Corvo. Mas nunca fui confrontada por alguém que quisesse me comer viva.

Lótus enfrentou coisas piores do que homens, lembro a mim mesma, limpando a boca com as costas da mão. *Ela enfrentou tigres.*

Ela descascaria a pele de Sikou Dun e a usaria como saia.

Sikou Dun rola os ombros para trás e estala o pescoço. Nós rodeamos um ao outro. Eu me inclino. Seu corpo é todo linhas e pontos, colinas e vales, pontos fracos e fortalezas. Analiso-o como se fosse um mapa. Mas, assim que ele se lança, uma informação inexplicada entra em cena.

Um palanquim de seda, descendo o caminho de terra à frente.

Bam. O mundo gira, as árvores se viram de cabeça para baixo quando Sikou Dun me joga, de costas primeiro, no chão. Ele monta em minha barriga, enquanto o palanquim é colocado do lado de fora de um dos quartéis menores, e uma Cigarra de cabeça para baixo sai, seguida por uma Kan também de cabeça para baixo. Uma Ren de cabeça para baixo as cumprimenta com uma reverência antes de conduzi-las para dentro.

Eu deveria estar lá, ao lado de minha senhora. Deveria estar enfrentando Kan como uma colega estrategista, não aqui, presa sob Sikou Dun.

Bam. Meu olho bom fica preto. Seus golpes são espaçados apenas o suficiente para eu gritar, sentir as feridas, sangrando, quebrando. Sangue corre para meu olho, inchando o contorno do rosto de Sikou Dun enquanto ele se inclina.

— Está gostando? — O suor escorre de seu pescoço e cai em mim. Uma abelha zumbe ao redor de sua cabeça. — Diga a palavra "por favor", e eu paro.

Não posso. O peso dele no meu peito é tamanho, que mal consigo respirar. Mas o ar não é necessário para o que faço a seguir.

Dun cambaleia quando minha saliva sangrenta voa em seu rosto. Ele passa a mão, estupefato. Então as veias em suas têmporas se flexionam. Seu punho recua como uma píton. Vejo a trajetória do golpe. Sei o que vai acontecer. Meu crânio vai fraturar, quebrado além da possibilidade de cura. Eu já fiz isso antes.

Já morri antes.

Mas o mundo não fica preto, como da última vez. Ele fica azul como o manto de Nuvem, voando antes que ela desça sobre Sikou Dun.

Ela o arranca de mim, e eu fico ali, um caroço escorrendo, enquanto Nuvem o derruba no chão, a um braço de distância.

— Três pessoas se atracando! Eu amo...

Bam.

— Vai se atracar com um cavalo — diz Nuvem.

Então não há mais conversa. Apenas golpes. Garanto que Nuvem dispara mais dois, antes que o choque desapareça dos espectadores e os lacaios de Sikou Dun tentem salvá-lo. Outra luta provavelmente começa, terminando com outra vitória de Nuvem. Então ela vai limpar o sangue de seus dedos e se virar para mim — ou para onde eu deveria estar.

✦ ✦ ✦

Quando ouço meu nome, já estou a meio caminho do quartel.

— Lótus! Espere!

Sigo em frente, alimentada por pura adrenalina. O chão borbulha como se estivesse fervendo conforme tropeço pelo caminho de terra, passando pelos estábulos e pelo palanquim das Terras do Sul.

— Lótus. — Nuvem me alcança, o tom de sua voz é urgente. — Você não pode entrar aí. Não como...

— *É o meu lugar!*

O rugido é de Lótus, mas a dor é minha. Meu olhar desafia Nuvem a me impedir. Por um segundo, ela está muito atordoada.

Então Nuvem me agarra. Eu me desvencilho dela. Quando ela tenta novamente, uso minhas últimas forças para empurrá-la. Pega de surpresa, Nuvem se desequilibra e cai.

— Lótus...

Passo por ela, qualquer culpa superada pelo meu desespero. Preciso saber o que Cigarra quer.

Preciso ser Brisa.

Mas estou presa como Lótus, e, quando caio contra as portas do quartel em uma tentativa de escutar a conversa lá dentro, a armação se dobra sob meu corpo, mais musculoso do que o de Brisa jamais foi. A porta cai. Eu caio.

Nós batemos no chão como um trovão.

Levante-se, penso, enquanto vozes se erguem e pés chegam mais perto. *De pé.* Mas não consigo. Estou sem adrenalina. Gemo e babo, meio delirante, quando três pares de sapatos se aproximam. Sandálias camponesas pretas de Ren. Chinelos de seda verde-espuma de Cigarra. E os de Kan. Suas vestes, fora de alcance, ficam brancas como a cauda de um meteorito antes de se dissolver no nada.

十七

JURAMENTO

Kan. Cigarra. Ren.

Em meus pesadelos, estou esparramada no chão enquanto Cigarra me olha com nojo. Kan senta nas minhas costas como se eu fosse um búfalo, e Ren se abaixa para perguntar: *o que você estava pensando?* E eu, por mais que tente, não sei o que dizer. Eu não estava pensando. Estava assustada.

Temendo ter me tornado uma inútil.

Desperto em uma maca de enfermaria, as camas ao redor desocupadas como antes. Estamos em uma calmaria entre batalhas, e ninguém além de mim parece estar escolhendo as disputas recreativas. Tento me acalmar com um gemido.

De relance, a sala parece vazia. Então vejo Ren. Ela está na janela, as mãos cruzadas atrás das costas. Espero que ela me note. Quando Ren não o faz, não consigo me conter. Preciso saber.

— Cigarra ainda está aqui?

— Acabou de sair — murmura Ren, sua boa vontade em me responder me surpreendendo. Talvez ela e Lótus *discutissem* assuntos de estado, e nem tudo está tão perdido quanto penso. — Ela está na estrada para o sul.

A minha sorte também.

— O que ela queria?

— Os Pântanos de volta. Eu disse a ela para falar com Xin Gong — continua Ren. —A terra não é minha para ser dada.

Será, em breve.

— Mas ela disse que sua aliança é comigo, não com Xin Gong. — Ren faz uma pausa. — O que pensam de mim? Que sou uma traidora do meu próprio clã?

— Isso não é verdade.

— Primeiro, Miasma espalha rumores de que estou atrás do trono de Xin Bao. Agora são as terras de Xin Gong. A honra está morta neste reino?

— Não, mas bons governantes estão. Xin Gong só durou tanto tempo por causa das montanhas. No segundo em que Miasma o atrair para um noivado, ele cairá mais rápido do que um talo de sorgo. Suas tropas escolherão lados, e o povo ficará indefeso. Antes que isso aconteça, você deve estabelecer...

— Lótus? — Ren se vira. A luz da janela forma sua silhueta, encobrindo seu olhar de mim enquanto ela se senta na beirada da maca. — Você está acordada. — Eu estou, mas Ren? Ela não parece muito presente quando toco suas mãos. — Não preciso que você defenda meu nome.

Quando diz isso, é como se nossa conversa anterior não tivesse acontecido. Ou, como se ela estivesse falando com outra pessoa.

Como Brisa.

O que sou para Ren, se ela não pode me consultar como fazia antes?

— Ren... — Umedeço os lábios. — Você ainda teria gostado de Brisa, mesmo se ela não pudesse mais criar estratégias para você?

Um breve silêncio.

— Por que pergunta?

— Lótus sente falta de Pavão.

Por um segundo, Ren fica calada.

— Você sabe o que eu mais gostava em Qilin?

Balanço a cabeça.

— Não era sua estratégia, embora os céus saibam que precisávamos disso. — Ren se levanta da maca. Seus olhos percorrem a sala, parando em uma urna de incenso. Ela pega três gravetos. — Era o leque dela e como ela o apontava... — Ren balança os gravetos ao redor e fico envergonhada. — Era o quão a sério ela levou a si mesma e às pessoas ao seu redor. — Sorrindo, Ren balança a cabeça. — Você sabia, Lótus? Uma vez eu a vi jogar fora o doce que dei para ela. Pois é! — grita Ren diante da minha expressão horrorizada. — Fiquei quase tentada a recuperá-lo da lama!

— Então por que... — Interrompo meu deslize e volto atrás. — Pavão ingrata.

— Aiya, isso é o que você não entende sobre Qilin! Ela era muito educada. Mas devo confessar: pensei que ela acabaria se cansando de me poupar e me contaria sem rodeios. Pensei que estava oferecendo a ela uma chance com cada doce que dava. Quando percebi que ela estava determinada... — Ren abaixa a voz e me inclino para mais perto —, eu dava os doces só para ver seu olhar se contorcer.

Ren, uma brincalhona. Talvez Lótus tenha visto esse lado dela, mas eu, não. Enquanto absorvo a informação, a luz deixa os olhos de Ren. Ela olha para o incenso em suas mãos, agora queimado. Chovem cinzas dos tocos.

— Ela era apenas uma criança. Morreu muito jovem.

Nenhuma dessas coisas é verdade. Sou mais velha do que todas as dinastias juntas. Mas, perto de Ren, eu realmente me sinto jovem. Posso não ser mais compelida pelo destino, mas sinto o mesmo chamado para segui-la que senti em minha cabana de Thistlegate. Eu não podia ficar parada.

Ainda não posso.

— Ren. — Espero até que ela esteja realmente olhando para mim. — Você tem que assumir as Terras do Oeste. É o penúltimo passo no Objetivo de Brisa Ascendente. É a única maneira de sermos fortes o suficiente para atacar o Norte.

Ren sorri no meio da minha diretiva.

— Concentre-se na sua recuperação — diz ela quando termino, dando um tapinha no meu ombro. — Eu cuido do resto.

— Mas...

Uma tosse vem da porta. Sikou Hai está parado na soleira.

— Senhora Xin.

— Jovem mestre Sikou. O que o traz aqui?

Não sou eu, claramente. Sikou Hai olha para mim como se eu fosse uma refeição que ele acha intragável antes de se curvar para Ren, suas mangas como uma cascata de violeta.

— Posso conversar com a senhora... a sós?

— Considere Lótus uma parte de mim.

Sua testa se contrai. Eu me gabo em silêncio.

— Por favor — insiste Ren, e, finalmente, ele entra.

É a primeira vez que vejo Sikou Hai à luz do dia e não posso dizer que é muito agradável. Seu rosto é estreito como uma lâmina mal trabalhada, a testa enrugada, embora ele tenha quase a idade de Lótus. A pele descoberta por sua máscara dourada está esburacada. Como órfã, conheço a doença como conheço a estratégia.

Mas, se ainda estivéssemos naquele escuro quarto subterrâneo, só conseguiria ver a elegância com que ele agora apresenta o pergaminho.

— Para a senhora.

Ren o desenrola. Sua expressão estremece.

— Não tenho utilidade para isto.

— Acho que a senhora não entende minhas intenções.

— Acho que entendo. — Ren devolve o pergaminho. — E não posso aceitá-las.

O pergaminho pende nas mãos frouxas de Sikou Hai. Vislumbro um mapa detalhado, com densas linhas da capital das Terras do Oeste. É o tipo de mapa que pertence a salas de guerra, que nunca deve cair em mãos inimigas. O significado do presente é claro.

Assim como a rejeição de Ren.

Quando Sikou Hai fecha o mapa, não posso deixar de simpatizar com ele. Estamos na mesma situação: tentando convencer Ren da realidade e falhando miseravelmente.

Sikou Hai respira fundo.

— Dizem que a senhora ama as pessoas. Que nunca abandona os jovens e os velhos. Que dá abrigo aos fracos e os protege com suas tropas.

— As pessoas são livres para dizer o que quiserem de mim — diz Ren, mas Sikou Hai não a escuta.

— Dizem isso porque é verdade! Miasma? Certa vez, ela desceu até o final de suas fileiras e estripou os soldados feridos por retardarem sua retirada de Xuan Cao. A senhora é diferente. Se há uma divindade neste mundo, é a senhora! — Fico boquiaberta, e Sikou Hai recua. — Não pode sentar e se contentar com a regra de Xin Gong — murmura ele, cabisbaixo.

— As pessoas aqui não parecem descontentes.

— Não somos o povo. Não podemos olhar para nossas tigelas cheias hoje e parar de plantar. Não podemos olhar para o teto sobre nossas cabeças e parar de construir. — As manchas no rosto de Sikou Hai ficam vermelhas. — O Norte quase caiu para a Rebelião da Fênix Vermelha e a Cabala dos Dez Eunucos — continua, e eu me encontro torcendo por ele, desejando ser quem está falando com Ren. — O Sul quase caiu para os piratas Fen. A paz no Oeste é efêmera. Nesta era de bandidos, precisamos de um protetor. E Xin Gong, por mais que seja um pai para mim, não é esse protetor.

Ren não responde imediatamente. Pelo menos não está descartando suas palavras como fizera com as minhas. O objetivo importa mais do que meu orgulho, digo a mim mesma, ignorando a pontada no peito. Se Sikou Hai puder convencê-la...

— Você diz que meu apelo popular é construído em minha honra. — Ren toca o pingente em seu pescoço, o Xin quase apagado. — Se for esse o caso, então onde está meu apelo se eu usurpar meu próprio parente?

— Parente. — Sikou Hai cospe a palavra. — Eu sei uma coisa ou outra sobre parentes. Acho que a senhora também sabe. — Fico nervosa com seu tom. — Xin Gong pode ter lhe oferecido um lugar para descansar e treinar suas tropas, mas onde ele estava antes de a senhora selar uma aliança com o Sul? Antes disso até, depois que sua mãe morreu...

— Acho que já terminamos por hoje — diz Ren, com toda a calma, enquanto tento atenuar meu gemido de dor.

— Senhora...

— Você me deu muito em que pensar. Preciso de tempo.

O que eu estava pensando? Se *eu* não pude convencer Ren, então como Sikou Hai poderia?

Definitivamente não seria caindo de joelhos.

— Se a senhora não aceitar o mapa, então aceite minha lealdade. Sei que nunca alcançarei o talento de Brisa Ascendente... — pelo menos ele reconhece isso — ...mas a senhora precisa de um estrategista. — Ele bate a cabeça três vezes na madeira. — Juro minha vida para sua causa.

— Isso não será necessário, jovem mestre Sikou. — A voz de Ren é gentil, mas firme. — Tenho todo o apoio de que preciso.

Ela o ajuda a se levantar e o conduz à saída. Logo depois, anda até as janelas e coloca as mãos atrás das costas, uma pose idêntica à de antes. Mas todo o resto mudou, e eu sei que é melhor não falar nada.

— O que você faria, Qilin? — sussurra Ren.

Ela não está me perguntando.

✧ ✧ ✧

Quando os amigos de Lótus visitam a enfermaria naquela tarde, eles amaldiçoam Sikou Dun e o culpam por levar a luta longe demais.

Eles poderiam facilmente me culpar por estragar tudo.

Nuvem fica atrás dos outros. Ela foi a única testemunha da minha explosão. Agora, pode ser a única pessoa a perceber que Lótus nunca teria perdido para Sikou Dun.

— Precisa de alguma coisa? — pergunta ela de forma inofensiva, mas minha mente detecta o perigo e decide empregar o Estratagema Sete: Pisar na Grama para Assustar a Cobra.

A suspeita de Nuvem é a cobra, e qualquer imitação pobre de Lótus irá despertá-la.

Então eu piso na grama, dizendo algo inesperado.

— Sikou Hai.

— Sikou Hai? — Os olhos de Nuvem se estreitam. — Sério? Você e eu sabemos que ele não é o seu tipo.

Por um segundo, vejo penas pretas, o estalar de um sorriso, *seus* dedos voando sobre as cordas da cítara. Resmungo algo incoerente. Deixo Nuvem pensar que estou envergonhada. Estou interessada em Sikou Hai por razões estratégicas. Preciso dele e de sua rede pronta de apoiadores. Ele precisa de mim para convencer Ren. É a parceria perfeita. Não posso dizer o mesmo de qualquer que fosse o jogo de mentiras que eu tinha com Corvo.

— Então, o que você quer que eu faça? — pergunta Nuvem. — Traga ele aqui?

Como um cavalo pelas rédeas? Não estou tão desesperada.

— Diga a ele para vir aqui.

Naquela noite, Nuvem volta sozinha.

— Ele diz que está ocupado.

Em outras palavras: não valho o tempo dele. Eu poderia escrever minhas intenções para ele, mas, quando tento, com uma vela no canto do quartel em meio a um mar de guerreiros roncando, as pinceladas saem trêmulas e grossas. Amasso o papel, respirando com dificuldade, depois abro as mãos. A tinta está por toda parte, escurecendo as linhas do destino esculpidas nas palmas das mãos de Lótus. Na base de cada dedo há um calo. O machado não é leve só porque Lótus é forte, percebo. Ela praticou como empunhar a arma, assim como pratiquei minha caligrafia. Nós duas temos uma pele que foi engrossada, dia após dia. Nossos calos estão apenas em lugares diferentes.

Mas as habilidades de Lótus são inúteis para mim. Depois de outra tentativa fracassada de escrever, jogo o pincel no chão. Alguém resmunga em seu sono.

Desistindo, me junto a eles.

✢ ✢ ✢

Não me importo que o rosto de Lótus ainda pareça uma abóbora machucada pela manhã.

Procuro Sikou Hai pessoalmente.

Ele sente que estou vindo atrás dele e me evita como uma praga. No jantar, prefere dar desculpas a captar meu olhar. Convidado a visitar os pátios favoritos de Xin Gong, ele prefere se sentir mal a passar um momento ao meu redor. Mesmo na casinha, prefere segurar o xixi a passar por mim.

Sikou Hai não pode fugir de mim para sempre.

Na noite seguinte, bato nas portas de seu escritório. Elas abrem... e começam a fechar.

Impeço-o com um braço.

Depois de alguns segundos tensos, os ossos de aço de Lótus triunfam. Sikou Hai solta a porta.

— Eu já falei antes. — Ele volta para o escritório. — É melhor você lidar com meu irmão.

— Seu irmão — eu o viro pelo ombro e aponto para o meu rosto — foi de *grande* ajuda.

Sikou Hai se encolhe. Sua mão vai para sua máscara, ajustando-a, mesmo que ela nunca tenha escorregado.

— Não é assim que muitos de vocês se comunicam? — Ele se retira para trás de sua mesa. — Seus punhos...

Minhas palmas batem na superfície.

— ...são suas palavras.

Ele me olha de maneira altiva. *Está vendo?*

Eu apenas provei seu argumento. O que é que tem? Ele deveria saber que posso causar muito mais dano com minhas palavras. Eu poderia ameaçar expor suas traiçoeiras reuniões clandestinas e forçar minha participação nelas.

Mas não posso forçá-lo a me respeitar. Solto a mesa. *Conheça o terreno*, diria minha terceira mentora, a mestre de xadrez. Meu olhar percorre o escritório de Sikou Hai — meticulosamente organizado —, antes de pousar em um pergaminho. Ele está pendurado entre duas janelas altas, um parafuso de brocado ameixa e dourado por trás de uma folha de papel de arroz. No papel...

Estão minhas palavras.

Escritas sob a tutela do poeta.

Deixadas para trás após sua morte.

Reexamino Sikou Hai. Sua fala e sua conduta se assemelham às minhas. Ele conhece Brisa. Ele *admira* Brisa. Ele quer *ser* Brisa.

Como, então, eu teria conquistado meu próprio respeito?

Céus.

Eu não teria.

— Você pode ir agora? — pergunta Sikou, quando continuo olhando para o meu poema.

Minhas palavras. Minha caligrafia, quando meus traços eram delicados como pernas de libélula. Meus punhos se cerram. E se abrem.

Controle-se!

Saio do escritório, conforme solicitado, logo após derrubar tudo da mesa de Sikou Hai.

☩ ☩ ☩

— Então... você e Sikou Hai — diz um dos amigos de Lótus na prática de tiro ao alvo.

Minha flecha atinge uma árvore.

— De novo, Lótus — ordena Turmalina, severa, mas paciente.

Ajuda o fato de eu ainda estar ferida. E também não acho que Lótus era conhecida por seu talento no arco e flecha, já que todos evitaram pegar os alvos mais próximos de mim.

Nuvem, enquanto isso, está atirando flechas como ninguém. Ela acerta dois alvos seguidos. Turmalina assente em aprovação, e Nuvem, deliberadamente, a ignora. Não posso acreditar que não notei seus sentimentos antes.

— Algum progresso? — pergunta ela depois que Turmalina passa.

— Não — resmungo, amarrando outra flecha.

— Achei que não, pelo jeito como você está perseguindo-o.

— Eu *não* estou perseguindo ele.

Um soldado ri à minha direita.

— Ouvi dizer que ele se cagou nas calças outro dia, porque você o encurralou na casinha.

— Ele não se cagou.

— Mas então você admite tê-lo encurralado — diz Nuvem.

Isso é porque ela está do meu lado.

— Pelo menos estou fazendo investidas — digo em voz alta, quando Turmalina retorna.

Nuvem fica corada. Os outros soltam gargalhadas.

— Foco — ordena Turmalina, e nos calamos.

Enquanto esperamos Turmalina passar, Nuvem faz uma mímica apontando sua flecha para mim. Faço a mesma coisa, e todos ao meu redor gritam e se dispersam.

Meu olho está muito machucado para se revirar como eu gostaria.

— Não sou tão ruim — grito para os outros, então balanço meu arco para o alvo, com a intenção de demonstrar a eles.

Uma abelha pousa em meus dedos. Pisco e de repente minha flecha está atravessando o campo, presa pelo punho de Turmalina.

Todos me encaram, depois encaram Turmalina.

Aplausos irrompem para a guerreira de armadura prateada.

— Foco! — ordena Turmalina outra vez, como se ser acertada por Lótus acontecesse todo dia.

Quando a prática de tiro ao alvo termina, Nuvem nem olha para mim.

— Eu te odeio — murmura ela enquanto levamos nosso equipamento para o arsenal.

Eu também me odeio, Nuvem. Que guerreira não domina o arco e flecha? Quando guardo o maldito arco, a abelha passa zunindo por mim novamente. Eu bato nela.

Seja mais gentil com os mais velhos.

Aquela *voz*.

— O que... — Tusso para mascarar meu deslize.

O que diabos você está fazendo aqui?

Eu nunca fui embora, pensa Gota de Orvalho, a Abelha.

O quê?

Como eu disse, respeite os mais velhos, e eu vou te ensinar.

Mas você não tem permissão para interferir no destino mortal.

Você não é exatamente uma mortal, é?

Você...

— Perseguindo Sikou Hai ou não, é melhor parar de passar tanto tempo na casinha — diz Nuvem, pendurando sua aljava. — Você está atraindo moscas.

Moscas! Reclama Gota de Orvalho. *Os mortais não têm olhos?*

— Vamos. — Nuvem passa um dos braços em volta dos meus ombros. Tudo está perdoado, ao que parece, embora eu não tenha feito nada para merecer. Inquieta, deixo que ela me guie para fora do arsenal. — Tenho algo que você vai gostar mais do que o arco e flecha.

Humm... surpresas, pensa Gota de Orvalho enquanto vamos para os estábulos. *No entanto, acho que você não vai gostar desta.*

Pare de me distrair.

Mas Gota de Orvalho está certa. A surpresa é Bolo de Arroz, com a crina trançada e uma guirlanda de flores em volta das orelhas. Dois dos subordinados de Lótus estão ao lado do garanhão, sorrindo. Tento sorrir de volta. Quando um deles me entrega as rédeas, Bolo de Arroz relincha em protesto. Outros podem pensar que sou Lótus, mas o cavalo dela não é tão facilmente enganado, se afastando de mim quando alcanço seu nariz. Entendo. Também não gostaria de ser tocada por alguém que me esfaqueou pela retaguarda.

Todo mundo está sorrindo agora, esperando por mim. Engulo em seco, me balanço na sela e, de alguma forma, caio nas costas de Bolo de Arroz. Ele se assusta, mas já estou incentivando-o a sair deste espaço apertado onde alguém será obrigado a notar que algo não está certo.

— Devagar, Lince — diz Nuvem.

Ignoro-a e afundo meus calcanhares no cavalo.

Bolo de Arroz sai dos estábulos como se estivesse correndo para salvar sua vida. Agarro-me a ele enquanto voamos, passando pelos portões do acampamento, pelas aldeias da prefeitura mais próxima e por um campo de trigo. A estrada afunila, vira terra e sobe. Estamos galopando pela lateral da enseada antes que eu possa nos redirecionar. Seixos se espalham pela borda estreita. Algo felpudo pousa na minha nuca e grito, com as rédeas escorregando em minhas mãos.

Pare de tentar me matar!, penso.

Gota de Orvalho rasteja sob meu colarinho. *Minhas asas se cansaram.*

Deuses. Eu balançaria a cabeça se não estivesse quicando tão violentamente, cada impacto fazendo minha mandíbula tremer. Se Bolo de Arroz pensa que pode escapar de mim, está enganado.

— Estamos presos um ao outro agora! — grito acima do vento uivante.

Puxo as rédeas, e reduzimos a velocidade do galope para o passo largo, depois para o trote. Agarro punhados da crina de Bolo de Arroz para não cair. Enquanto ofego, cascos batem atrás de mim.

Nuvem se junta a nós. Seu cabelo está despenteado, os olhos, brilhantes.

— Lembra quando costumávamos apostar corrida?

Não, considerando que não consigo acessar nenhuma das memórias de Lótus.

— E eu ganhava — brinco, me esquivando.

— *Bolo de Arroz* vencia.

Nuvem encara a terra abaixo de nós, e me pergunto se ela está pensando em quão longe nós chegamos. Tudo em que consigo pensar é o quanto ainda temos que alcançar.

— Lembra quando fizemos nosso juramento? — pergunto enquanto cavalgamos.

Isso dificilmente é uma memória pessoal para Lótus. Todo mundo sabe como ela, Ren e Nuvem se conheceram, enquanto se alistavam para acabar com a Rebelião da Fênix Vermelha. Elas juraram irmandade não muito tempo depois.

— Como se eu pudesse esquecer — diz Nuvem. — Você ficou bêbada com aquele licor de pêssego e tentou beijar uma árvore.

Rio como se fosse engraçado. Que humilhante.

— Depois você foi em frente e açoitou aquele inspetor imperial que caluniou Ren. — Retiro o que disse. Prefiro beijar dez árvores. — Nunca vou esquecer o olhar no semblante de Ren, quando ela o encontrou despido e amarrado ao poste do cavalo — diz Nuvem, agora rindo também. — Aposto que ela se arrependeu de jurar irmandade com você depois disso. Mas juramentos não podem ser quebrados. — Ela joga os braços para o céu aberto. — Ren está presa a nós para sempre.

— Para sempre — ecoo.

Uma expressão grande demais para este mundo, mas que eu conhecia bem como divindade. Zombar das coisas era como eu lidava com a minha existência sem fim. De certa forma, suponho que eu não era muito diferente de Lótus. Nós duas vivíamos como se cada dia fosse o último. Um delírio para mim. A realidade de uma guerreira.

Descemos a enseada, passamos de novo pelo campo de trigo, depois sob o portão da cidade e até o mercado da prefeitura. Puxo as rédeas de Bolo de Arroz para impedi-lo de atropelar uma anciã. Uma carroça está virada ao lado dela, figos espalhados na rua.

Eu me pego desmontando antes que saiba o que fazer. Nuvem vai até a mulher, e eu a imito. Quando terminamos de reerguer e encher sua carroça, uma pequena multidão já se formou ao nosso redor.

— Vocês são irmãs de juramento de Ren? — arrisca um carpinteiro.
— Sim — diz Nuvem.

É a última palavra que qualquer uma de nós consegue proferir por um tempo.

— Os céus abençoem vocês e Ren!
— Ela é um presente dos deuses. A Imperatriz Xin Bao tem tanta sorte de tê-la!
— Pode me avisar quando ela estiver querendo sossegar?
— Cale a boca, Lǎo Liao. Xin Ren nunca se casaria com você!
— Ela pode abençoar nosso recém-nascido? Você poderia abençoá-lo?

A multidão aumenta. É um dilúvio. Cambaleando, ouço a voz de Cigarra. *A população pode apoiá-la, mas a maioria de seus seguidores são agricultores sem instrução e trabalhadores desqualificados. Você não os respeita.*

Em contraste comigo, Nuvem está perfeitamente em casa com o povo, como uma verdadeira irmã de Ren. Ela aceita seus presentes — amuletos feitos à mão, antiguidades que são tão úteis para nós quanto esterco de boi. Nuvem ergue uma criança em sua sela, e logo mais crianças se reúnem para ter a chance de montar também. Algumas começam a cantar.

> "Quando Miasma faz más ações,
> seus inimigos sujam os calções.
> Cigarra bebe chá sem temor.
> Xin Gong diz: 'Não, por favor',
> o que faz de Ren
> a senhora para mim."

Nuvem ri, se deleitando. Puxo seu braço.
— Vamos embora. Se isso chegar a Xin Gong...

Gritos, mais à frente. Outra multidão se formou. As crianças correm para lá.

— Vamos ver o que está acontecendo — diz Nuvem.

Não vamos. Mas Nuvem já se juntou ao rebanho, me deixando sem escolha a não ser segui-la.

As mesmas pessoas que se aglomeraram ao nosso redor momentos atrás agora estão aglomeradas em torno de seu novo fascínio. As fileiras estão muito cheias para eu ver o que é, mas seus sussurros me alcançam assim que eu os alcanço.

Ele é do Norte.

Dizem que é o estrategista de Miasma.

Um absurdo. Não acredito. Abro caminho até a frente. Então não há como negar.

É ele.

É realmente ele.

十八

FEITO DE PENAS

*É**ele.*
 Corvo, de rosto pálido e cabelos escuros. Quero ir até ele. Tocá-lo.
 Ver se só eu me sinto assombrada por sua aparência porque ele é um fantasma.
 Seu pulso está acelerado, observa Gota de Orvalho enquanto ele é agarrado pelo povo de Ren e empurrado diante de Nuvem. Seus joelhos batem no chão, mas seu olhar, não. Ele fita Nuvem, e me lembro da noite em que aqueles mesmos olhos me prenderam, sua suspeita me cortando profundamente. *Por que não falamos da verdadeira razão pela qual você está aqui?*
 Agora trocamos de lugar, e é ele quem responde ao inimigo.
 — Estou aqui para prestar honrarias.
 — Honrarias? — Nuvem cospe a palavra de volta para ele. — Desde quando o Norte nos honra? Amarrem-no!
 Cordas envolvem os braços e os pulsos de Corvo. Sua mão ainda está enfaixada, e meu coração se contorce quando ele se levanta.
 — Isso não está muito de acordo com os códigos do Mestre Shencius.
 Nuvem enrijece, surpresa. Eu, não. É claro que Corvo *conhecia* o filósofo favorito de Nuvem e que o usaria contra ela. Ele é um estrategista, por completo.
 Corvo *deve* estar aqui por uma razão estratégica.
 — Nem sua emboscada — sibila Nuvem, recuperando-se. — Coloquem uma venda nos olhos dele!
 Corvo ri quando um lenço é puxado sobre seus olhos.
 — Sua estrategista tinha uma armadilha planejada também.

Que espécime humano interessante.

Silêncio, penso, furiosamente, para ambos, Gota de Orvalho e Corvo. Ele não percebe que está em território hostil? Há milhares de lĭ da segurança, sem reforço à vista. Ele pode ser tão vago quanto quiser sobre seus verdadeiros motivos, mas precisa dar à Nuvem uma boa razão para não bater nele. Contudo, Corvo não oferece uma. Então, Nuvem se vira, sem dizer uma palavra, e o empurra para que siga em frente.

Chegamos ao acampamento bem a tempo para a refeição do meio-dia. Ren ainda não voltou de seu encontro com Xin Gong. Rezo para que ela esteja a caminho. Por mais que Ren odeie Miasma, não é de seu feitio bater no estrategista adversário até esmagá-lo. Não posso dizer o mesmo dos outros, que abandonam a comida quando ouvem falar da nossa presa do Norte. Eles se acumulam em torno de Corvo, degradando tudo, desde seu intelecto até seu tamanho. Corvo permanece em silêncio. Ele é conduzido diante dos estábulos, e Nuvem entrega a corda com o prisioneiro para dois soldados.

— Não precisar ser gentil.

— Espere. — Agarro a corda. — Lótus o quer.

Lótus *deveria* querer participar da brutalização de Corvo, e ninguém me para quando o empurro para os estábulos. Ele cai no feno, as portas se fecham, e, por um momento, eu também poderia estar com os olhos vendados, meu batimento cardíaco soando como um gongo no escuro muito íntimo. Corvo luta para ficar de pé, e engulo em seco. Costumávamos ter mais ou menos a mesma altura. Agora sou mais alta. Mesmo quando ele está de pé, parece pequeno. Frágil.

Seu tom, porém, é tão astuto como sempre.

— Poupe minhas pernas, por favor. Ainda preciso voltar.

Eu o empurro, e ele cai novamente.

— Quem disse alguma coisa sobre você voltar?

Ele se iça para cima. Gostaria que ele ficasse no chão — é mais fácil pensar quando seu rosto está distante.

— Me matar não seria muito prudente. Sua senhora concordará comigo quando retornar.

— Então é melhor você torcer para que ela volte rápido.

Depressa, Ren. Quanto mais tempo ficarmos aqui, menos desculpas terei para deixar Corvo ileso. Lá fora, os outros devem estar querendo ouvir os gritos dele ou apostando quantos ossos irei quebrar.

Cinco, pensa Gota de Orvalho inutilmente. Minhas mãos umedecem. Eu as fecho.

Recomponha-se. Eu morri por causa do Norte. Lembro-me do fogo em minha espinha quando a flecha a atingiu e do gelo em meu coração quando, mais tarde, soube que Corvo nunca havia confiado em mim. Eu me uno às sensações como notas em um acorde, deixo a canção da vingança descer pelos meus braços e endurecer meus punhos...

— Você pode se apressar? — interrompe Corvo, quebrando minha concentração. — Estou morrendo de...

Ele para, tossindo em sua mão esquerda. O som arrepia os pelos dos meus braços, e meus olhos se arregalam quando ele tira a mão da boca.

Por um instante, não sinto nada. Não consigo pensar. Tudo o que vejo é o vermelho, brilhando como uma gema na palma da mão de Corvo.

— Você piorou.

— Perdão?

— N-nada.

Uma guerreira como Lótus não saberia o estado de saúde de um estrategista do Norte. Ela nem saberia o nome dele.

Corvo limpa a boca. Ele se levanta e se aproxima. Eu recuo, o pé esmagando o feno, revelando minha localização. Ele se aproxima, como se pudesse ver através da venda, me encurralando contra a parede. Corvo estende a mão, e eu o impeço, agarrando-o pelo pulso como ele me agarrou certa vez.

Sou eu quem poderia esmagar seus ossos se quisesse. Mas é ele que me imobiliza com quatro palavras.

— Você disse que piorou. — Sua voz é baixa, como se estivéssemos compartilhando um segredo. — O que quis dizer com isso?

— Nada.

— Tente de novo, general. Você ao menos sabe meu nome?

Ele te pegou, pensa Gota de Orvalho. Até parece.

— É Corvo — deixo escapar. — Brisa me contou sobre você.

Corvo estremece. Eu realmente *estou* esmagando o pulso dele.

Antes que eu possa soltá-lo, as portas do estábulo se abrem. A luz inunda o espaço, me cegando para tudo, menos para a forma de Ren.

— Solte-o, Lótus.

Eu tropeço para longe, e Ren vai até Corvo.

— Você está machucado?

— Não, Senhora Xin.

— Sua mão...

O sangue, é o que Ren quer dizer.

— De minha própria autoria — assegura Corvo, enfiando a mão em sua manga.

Ren permanece cética. Ela me lança um olhar de repreensão. Abaixo minha cabeça, envergonhada *e* indignada. Pelo menos eu não o chicoteei.

— O que o traz às Terras do Oeste? — pergunta ela a Corvo, e me arrepio com a mesma necessidade de saber.

Corvo se curva. Ele demora fazendo isso, e minha expectativa cresce enquanto ele permanece meio curvado. Mesmo que a resposta dele seja uma mentira, vai me ajudar a descobrir o que diabos Miasma tem na manga, mandando seu estrategista até aqui como um javali em sacrifício...

— Sua estrategista. — Meus lábios se abrem quando Corvo diz, novamente, para o chão: — Estou aqui para prestar minhas honrarias à sua estrategista.

☥ ☥ ☥

Mentiroso. Ardiloso. Que ousadia dele *me* usar como desculpa. Rancorosamente, assisto por trás de uma figueira enquanto Corvo entra no meu santuário. Do lado de fora, Turmalina fica de guarda, sob ordens de Ren. É evidente que nossa senhora não esperava que eu demonstrasse o mesmo autocontrole duas vezes.

Minutos depois, Corvo sai. Eu o sigo em segredo quando Turmalina o leva para fora do acampamento e até a periferia leste. Lá, uma rampa, larga o suficiente para apenas uma carroça de mulas, corta penhascos que, de outra forma, seriam íngremes demais para serem atravessados.

— Siga direto daqui — ordena Turmalina, desfazendo a venda de Corvo. — Vire-se, e não seremos tão hospitaleiros.

— Entendido. Por favor, transmita minha gratidão à sua senhora.

— Expresse-a algum dia, quando for importante.

Turmalina estende o braço, convidando Corvo a avançar. Seus olhos de falcão o seguem sobre o primeiro penhasco. Uma vez que ele está bem longe, ela se vira. Eu me agacho atrás de um pedaço de rocha sedimentar quando ela passa e espero que seus passos desapareçam. Então eu mesma subo pela estrada.

Não demora muito para que eu alcance Corvo. Paro atrás dele enquanto ele caminha. Minha boca se abre — depois se fecha. Minha mente está dispersa, minha ira, perdida como sementes de dente-de-leão em um temporal.

Bem, diga alguma coisa, pensa Gota de Orvalho.

Como o quê?

Confesse seus sentimentos.

Não tenho nada para confessar.

Teimosa. No mínimo, diga-lhe para parar.

Eu não deveria.

Então por que está aqui?

Para enfrentá-lo. Para fazê-lo confessar. *Pare de fingir*, é o que eu diria. *Como você poderia estar aqui por mim?* Exceto que não faz sentido dizer nada disso. Não enquanto eu for Lótus.

Olhe, ele está quase fora de vista, pensa Gota de Orvalho. *Fale, Brisa. Este é o seu último...*

— Pare!

Não sei se falei isso para Gota de Orvalho ou para Corvo. Só sei que estou brincando com fogo, quando Corvo realmente para.

— Eu já estava indo embora — diz ele, de costas para mim.

Eu sei. Se eu fosse realmente Lótus, diria a ele para sair da minha vista ou então arrancaria sua pele. Não perguntaria, em um sussurro estilhaçado:

— Por que você está aqui?

Corvo não responde.

— Vire-se — ordeno, uma contradição direta com a de Turmalina.

Eu quero que ele me veja.

E ele se vira, mas não é Brisa quem ele vê. Ele absorve a minha figura, a guerreira que sou, e eu faço o mesmo. Seu manto parece maior do que nunca, o corpo, mais magro, os olhos, mais escuros. Eu não imaginei: ele realmente parece pior. Como se algo tivesse morrido dentro dele.

Ou alguém.

— Eu lhe fiz uma pergunta. — Gostaria de poder perguntar mais. — Por que você... por que *realmente* está aqui?

Desejo, por um intenso segundo, que ele diga *por sua causa*.

Mas não importa em que forma eu esteja, ainda sou uma estrategista, assim como Corvo.

— Eu já expliquei para sua senhora.

Sua voz é singela. Não é a voz de alguém que entrou em território inimigo apenas para queimar um pouco de incenso para sua rival. Logo antes de ele se virar, capto um lampejo de algo mais em seu olhar.

Ele vai embora, e eu o deixo. Tenho que deixá-lo. Ele sobe uma elevação e passa pelos arbustos, até que a neblina nas falésias fica mais densa, e não consigo mais vê-lo. Mas então tudo o que *consigo* ver é Corvo. Seus lábios, seu nariz, seus olhos. O olhar de remorso que ele não conseguiu esconder.

Volto pelo caminho através das figueiras. Corvo atravessou o reino por mim. *Por mim. Não*, penso. *Ele mentiu para você.* Só disse a verdade para Miasma: *eu nunca confiei nela.* Mas ele poderia ter me respeitado o suficiente para chorar por mim. Não, tem que haver uma razão real para ele ter vindo. Entro no santuário, nem como Brisa nem como Lótus, somente como uma garota muito curiosa para o próprio bem.

Não há nada que Corvo poderia ter descoberto neste lugar.

Então o que ele fez enquanto estava aqui?

A resposta está na almofada em frente ao altar. Um leque que não estava ali antes brilha, iridescente, à luz de velas. Eu o levanto pelo cabo de bambu e acaricio as penas sedosas de pavão. Pressiono-o no meu peito. O santuário pesa sobre mim, como se estivesse desmoronando. O silêncio de Gota de Orvalho soa alto. Quase posso ouvir a voz dela na minha cabeça. Ou talvez seja a voz do meu próprio arrependimento.

Você deveria ter confessado seus sentimentos a ele.

Ouço um som atrás de mim. Lentamente, como se estivesse saindo de um sonho, me viro para encontrar Nuvem.

Ela passa pelo limiar.

— Você sabe quem era aquele?

A pergunta soa retórica. Mas a respondo de qualquer maneira.

— O estrategista de Miasma?

— Mais do que isso.

— Mais?

Nuvem gesticula para mim. Eu me levanto, ainda segurando o leque, enquanto ela coloca a mão sob o peitoral e tira um pedaço de papel que estala quando ela o desdobra.

Essa não, pensa Gota de Orvalho, antes mesmo de eu ver as palavras. Então as vejo. O santuário se silencia.

É...

Minha.

Carta.
Para.
Corvo.

Os céus devem me odiar. Uma caixa cheia de itens recuperados do corpo de Qilin, e Nuvem tinha que ir lá e confiscar *esse*. Estico o braço, e o rosto de Nuvem se anuvia. Tarde demais, percebo que Lótus pode não saber ler. A maioria da população não sabe. Não há como confirmar a suspeita. Pego o papel e olho para as letras.

— Pavão com certeza rabisca — retruco, entregando de volta o papel.

— Quer saber o que diz?

— Sim.

Nuvem limpa a garganta.

Escrevi essa carta à luz das estrelas, enquanto o barco balançava no rio, e todos os outros dormiam. Deixei minhas emoções sangrarem em cada pincelada. As palavras, por mais inocentes que sejam, não foram feitas para serem ditas.

Agora, Nuvem lê em voz alta, e é humilhante. Quando ela lê *"Eu queria escrever para você"* com ênfase dramática, quero me enfiar em um buraco no chão. Então meu rosto fica quente por outro motivo. Estou com raiva. De mim mesma. Eu deveria ter dado a carta a Corvo. Ele viajou mais de dois mil lǐ para me entregar um presente de despedida.

E eu o deixei com nada além de cinzas.

Lótus não está acostumada a suprimir suas emoções. Os músculos do meu rosto se contraem quando Nuvem lê *"Não espero que você me perdoe"*, e, quando termina com *"Que possamos nos encontrar em outra vida"*, minhas mãos estão apertadas.

Nuvem amassa a carta.

— Você acredita nisso? Ela tinha sentimentos pelo inimigo.

Ela sabe. Tem que saber. É por isso que leu a carta para mim. Para me ver rachar. Para que eu admita que assumi o corpo de sua irmã de juramento. Quando ela me agarra pelos braços, é para sacudir meu espírito para fora dessa casca.

— Você me ouviu, Lótus? Brisa não era a amiga que você pensava que era. Ela tinha um jeito de usar as palavras, de usar as *pessoas*. Ela convenceu o inimigo a gostar dela.

Lótus achava que eu era sua amiga?

Lótus. Ainda sou Lótus.

— Ela me salvou, no entanto — resmungo.

— Ela entregou todos vocês! — ruge Nuvem. — E agora deformou sua mente.

— Ela não fez isso — digo, mesmo quando encontro apoio para o argumento de Nuvem.

Eu não pulverizei Corvo. Tenho perseguido Sikou Hai, que supostamente não é meu tipo. Estou *aqui*, no santuário de Brisa. Mesmo esses pequenos detalhes, como pegar uma carta que aparentemente não consigo ler, podem ser interpretados como evidência.

Estou suando em meio ao silêncio fulminante de Nuvem.

Por fim, ela me solta.

— Você é boa do jeito que é — diz ela, tão sinceramente que minha garganta dói.

Mesmo perto dos meus mentores mais gentis, eu tinha algo a provar. Eu merecia existir neste mundo porque era mais do que uma órfã. Era diferente. Habilidosa. Uma estrategista. Eu era *necessária*. Esse tipo de aceitação incondicional é... único.

Mas não é para mim, e não a quero.

— Eu sei — digo, engolindo a dor em minha garganta. — Lótus não precisa ser Brisa.

— Assim está melhor — diz Nuvem, batendo em mim com o ombro. — Os céus sabem que ela guardava muitos segredos para o próprio bem.

Seu olhar desce para o leque na minha mão. Ainda estou segurando-o contra o peito como se fosse meu bem mais precioso.

Eu o parto em dois e jogo fora os pedaços.

✟ ✟ ✟

Naquela noite, sonho com ele.

Sonho conosco.

Estamos no barco de Miasma — um cenário que conheço. Ele veste seu traje preto. Assim é com os sonhos, lembro-me do poeta me dizendo. Mesmo os mais fantásticos são compostos por coisas que você viu, ouviu e sentiu. O conjunto pode ser novo, mas as notas vêm da vida. Um repertório de sensações transpostas.

E, a princípio, o sonho não é tão diferente do que vivi. Corvo e eu nos sentamos um de frente para o outro, nossas cítaras diante de nós. Tocamos a música familiar, embora eu não consiga nomeá-la.

— Mais rápido — digo, e Corvo sorri antes de obedecer.

Competimos um com o outro, nossa música galopando como garanhões por uma planície sem fim.

De repente, a música para.

Corvo embala a mão no peito, estremecendo. Levanto-me da minha cítara e vou até ele, agachando-me ao seu lado. Meu coração para ao ver o curativo em torno de seu punho. É a primeira vez que noto isso neste sonho, mas é como se estivesse lá o tempo todo.

Puxo sua mão para a minha e encontro seu olhar. Ele assente.

Desenrolar suas bandagens, camada por camada, é como me desnudar. Meu coração bate rápido e mais rápido ainda quando Corvo coloca a outra mão sobre meus olhos.

— Pense duas vezes antes de olhar. Está feio.

— Então combina com o resto de você.

— Você me magoa.

Removo sua mão e encontro seu olhar.

— Não mais do que já magoei.

Deixo as bandagens caírem.

Poderia ser pior, digo a mim mesma, enquanto minha garganta se fecha.

Poderia ser pior.

Como isso é um sonho, o tecido cicatrizado não parece tecido cicatrizado, mas pele nova, rosa-bebê. É suave quando passo o polegar sobre o espaço entre seus dedos.

É fria nos meus lábios, quando a beijo.

Tudo parece se dissolver. Quando finalmente levanto o olhar, é apenas Corvo, somente Corvo, os olhos tão escuros quanto o céu lá fora. Olho para eles e me vejo refletida ali.

Eu sou a Brisa.

Olho para as mãos. Minhas mãos. Magras e pálidas, combinando com as de Corvo quando ele toca uma delas. Com a outra mão, ele afasta o cabelo do meu rosto. Não percebi que havia caído até agora, fluindo solto como naquela noite em que tirei o antídoto do bolso dele.

— Você nunca confiou em mim — sussurro, prendendo o fôlego.

— Nunca gostou de mim.

Espero Corvo se afastar, mas ele permanece, seus olhos como espelhos de bronze.

— As duas coisas precisam se excluir mutuamente? — pergunta, com um sorriso nos lábios. Então o sorriso morre. — Quem é você?

— O quê?

— Quem é você? — questiona Corvo novamente, afastando-se, mas não antes de eu ver o rosto refletido em seus olhos.

É o rosto de Lótus.

十九
O CÉU DE NINGUÉM

Quem é você?
 Não sei. Não neste quartel, presa na respiração dos meus sonhos. Tenho que me afastar, de mim e dos corpos adormecidos de amigos que não são meus amigos, escapar deste lugar que parece menos acolhedor do que o barco de Miasma. Lá pelo menos eu sabia quem eu era e o que queria. Posso ter sido uma traidora aos olhos do mundo, mas fui fiel ao meu coração.

Então corro.
Bolo de Arroz relincha em desânimo quando invado os estábulos. Eu o selo mesmo assim. As portas se fecham atrás de nós. Caminho com ele. No portão, monto e o incito a galope.

Nós voamos pela noite, correndo pelo campo de trigo, subindo a lateral da enseada e passando pelo lugar onde cavalguei com Nuvem. O céu irrompe em estrelas à medida que subimos, saindo do nevoeiro. A terra flui como água.

— Ôoo.

Diminuo a velocidade de Bolo de Arroz quando entramos em uma planície. Árvores, a princípio esparsas, emergem de pedaços lascados de rocha sedimentar. À frente, ergue-se a cordilheira de Tianbian, um portal de calcário entre o Norte e o Oeste. Mas aqui não sou nem Norte nem Oeste. Estou em uma terra intermediária. Território neutro, de acordo com os cartógrafos do império, embora eu duvide que os reis dos bandidos respeitem os mapas. Preciso ficar em guarda, mesmo como Lótus.

Imprudente como sempre, pensa Gota de Orvalho.

Talvez. Mas percorri um longo caminho desde que peidei sobre a borda do céu.

A vegetação rasteira fica mais densa. As coníferas se alongam. Quando a floresta fica muito fechada, desmonto e enrolo as rédeas de Bolo de Arroz em volta de uma amoreira antes de seguir a pé. O cheiro forte de pinho clareia minha mente. O vento farfalha nas folhas. Ouço água — um fio de córregos ocultos — e o sussurro da música.

Cítara.

Paro de caminhar.

A última cítara de verdade que ouvi foi nos céus. Eu me viro, pensando que vou encontrar a Mãe Mascarada e sua guarda. *O céu*, sugere Gota de Orvalho, e olho para ele. Cada estrela está onde deveria estar.

Ainda não fui descoberta.

Exalando, desço o olhar do céu e enrijeço.

A princípio, parece um truque de luz, a miragem de um lago enorme e prateado, além das árvores. Passo pela folhagem. O lago permanece, é real. As formações rochosas emergem da água como ilhas. Eu quase poderia confundi-lo com uma baía, exceto que sei que não há oceanos por perto. Mas não importa o que sei, o que quero ou quem eu sou. A visão é tão sobrenatural que me faz esquecer minhas três identidades. A música, embora tocada de forma imperfeita, encontra seu caminho para o meu coração, e algo escorre do meu queixo. Lágrimas. Estou chorando, sem motivos. Isso deve ser coisa de Lótus.

A música para assim que fungo, o som saindo como fogos de artifício no meio do silêncio.

— Precisa de um lenço?

Estou sonhando.

Mas sua voz não poderia estar mais viva na minha cabeça, e uma parte de mim não fica surpresa quando o movimento ondula nas margens — um Corvo distante, sua silhueta volumosa e encapuzada se erguendo de sua posição sentada. Atrás dele está a cítara.

Seixos caem quando ele se aproxima.

— Não precisa se esconder. — Ele para a uma dúzia de passos de distância. — Eu não mordo.

Tenho o medo oposto do meu sonho.

Temo que, ao luar, ele me reconheça como Brisa.

Mas é difícil olhar além das aparências na realidade. Mesmo um estrategista como Corvo não pode me ver por quem eu realmente sou.

— Como você sabe que não fui enviada para matá-lo? — pergunto, dando um passo à frente das árvores, mas ainda permanecendo sob uma sombra.

— Com tanto barulho?

— Ei!

— Se você realmente fosse uma assassina — continua Corvo —, já teria me matado. — Dou um passo para a luz, e seus olhos se estreitam. — É você. — Espero que ele diga outra coisa. — Está muito longe do acampamento.

Franzo as sobrancelhas. Ele fala comigo como se eu fosse uma criança.

— Aqui. — Corvo tira um lenço dos bolsos e balança como um nabo. — Está limpo. — Eu o agarro. — Sozinha? — pergunta enquanto limpo meu olho, depois, meu nariz.

— Sim. Algo errado nisso?

— Foi só uma observação.

— Você está sozinho também. — Jogo o lenço no chão, e Corvo faz um som. Como se eu fosse devolvê-lo encharcado de ranho ou, pior, enfiá-lo em meu peitoral como uma lembrança. — Sua senhora sabe que você está aqui?

— É claro. Por que pergunta?

— Alguém como você deveria andar com alguns guardas.

— Sou mais forte do que pareço. — Eu bufo, e Corvo sorri. — Mas tenho um grupo de guardas esperando por mim a apenas cinquenta lǐ daqui.

É meio consolador saber que Miasma não enviou Corvo em uma cruzada pelo país sozinho.

— Por que você está aqui, então? — pergunto, gesticulando para o lago.

— Uma pessoa precisa dormir, certo?

— Dormir é para os fracos.

Não estou preparada para a risada de Corvo. É quebradiça como a geada, mas também suave como uma respiração.

— Suponho que nenhum de nós conhecerá a velhice. — Ele se vira de costas para mim a fim de encarar o lago. — Tive um dia de folga. Queria aproveitar minha primeira incursão nas Terras do Oeste.

— Não está com medo?

Com essa atitude, ele ia morrer por descuido, e não por tuberculose.

— Não — diz Corvo.

— Eu ainda poderia te matar.

— Não acho que você vá fazer isso.

— Sério? — Eu estalo meus dedos.

— Você ainda não tentou. — Ele volta para sua cítara e se senta. — As pessoas são mais previsíveis do que gostariam de admitir.

A menos que você seja um estrategista. Então você é o menos previsível de todos. Não importa o que Corvo afirme estar fazendo — prestar homenagem à Brisa ou viajando —, ele tem um motivo oculto. Mas, mesmo assim, não tenho vontade de interrogá-lo, não quando as lágrimas em meu rosto mal secaram.

— Além disso — acrescenta Corvo, jogando uma pedrinha no lago —, sua senhora é Xin Ren.

— Tenha cuidado.

— Foi um elogio. — Ele joga outra pedrinha, e esta salta. — Seria necessário um tipo especial de soberana para deixar alguém ir e depois matá-lo de maneira secreta.

— Como a sua — digo, e Corvo ri. — Você se arrepende de trabalhar para ela?

— Não. Você se arrepende de trabalhar para a sua?

— Por que deveria?

— Pessoas mudam.

— Você acabou de dizer que elas eram previsíveis.

Eu gostaria de ter feito Corvo rir como Brisa.

— É justo, Lótus — diz Corvo, e eu não deveria estar surpresa que ele se lembrasse do meu nome. Meu coração não deveria tropeçar quando ele bate nas pedras ao lado dele. — Quer se juntar a mim?

Sim. Não. Não sei. Seu comportamento está tão diferente de antes, quando me enfrentou no caminho que saía das Terras do Oeste.

— Ah. Certo — diz Corvo quando não respondo. — Temos que definir nosso relacionamento esta noite. — Meu rubor se aprofunda, mas então ele diz: — Este lago pertence a você?

— Não?

— Este céu?

— Não.

— Também não me pertencem. Acredito que isso nos torna transeuntes.

Transeuntes. Não inimigos. Não estrategista e guerreira.

Lentamente, me sento ao lado dele.

— Minha vez de perguntar.

Sempre o estrategista, Corvo. Ele poderia me perguntar por que eu o segui mais cedo. Poderia perguntar por que Brisa me contou sobre a tuberculose.

Poderia me perguntar o que eu estava fazendo, cavalgando à noite, e eu teria que mentir. *Porque sonhei com você.*

Eu espero, preparada, enquanto Corvo olha nos meus olhos.

— Foi a minha música que te levou às lágrimas ou alguma outra coisa?

Ou ele poderia me pedir para acariciar seu ego.

— A música.

Resisto à vontade de acrescentar: *chorei de tão ruim que era.*

Espero Corvo se gabar. Em vez disso, ele está quieto. Talvez ache estranho que alguém como Lótus possa se emocionar com a música de cítara. Será que ele compartilha o desprezo de Sikou Hai pelos guerreiros, e seria hipócrita da minha parte julgá-lo, se ele o fizer?

— Você quer tentar?

Eu pisco.

— O quê?

— Sinto uma curiosidade sobre você — diz Corvo. Ele acena para a cítara. — Concedo-lhe a honra.

— N-não!

— É medo que ouço?

— Por que eu teria medo de um pedaço de madeira?

— Um pedaço de...

Corvo tosse... e continua tossindo. Ele se afasta de mim, uma manga levantada sobre a boca. A preocupação faz eu me inclinar, e ele levanta a outra mão em advertência.

O estrategista não sabe que sou uma deusa, protegida de sua doença.

Isso não significa que você deve se envolver em mais relações sexuais, pensa Gota de Orvalho.

Quer parar de usar esse termo?

O que você gostaria que eu usasse, senão o termo exato?

O termo correto é beijar. Nadir saberia. Olho para o céu, subitamente melancólica. Achei que seria Nadir, e não Gota de Orvalho, quem entenderia minha necessidade de voltar. *Pessoas são previsíveis. Pessoas mudam.* Ambos podem ser verdade, penso, quando Corvo enfim para de tossir. Ele vai até a margem do lago, lava as mãos, e meu estômago se revira, enjoado de preocupação. O quanto exatamente ele piorou?

— Minhas desculpas — diz ele ao se sentar ao meu lado outra vez. — Como eu estava dizendo, antes de sermos interrompidos de maneira tão rude... — Corvo olha para sua cítara, os cílios abaixados. — Você acredita em deuses, Lótus? — Ele olha de soslaio para mim e interpreta minha expressão assustada como um não. — Reza a lenda que todas as cítaras antigas são abençoadas por eles. Elas podem tornar o qì de quem a toca visível a olho nu. Mas, mesmo que você não acredite, uma cítara é muito mais do que um pedaço de madeira. É uma maneira de pessoas que pensam parecido se comunicarem. — Sua voz se abaixa um pouco, e estremeço com sua reverência. — É uma maneira de ouvir a verdade de outra pessoa.

Eu quero tocar. Quero tocar com cada fibra do meu ser. Mas também não quero envergonhar a mim mesma ou ao instrumento.

— Prove, então — digo para Corvo. — Você toca.

Corvo pressiona a mão no peito, como se estivesse ferido.

— Não sou um músico comum. Não toco sob demanda. — Merda. Ele fez isso no barco. — Mas vou tocar se você tocar.

Balanço a cabeça.

— Só há uma cítara.

— Acho que nós dois vamos nos encaixar.

— Sou uma guerreira.

— Dedilhar uma corda não pode ser mais difícil do que erguer uma espada.

— Não sei como.

Prefiro mentir do que ser lembrada de tudo o que perdi.

— Aqui.

Antes que eu possa dizer outra palavra, a cítara é colocada na minha frente. Atrás de mim, Corvo se senta. Sua mão enfaixada está na minha — *alguém está nervosa; cale a boca!* —, e, com a mão esquerda, ele aperta a terceira corda. Dedilhamos, e, para meu espanto, o ar ao redor do instrumento *ondula*. É o qì. Da cítara. De Corvo. E meu. Ele sobe como uma corrente de vapor, misturando-se com as outras correntes para criar cores, linhas e formas no ar. Imagens se tornam névoa acima das cordas: Corvo, cavalgando pelas Planícies Centrais com Miasma. Entrando na corte com Ameixa. E *nós*.

Ele e eu, tocando naquele pavilhão do império.

Que estranho, Corvo havia dito, e eu me lembro da minha frustração. Agora vejo o que não pude ver por anos. Meu toque era tecnicamente perfeito, mas meu qì, selado com minha divindade, não podia interagir com a cítara. Eu não podia colocar minha alma na música do jeito que o Mestre Yao queria.

Quando meu choque passa, olho para Corvo. Seu rosto é uma máscara, mas a mão em volta da minha está petrificada. À medida que a nota desaparece, a imagem de nós dois no pavilhão também o faz. Ele deve pensar que veio dele. Mas poderia muito bem ter vindo de mim.

Afasto minha mão da dele antes que, de maneira involuntária, eu revele mais.

— Falei que não sabia tocar.

— É o que você diz. — Sua voz é suave. — Mas há mais em você do que aparenta, Lótus.

É um absurdo que eu esteja com ciúmes de *mim*.

— Eu não fiz nada. Toquei uma nota.

— Uma nota... — Corvo gesticula para o ar acima das cordas da cítara, parado e sombrio mais uma vez. — Alguns estrategistas não conseguem desbloquear a cítara para conversar com seu parceiro musical.

Ele está se referindo a mim. À Brisa. A vontade de me defender coça. Não é *minha* culpa se eu tinha um selo divino em mim.

Bem, na verdade, é...

— Brisa era minha amiga — disparo, cortando Gota de Orvalho e pegando Corvo desprevenido por sua vez. Um segundo se passa.

— Ela não me pareceu do tipo que tem amigos — diz, por fim.

Ele está certo, pensa Gota de Orvalho.

Silêncio!

— Ela lhe pareceu de que tipo?

— Implacável e reservada.

Então somos dois.

— Mas ainda assim você veio prestar suas honrarias.

O lago lambe as margens, sugando os seixos.

O silêncio me irrita. Range em Lótus. O sangue corre para a minha cabeça.

— Ela gostou de você — digo, antes que possa me conter. *O que estou fazendo?* Estratégia. É para estratégia. De alguma forma. — Diga algo. Não é como se Brisa fosse ouvir você. Ela se foi.

Meu coração martela enquanto Corvo inspira, devagar.

— Foi mesmo?

— Bem, ela certamente não está *aqui*.

Corvo sorri, cansado.

— Algumas pessoas nunca vão embora.

As palavras repousam entre nós.

Um peso sai do meu peito.

Corvo, apesar de todas as suas falhas, trata Lótus com respeito. Mas ele nunca vai gostar de mim desta forma — ou de qualquer outra maneira —, porque Brisa ainda permanece. Meus pulmões parecem maiores em minha próxima respiração.

Pelo menos foi um flerte sincero, penso, enquanto Corvo pega outra pedrinha. Ele a faz pular sobre o lago. Eu me deito, encarando o céu. Como as estrelas quando fecho os olhos, permaneço neste mundo. Em algumas mentes.

Estou fora de vista, mas não invisível.

— Obrigado — diz Corvo, minutos ou horas depois. — Por não quebrar minhas pernas.

Não há de quê, tento dizer, mas o corpo de Lótus me trai mais uma vez. Já é madrugada, quando pisco, acordando.

Eu me sento. Algo escorrega dos meus ombros. O manto de Corvo.

Um cavalheiro, pensa Gota de Orvalho enquanto o levanto. Lembro-me do sangue formando crostas nas penas, da última vez que o toquei. Lembro-me de mais: sua figura amorfa em cima daquele cavalo, na noite em que nos conhecemos. Como eu mal o reconheci sem o manto na galeria, seu corpo tão perto. Minhas bochechas ficam quentes.

Não sei quando nossos caminhos se cruzarão de novo. Se vou poder devolver o manto para ele. Eu o seguro por mais um momento, depois o jogo nas rochas. Coisinha nojenta. Preferiria que ele tivesse deixado a cítara.

Corvo a levou com ele, é claro. Um espaço nos seixos é tudo o que resta. O vazio ecoa através de mim. Talvez seja melhor assim. Só de arrancar aquela nota, já consigo dizer que minha música não soaria a mesma.

Mas, nesta era de guerra, estamos fadados a perder coisas. Corvo não deixou que suas mãos mutiladas o detivessem. Eu também não preciso. Posso tocar como Lótus e Brisa. Sob o céu de ninguém, eu sou ambas e nenhuma.

Se ao menos Sikou Hai pudesse me ver em tal luz.

Espere.

Eu poderia *fazê-lo* ver.

Mergulho nas árvores... volto e pego o manto de Corvo, então mergulho novamente e solto Bolo de Arroz. Corremos de volta ao acampamento, a poeira levantando. Só mais tarde percebo que estou cavalgando com mais facilidade do que jamais o fiz em minha vida.

☥ ☥ ☥

Espero até a noite, me atrapalhando no treinamento de combate e aguentando o jantar com Ren, Xin Gong e Nuvem, na Cidade de Xin. Normalmente, a conversa com o governador das Terras do Oeste na hora das refeições gira em torno dos seus próprios fracassos, mas esta noite Xin Gong está quieto. Ele pega e abaixa os pauzinhos três vezes.

— Meus guardas me disseram que um espião do Norte foi pego ontem — diz ele, e me ocorre que Xin Gong pode ter ouvido as canções infantis nas ruas.

Estrategista, corrigiria eu, mas Ren não discorda tanto dele.

— Ele veio visitar o santuário da minha falecida estrategista — comenta ela.

— E você deixou?

— Tomamos todos os cuidados necessários. A própria general Turmalina o acompanhou. Garanto que ele não adquiriu nada que pudesse ser útil para sua senhora.

— Mas você o libertou.

Ao meu lado, os lábios de Nuvem se abrem... e se fecham enquanto Ren puxa o lóbulo de sua orelha. Inteligente da parte de nossa senhora. À nossa frente está Sikou Dun, e, atrás de Xin Gong, está sua guarda pessoal. No fim das contas, somos apenas convidadas aqui, nos termos de Xin Gong. Até que eu possa convencer Ren a assumir o cargo do governador, tudo o que podemos fazer é ouvir Xin Gong.

— É um risco hospedar você e suas tropas, Ren. Se o império se atirar sobre nós, meu pescoço estará no mesmo cepo que o seu.

Ele finalmente surge, o homem que não teve coragem de nos apoiar antes de nossa vitória contra Miasma.

— Eu entendo — diz Ren, sua voz não traindo nenhuma emoção. — Se algum dia nos tornarmos um fardo, basta dizer uma palavra, e não o atrapalharemos mais.

— Não — diz Xin Gong na mesma hora. — Isso é ridículo. Para onde você iria?

— Qualquer lugar. — O sorriso de Ren é gracioso. — Não somos exigentes. Como poderíamos ser? Nos últimos anos, vivemos nas costas de nossos cavalos.

Nuvem *resmunga* em aprovação, mas o resto da mesa fica tenso — e pula quando o cálice de Sikou Dun bate na madeira.

— Seja grata ou fique sem teto.

Seu rosto ainda está machucado. Há rumores de que ele disse a Xin Gong que caiu em uma vala. Não iria deixar seu ego levar uma surra também.

— Sikou Dun — adverte Xin Gong, como se fosse ensaiado.

Sikou Hai fica quieto durante tal performance. Ele sai assim que o jantar acaba, e eu o sigo, sabendo que Nuvem não fará o mesmo. Assim que estou fora da vista dela, faço um desvio para o meu santuário e pego minha cítara, empacotando o instrumento e amarrando-o nas costas. Sigo na direção de Sikou Hai.

Ele está em sua mesa quando entro. Ao contrário de Corvo, seu estado parcialmente vestido não me afeta. Estou em uma missão, e nada pode me deter, nem mesmo as vestes brancas de Sikou Hai.

— Coloque uma capa — ordeno, enquanto ele se joga de novo em sua cadeira, ainda mascarado.

— Impérios em queda. Você não tem educação?

— Você tem um minuto. Coloque algumas camadas extras de roupa, ou venha do jeito que está. E traga sua cítara.

— Eu não recebo ordens de você — retruca Sikou Hai.

— Por mim, tudo bem.

Eu me aproximo e o levanto pelas axilas. Poderia me acostumar com isso.

— Espere! — Ele se agita para fora do meu aperto. — Do que se trata?

Desembrulho minha cítara em resposta.

Os olhos de Sikou Hai se arregalam quando ele lê a inscrição na lateral do braço.

Quando as folhas de lótus não estiverem mais de pé
E os caules de crisântemo estiverem a duas geadas de se curvar
Lembre-se da melhor época e cena deste ano

> *Quando as laranjas ficaram amarelas e verdes*
> *As tangerinas decidiram brilhar*

O poeta escreveu essas linhas. A cítara é do Mestre Yao. Se Sikou Hai é um admirador tão devoto de mim quanto eu acho que é, ele deve saber que fui discípula de ambos.

Ele com certeza ergue os olhos para mim.

— Isso é... de Brisa Ascendente?

— Sim.

Ele pega o instrumento. Eu o deixo tocar uma única corda antes de enrolar a cítara de volta.

— Traga a sua — repito. — Vou permitir que você toque se me seguir.

Balançando a cabeça, como se não pudesse acreditar no que está fazendo, Sikou Hai vai até o fundo da sala e abre uma cômoda. Ele volta com sua cítara, envolta em seda.

— Para onde exatamente estamos indo?

— Vou te mostrar.

Momentos depois, coloco Sikou Hai montado em Bolo de Arroz.

— I-isso é impróprio! — grita, enquanto me sento na sela atrás dele. Também não estou muito entusiasmada com a disposição da montaria.

— Você vai querer se segurar.

Quando chegamos ao lago de Corvo, meu braço está dormente.

— Chegamos — digo, erguendo Sikou Hai da cela.

Ele não responde. Nem sequer se opõe quando o levanto e o coloco de pé. O silêncio me deixa cautelosa, e o instinto me faz recuar assim que ele se dobra e vomita.

— Você... você... — Suas palavras são distorcidas, e sinto uma explosão de simpatia, de *empatia*, antes que ele cuspa o resto de suas palavras com um pouquinho de vômito. — *Animal*.

Animal ou não, cumpro minhas promessas. Desembrulho minha cítara e a coloco sobre os seixos. Nada cura um estrategista tão bem quanto sua obsessão favorita. E, como Brisa é a obsessão de Sikou Hai, ele se recompõe e se senta atrás do instrumento. Eu me sento atrás de sua cítara, e seu olhar brilha.

— O que está fazendo? — questiona ele, como se eu estivesse me despindo.

— Acompanhando você. Acha que não sei como?

Sua testa se contrai.

— Você vai arruiná-la.

— Não vou.

Espero. Embora meu espírito esteja mais alinhado com a música agora, tocar também é um esforço mecânico. Posso ter mantido meu conhecimento da técnica, mas ele será transferido por esses dedos? Ou a música será massacrada, como minha caligrafia?

Só há uma maneira de descobrir.

— Vá em frente — digo para Sikou Hai, antes que eu possa pensar demais. — Comece.

Ele puxa os dentes, relutante.

— Tema?

Eu o observo sob o luar. Ele pode estar mascarado, mas pretendo mudar isso.

— Você.

Fungando, Sikou Hai abre as mãos. Já consigo adivinhar suas escolhas, antes que ele dedilhe a primeira corda. Uma música sem melodia, projetada para destacar as proezas técnicas de um citarista.

Mas a música fala o que o coração não consegue. Quanto mais firme é o refinamento de Sikou Hai, mais ouço sua falta de controle. Ele não toca uma melodia porque não tem nenhuma. Sua música não é uma afirmação, mas uma contradição. Sua alma é nublada... por uma pessoa.

É melhor você lidar com meu irmão.

Seus punhos são suas palavras.

Uma animosidade ferve sob suas notas, aumentando quando toco um acorde desleixado. Sikou Hai aguça sua técnica. Corrigindo-me. Uma correção excessiva. Toco outro acorde, e Sikou Hai silencia suas cordas.

— O que...

Minha mão direita tange sua música. A minha esquerda mantém os acordes. Uma afasta a outra, como duas identidades existindo categoricamente. Forte ou fraca. Eles ou eu. Órfão ou *alguém*. Eu não teria um lugar no mundo se não fosse pelo meu papel de estrategista, então o abracei, me conformei com essa identidade em vez de dobrar qualquer parte dela.

Não queria arruinar como era percebida.

Tóing. Eu ressurjo da música. Sob minhas mãos, as cordas intactas vibram, emitindo os fantasmas finais das notas. A corda arrebentada se enrola como uma folhagem de samambaia.

Eu me preparo para a raiva de Sikou Hai.

Em vez disso, me deparo com seu silêncio.

Então, assim como a corda, ele arrebenta.

— Quem te ensinou?

Nenhuma imagem se formou no ar enquanto eu tocava, porque Sikou Hai não tocou comigo. *Dois citaristas são necessários*, observo. Mas, mesmo que Sikou Hai não tenha visto meu qì, ouviu claramente minha habilidade. Ele não achava que eu conseguiria, sendo uma guerreira.

Sikou Hai pode decifrar minha história por conta própria. Esta noite, estou aqui pela dele.

— Toque — ordeno, então encontro as notas complementares nas minhas cordas restantes.

Teço minha música através da dele, tocando a harmonia de sua melodia. O ar entre nossas cítaras ondula. A música reage ao nosso qì. A tapeçaria de som torna-se uma imagem nebulosa que consigo ver: dois meninos. Um menor, um maior, criados durante a fome. À luz de velas, um homem e uma mulher, ambos magros, chegam a uma decisão difícil. O menino maior fica mais forte com cada pedaço extra colocado em sua tigela. O menino menor fica mais fraco sem suas porções. Quatro invernos depois, ele cai primeiro com a febre. Mas a varíola não discrimina, e o menino maior sofre também. Mais uma vez, à luz de velas, o homem e a mulher sussurram... uma escolha... eles sempre tiveram que fazê-la... um ou outro... um pedaço... uma cura... dois filhos... uma chance... que é mais bem aproveitada...

A música é interrompida. Cambaleando, Sikou Hai se afasta do instrumento. Seu rosto está manchado, sua respiração, irregular. Por um segundo, eu me vejo. Escolhi ser estrategista, mas, sinceramente, eu poderia ter sido outra coisa? Não tive como escolher o corpo de Qilin, assim como Sikou Hai não teve como escolher o dele.

Quero dizer: *eu entendo*.

Mas estou aqui por Ren. E, por mais que eu tenha mudado, ainda sou eu mesma. Dobrei, mas não quebrei. Sikou Hai é apenas uma peça nos meus planos.

— Nós podemos ser diferentes — digo a ele, também me levantando —, mas compartilhamos um objetivo. Quero dar à Ren o reino que ela merece. — Faço uma pausa significativa. — Você também quer.

Sou pelo menos uma cabeça mais alta. Para encontrar meus olhos, Sikou Hai tem que olhar para cima. Em estatura, devo lembrá-lo de seu irmão.

Mas, esta noite, não sou apenas uma guerreira. Sou a citarista com capacidade o suficiente para desbloquear sua alma.

— Amanhã — diz ele, por fim. — Encontre-me sob a figueira na hora do crepúsculo.

二十

CADÁVER E ALMA

Encontre-me sob a figueira na hora do crepúsculo.

Pela primeira vez desde que me tornei Lótus, visto branco. A cor não combina mais comigo, mas ainda é minha.

Não muito longe das figueiras nas quais Sikou Hai e eu vamos nos encontrar, paro diante da visão de Ren.

Ela está em um campo logo na saída da estrada, suas vestes cinza se misturando com as rochas ao redor. Não são rochas, percebo quando me aproximo, e, sim, sepulturas. O campo é um cemitério. Todas as lápides pertencem a membros do clã Xin. Ren está olhando para alguém chamado Xin Dan.

Eu me junto a ela.

— Quem é esse?

— Não sei — murmura Ren. — Um estranho. Mas esta lápide... deveria ser da minha mãe.

Da minha mãe. Sei quem foi a mãe de Ren: uma médica que atingiu a maioridade na véspera do assassinato da Imperatriz Chan. Seus colegas passaram a servir aos senhores da guerra de suas cidades natais, quando a agitação aumentou sob o reinado de Xin Bao, mas a mãe de Ren deixou as Terras do Oeste e vagou de norte a sul, tratando centenas de pessoas em todo o reino antes de ser pega na epidemia de febre tifoide no ano 401 de Xin.

Sei que Ren não gosta de falar dela.

— O que você acha, Lótus? — pergunta ela, de repente. E lembro que o que sei como Brisa pode não ser mais verdade. — Ela ficaria orgulhosa ou desapontada com o chamado que escolhi?

— Orgulhosa. — A palavra parece certa para uma irmã de juramento. — Você é uma líder.

— Sou uma senhora da guerra.

— Você está travando uma guerra justa em nome de nossa imperatriz.

A boca de Ren se contorce com a palavra *justa*. Seus dedos sobem e se fecham em torno de seu pingente. Se eu pudesse sentir o qì dela, imagino que estaria tumultuado. A Ren que eu conhecia compartilhava suas dúvidas em quantidades cuidadosas, diluídas com autodepreciação. Claramente, ela é mais vulnerável perto de Lótus. Sinto a tristeza que sempre senti estar ali, mas também uma raiva.

Se ao menos eu pudesse usá-la.

— Você culpa Xin Gong?

É um tiro no escuro. Xin Gong pode ter sido irmão da mãe de Ren, mas nem mesmo ele pode ser culpado por uma epidemia de febre tifoide.

— Sim — diz Ren, para minha surpresa. — Como não culparia? Ele a expulsou.

As peças do tabuleiro mudam.

Expulsa. Isso é novidade. A mãe dela não foi embora por vontade própria. Ela morreu longe da casa de sua infância, um lugar para o qual tinha todo o direito de retornar. E Ren culpa Xin Gong. É o motivo que eu estava procurando. Uma maneira de convencê-la a assumir o governo.

— É justamente porque o culpo que vou mostrar a Xin Gong que ele estava errado. Em seu leito de morte, ele perceberá que baniu minha mãe por uma farsa profética — continua Ren, antes que eu possa dizer qualquer coisa. Ela se vira para mim, com os olhos brilhando. — Eu nunca, jamais, trairei um membro do meu clã.

O tabuleiro muda de novo. Mais uma peça nova. Uma profecia que envolve trair um membro do clã.

Ren nunca me contou. Para ser justa, eu não me importaria em saber, como estrategista. A superstição não afeta meus estratagemas.

Mas afeta Ren.

Ela não pode lutar contra o destino, diz Gota de Orvalho mais tarde, quando finalmente tenho que deixar Ren para meu encontro com Sikou Hai. *Está ligada a ele como qualquer mortal. Você vê agora por que ela é a mais fraca? Você se arrepende de sua escolha?*

A princípio, não respondo. Olho para trás e vejo Ren, de pé, entre os túmulos. Ela pode ser mortal, mas eu não sou. Que tipo de divindade eu sou, se não posso punir as pessoas que a maltratam? Lótus fez exatamente isso. Ela não tinha medo de quebrar as regras ou sofrer retaliação ao fazê-lo. Ela era imprudente.

Ela era corajosa.

✦ ✦ ✦

— Você está atrasada — retruca Sikou Hai. — Vista isto. — Ele empurra uma capa para mim, então tira uma máscara de cerâmica vitrificada em preto, vermelho e branco. — E isso mais tarde, antes de vermos os outros.

Pego a máscara e finjo ignorância.

— Que outros?

— Há mais pessoas que apoiam Ren.

Nós andamos. O aroma de javali caramelizado defuma o ar, flutuando dos refeitórios distantes. Todo mundo está distraído com o jantar. Sikou Hai escolheu um bom momento para se esgueirar.

Ainda assim, meus nervos zumbem. Enquanto ele nos leva para fora da cidade e para o lado da enseada, onde nos abaixamos sob uma plataforma de pedra e entramos em uma caverna, penso no público que estou prestes a conhecer e na primeira impressão que terei de causar. Seria muito mais fácil se eu pudesse me apresentar como Brisa.

Cedo demais, as escadas estão chegando ao fim. Diante de um conjunto de portas, coloco minha máscara. Entramos, e as pessoas à mesa se levantam. A maioria está disfarçada como eu. Alguns mostram seus rostos. Todos se sentam quando Sikou Hai o faz — com exceção de um.

— Quem é? — perguntam, as vozes em suspeita.

— Nosso mais novo membro — diz Sikou Hai. Nesta sala cheia de terra, sua autoridade é absoluta. — Sente-se, Samambaia — ordena ele, e por fim Samambaia se senta. Tomo meu lugar entre duas figuras encapuzadas, com máscaras de gafanhotos. — Alguém mais tem algo a dizer?

Silêncio.

— Então podemos começar. — Sikou Hai estende as mãos sobre a mesa como se fosse sua cítara pessoal. — Fiz contato com Xin Ren.

O silêncio assume um tom de antecipação.

— E não fui bem-sucedido.

— E agora? — A voz da oradora é forte e orgulhosa, combinando com sua máscara de tigre.

— Persistimos — diz Samambaia.
— Continuamos sem ela — respondo.
Samambaia se vira para mim.
— E agir em seu nome?
— Sim.
— Por quê? — pergunta Sikou Hai desta vez.
Encontro seu olhar através da mesa.
— Porque ela nunca vai concordar com isso.
— Você não tem um meio de convencê-la?

Ele está pensando em como o convenci. Mas as situações são incomparáveis. Sikou Hai é um estrategista em sua essência. Consegui atravessar seu preconceito, mas não o *mudei*. A honra de Ren é muito profunda. Era tudo o que tinha para se apegar quando o mundo duvidou dela, quando uma profecia a difamou.

Não vou lhe tirar isso. Ren pode ficar com o que é certo. Vou cometer os erros por ela, assim como Lótus o fez quando chicoteou aquele inspetor.

— Nós não podemos esperar — afirmo.
— Por quê? — pergunta Samambaia. — Não estamos sem tempo.

Essas pessoas nunca sentiram o império respirando em seus pescoços, vivendo nessa fortaleza natural deles.

— As Terras do Oeste não existem em uma bolha. Eventos externos ainda terão efeitos calamitosos. — Eu me levanto, meus dedos buscando meu leque. A coisa mais próxima disso é um pincel na mesa. Agarro-o pela alça e aponto as cerdas para o norte. — Quanto tempo se passou desde a Batalha da Escarpa? Seis semanas?

Na verdade, foram sete. Espero que alguém me corrija e fico feliz quando Máscara de Tigre o faz. A atenção aos detalhes é uma habilidade subestimada.

— Miasma terá se reagrupado — continuo. — Sua campanha de retaliação será lançada a qualquer momento. E sete semanas desde a batalha também marcam sete semanas desde que chegamos. A menos que Xin Gong esteja vivendo debaixo de uma rocha, já terá visto a afeição do povo por Ren. Ele está prestes a fazer uma manobra.

— Ele não o faria — diz Sikou Hai, confiante. — Diante das adversidades anteriores, ele nunca fez nada para fortalecer sua posição.

— Um incêndio ao lado é mais premente do que um terremoto a dez lǐ de distância. Para seu pai, Ren representa uma ameaça maior do que o império e os piratas Fen juntos. Ele vai nos trair, guarde minhas palavras.

Falo com segurança, escondendo minha inquietação. Por dezessete anos, Xin Gong tem barrado Ren das Terras do Oeste, tudo por medo de ela traí-lo graças a alguma profecia. Mas a situação mudou. Ren tem Cigarra. Ela desafiou Miasma. Da perspectiva de Xin Gong, Ren ainda pode traí-lo — quando for poderosa demais para ser tocada. Então ele nos emprestou tropas, nos atraiu para seu covil. Deve pretender nos neutralizar em breve. O que me escapa é *como*? Elimine Ren ou a entregue à Miasma, e ele perderá o apoio popular.

O que exatamente Xin Gong planejou?

Se hesitar muito perderei minha audiência. Aponto o pincel para o norte.

— Se nos atrasarmos em erguer Ren ao governo, nossa operação corre o risco de se sobrepor à marcha de Miasma. — Meu pincel aponta para baixo, para o sudoeste. — Quanto mais cedo concluirmos a transição de poder, mais cedo o povo apoiará sua nova governadora e se unirá contra as forças inimigas. Devemos agir agora.

A sala está silenciosa quando abaixo o pincel.

Talvez eu tenha passado dos limites. Fui convidada para participar da reunião de Sikou Hai, não para comandá-la.

Mas então Sikou Hai se volta para Máscara de Tigre.

— Nossos soldados estão preparados?

— Treinados e prontos.

— E o decreto para o povo?

— Tudo acertado — diz o gafanhoto à minha esquerda.

Sikou Hai me encara.

— Quão cedo é "agora"?

— Assim que surgir uma ocasião. Tem alguma em mente?

O olhar de Sikou Hai se abaixa, reflexivo.

— O banquete de aniversário de 40 anos de Xin Gong. — Ele olha para cima, os olhos em chamas. — Soldados estarão presentes por causa da cerimônia. Os nossos não terão problemas em se misturar. E, dado o local, a maioria estará embriagada. De forma figurativa e literal, a guarda de Xin Gong estará derrubada.

Brilhante — e brutal, quando lembro que Sikou Hai é filho adotivo de Xin Gong.

— Que destino você tem em mente para o seu senhor?

E por que você está tão determinado a ajudar Ren?

Sikou Hai se levanta da cadeira.

— As coisas vão ser caóticas — murmura, circulando a mesa. A luz da tocha ilumina a metade mascarada de seu rosto, lançando o resto na sombra. — No corpo a corpo, os senhores não são tão diferentes dos guardas. — Ele para na extremidade oposta a mim. — Qualquer um pode ser atacado.

Sua voz se elevou para se dirigir a todos nós, mas seu olhar mira em mim. Ele me desafia a julgá-lo. Sou uma guerreira, eu deveria preferir esfaquear as pessoas de frente.

Ele não vê a estrategista que orgulhosamente usou a coroa de uma desertora, que deixou Corvo para queimar.

Se Sikou Hai está determinado a apoiar Ren, ele precisa estar preparado para acabar com o pai adotivo. Da mesma forma, as pessoas nesta sala devem estar preparadas para trair seu senhor. Não pode haver dois líderes em uma terra, assim como não pode haver dois sóis no céu. Todos reconhecemos isso.

Mas este golpe põe em risco a honra de Ren. Ela merece legitimidade em seu legado. Um nome digno de confiança.

Ren não pode ser contaminada, não quando há uma profecia em jogo.

— Uma nova era começa conosco! — interrompo a discussão sobre logística, arrancando minha máscara.

Os brados de reconhecimento são imediatos.

— General Lótus!

Sikou Hai parece irritado demais para falar.

— Guerreiros fazem história. — Eu rasgo minha larga cinta. — Os letrados a escrevem. — Estendo o tecido branco sobre a mesa. — Mas, esta noite, podemos ser os dois.

Mordo meu dedo indicador até o sangue rolar, então escrevo nossa missão em vermelho no topo da larga faixa. Abaixo, desenho os traços do nome de Lótus. Minha caligrafia sai melhor do que o esperado sem um pincel para atrapalhar.

— Quem se atreve a sangrar comigo?

— Eu.

Máscara de Tigre é a próxima a se desmascarar. Outro nome escrito com sangue.

— Isso é muito arriscado — protesta o gafanhoto à minha direita.

— Só se você achar que vamos falhar — diz o gafanhoto à minha esquerda.

Eles tiram a máscara, e fico encarando.

Turmalina. Ela coloca seu nome também. Outros se alinham atrás dela, até que Sikou Hai é o único que sobrou. Passo-lhe o pincel. Ele o deixa de lado e acrescenta seu nome com sangue como o resto de nós. Parece confuso quando termina, como se não acreditasse que fez algo tão ousado e destemido. Eu acredito. Vejo alguém inteligente, com potencial para se tornar perigoso. Indico-o para guardar a cinta com os nomes, e sua confusão aumenta. A ideia foi minha, eu deveria estar faminta pelos créditos.

Mal sabe ele que não estou sendo generosa.

Enquanto os outros saem, cambaleando ao se afastarem, eu o puxo de lado.

— Melhor ficar longe de Ren nos próximos dias.

Sikou Hai puxa sua manga.

— Tenho bom senso.

Seu desdém não alcança os olhos. Ele me encara como se visse um igual... e talvez uma ameaça.

Sikou Hai é dois passos mais lento que Corvo, que foi cauteloso desde o início. Como facas, afiávamos um ao outro sempre que nossas mentes se cruzavam.

Sinto falta disso.

Mas terei que aprender a viver sem esse gosto, assim como estou aprendendo a viver sem minha reputação e sem meu codinome.

Consegui passar pela minha primeira reunião como Lótus, penso, quando Sikou Hai e eu saímos por último. E não foi um desastre. Minhas palavras combinadas com o coração de Lótus nos tornaram impossíveis de ignorar. As pessoas nos ouviram.

— Espere aqui — diz Sikou Hai quando chegamos a uma trilha protegida sob uma saliência. Abaixo dos penhascos, a cidade mais próxima é uma praça brilhante que eu poderia cobrir com a mão. — Me dê cinco minutos.

Sua cabeça desaparece sob as rochas inclinadas, e começo a contar. Depois de três minutos, inclino o rosto para cima. O céu está escuro, a neblina encobrindo as estrelas. Nenhuma estrela nova apareceu, mas não consigo afastar a sensação de que o tempo está se esgotando.

Abaixo a cabeça e suspiro... direto na mão de outra pessoa.

A mão pressiona forte, abafando meu grito. Meus braços estão presos, minhas pernas, confinadas atrás de uma perna enganchada. Com uma guinada, eu giro, ficando cara a cara com meu agressor.

Duas vezes em uma única noite, Turmalina me surpreende.

Sua mão cai da minha boca. A Turmalina que eu conheço não anda por aí emboscando as pessoas. Nem luta com as palavras.

— Brisa? — gagueja ela finalmente.

Não pode... como poderia... como ela poderia *saber*?

Turmalina não sabe. Brisa não precisa ser um nome. Pode se referir a esse ventinho que está passando. As nuvens se movem. O nevoeiro diminui. A luz das estrelas atinge a superfície da testa de Turmalina, seus olhos deixados nas sombras sob suas sobrancelhas.

— O pincel. — Ela se aproxima. — Você o segurou assim como segurava o leque. As palavras. Você falou...

...como Brisa. Achei que estava me dirigindo a uma sala de estranhos. Não fui cuidadosa.

Caio de costas quando Turmalina se aproxima, cambaleando quando um pedaço frouxo de pedra desmorona debaixo do meu pé.

— Do que você está falando? Como eu poderia ser Brisa?

— Não sei — diz Turmalina. — Não sei como. Não sei por que não consigo acreditar no que vejo. Não sei nem o que perguntar.

Então não pergunte nada.

— Você é quem eu penso que é?

Sou um cadáver ressuscitado.

— Diga-me.

Sou uma alma transplantada.

— Você é Brisa?

Eu sou... eu sou...

— Sou eu.

Isso me escapa como um meio suspiro. Duas palavras, às quais não faço ideia de como Turmalina reagirá. Isso é mais do que reencarnação. Eu basicamente disse a ela que a pessoa diante de seus olhos está morta e que a pessoa morta está viva.

— As folhas. — Turmalina enfim respira. — Que tipo de folhas você me disse para dar aos cavalos?

Há uma depressão nas minhas costas e uma queda íngreme aos meus pés. Eu deveria me sentir presa de todos os lados.

Em vez disso, estou livre.

— De teixo.

Quando os braços de Turmalina me envolvem pela primeira vez, apresso-me a fazer o mesmo. É a única maneira de me passar por Lótus, que recebe pelo menos uma dúzia de abraços e de batidas nos ombros por dia.

Mas estou abraçando Turmalina de volta porque quero. Não há segundas intenções, como quando abracei Corvo. E isso não é um adeus.

É um "olá".

✢ ✢ ✢

Por onde começar?

— Comece depois da emboscada — pede Turmalina.

Estamos sentadas em uma colina de xisto, com vista para os pântanos orientais. Abaixo de nós, o rio Mica passa como um fosso. A reclusão é uma lufada de ar fresco. Mais cedo, no almoço, Xin Gong convidou Ren para sua caçada trimestral, e Sikou Dun falou sem parar sobre todos os cervos que iria matar. Estar aqui com Turmalina me dá a sensação de cura.

Conto à guerreira de armadura prateada sobre meu lar nos céus e minhas irmãs. A sentença que cumpri como mortal, como ela terminou e como quero ajudar Ren, antes que eu seja descoberta. Ela ouve com um semblante mortalmente sério. Estou apreensiva quando termino.

— Você acredita em alguma coisa?

— Tenho que acreditar — diz Turmalina, solene. — Você está bem aqui.

— Mesmo a parte dos deuses?

— Sempre pensei que você fosse uma divindade.

— Porque eu era insuportável?

— Porque eu não tinha ideia de como você sobrevivia a cada acidente.

— Então Turmalina sorri... pela primeira vez. Seu sorriso diminui quando pergunto como ela acabou nas reuniões de Sikou Hai. — Depois que você...

— Morreu — completo.

Porque eu de fato morri. Em algum lugar por aí, há um corpo mortal apodrecendo na terra.

Uma lâmina de sol reflete no pântano abaixo, e Turmalina aperta os olhos.

— Você deixou para trás todos os seus planos inacabados. As visões que você tinha para Ren. Isso abriu um... — ela gesticula com as mãos — ...buraco no acampamento. Quando Ren se recusou a encontrar uma nova estrategista...

— Você tentou preenchê-lo.

Turmalina reconheceu Sikou Hai como um agente importante das Terras do Oeste. Ela abriu caminho em seu círculo de confiança, assim como eu teria feito. Estou humilhada e impressionada.

Mas os olhos de Turmalina piscam para o chão.

— Eu não deveria ter tentado substituir você.

— Você estava certa. — Ela encontra meu olhar, e eu o sustento. Sempre tivemos coisas em comum. Só demorei esse tempo todo para perceber isso, para nos ver como mais do que nossos papéis no acampamento de Ren.
— Eu não poderia ter pedido uma substituta melhor.

✢ ✢ ✢

— Ultimamente você tem sido amigável com Turmalina — diz Nuvem enquanto descemos para dormir.
Com um estremecimento, tiro minha armadura.
— Tentando fazer jogadas para você.
Espero uma repreensão ou uma carranca, mas Nuvem se vira em seu saco de dormir sem dizer uma palavra. Em minutos, já está dormindo.
Uma hora depois, sou a única pessoa acordada no quarto.
Todos ao meu redor estão parados como troncos. Sou um caiaque encalhado no meio deles. Treinei com essas pessoas. Rimos e jantamos como amigos. Mas, enquanto passei a conhecê-los, eles só veem Lótus. Eles não me conhecem. Não como Turmalina.
Vão me rejeitar se eu mostrar a eles quem realmente sou.
Arrasto-me lá para fora, para os estábulos. Bolo de Arroz não faz nenhum som quando o selo. Paro no meu santuário para pegar minha cítara.
Nós cavalgamos.
Para fora da cidade, sobre a enseada e por entre as árvores, até chegarmos ao lago de Corvo. Retiro minha cítara e toco.
No dia seguinte, faço tudo de novo. Treinamento de combate ao meio-dia. Reunião do golpe ao entardecer. Tocar a cítara à meia-noite. Mesmo sem parceiro, me basta apenas tocar. A música me permite ser quem eu quiser sob as estrelas, para que, sob o sol, eu seja uma Lótus melhor.

✢ ✢ ✢

Minha mente está afiada quando entro na terceira reunião, a três dias da cerimônia de aniversário de Xin Gong.
A logística do golpe foi forjada. Mas Sikou Hai está pensando em algo, sei pelo jeito que ele embala sua máscara.
Finalmente, ele se levanta da cadeira.
— Devemos recrutar ajuda do Sul. Deixem-me explicar — diz ele enquanto as pessoas murmuram. Parece que Cigarra não é popular no Oeste. — Com nossos números atuais, podemos garantir uma fácil transição de poder para

Ren na Cidade de Xin. Mas não devemos exagerar. Seria bom utilizarmos tropas sulistas nas prefeituras do leste e nos Pântanos, onde os dialetos e os costumes predominantes são sulistas. Além disso, Ren e Cigarra já têm uma aliança. Isso deveria ser fortalecido.

Sikou Hai volta a se sentar, e a sala explode em debates. Fico em silêncio, levantando-me apenas depois que todos expressaram sua opinião.

— Não podemos confiar no Sul, não antes de pagarmos pela ajuda na Batalha da Escarpa.

— Mas...

— Senhoras da guerra são como lobos — corto Samambaia. — Você pode convidá-las para guerras, mas não para festas. A última coisa que queremos é que Cigarra comece a desejar as Terras do Oeste.

Já estou preocupada com o desejo que ela tem pelos Pântanos, uma zona neutra que não podemos perder.

— Portanto, nada de ajuda do Sul — diz Máscara de Tigre.

— Definitivamente não — digo, bem ciente dos acenos ao redor.

Sikou Hai também percebe. Nossa dinâmica mudou. Uma preocupação para ele, mas não para mim. Ao sairmos da reunião, só consigo pensar no seguinte: eu poderia ter ficado em silêncio.

Que todos concordassem em contar com a ajuda de Cigarra.

Teria aproximado Kan de mim.

Ela nem é sua irmã de verdade, pensa Gota de Orvalho.

Eu sei, mas, assim como Lótus, sonho com ela mais do que nunca. Na noite anterior, sonhei que encontrava Kan e Corvo em um barco. Kan pegava libélulas e as mostrava para mim em suas palmas, enquanto Corvo remava.

Esta noite, é apenas Corvo.

— Foi neste momento que eu soube. — Seus remos mergulham na água. — Enquanto você fazia chover flechas dos céus, percebi que nós dois não poderíamos coexistir neste mundo.

O nevoeiro sobe ao nosso redor como vapor. Há muita névoa para dizer se estamos em um rio ou em um lago.

Muito silêncio.

Eu o rompo.

— Você nunca vai se livrar de mim.

Corvo sorri.

— E quem disse que não é *você* que vai se livrar de mim?

Os remos deslizam livremente e afundam.

Corvo aperta seu peito, e eu... sou uma pedra. Fria e desumana. *Eu estava certa*, penso enquanto sua mão cai. Suas vestes pretas não mostram sangue. A ponta da flecha, sim. É carmesim, assim como o fio no canto de sua boca. Ele cai contra o barco, e a força que me acorrenta se quebra. Estou ao seu lado, segurando-o pelos ombros, minha voz está horrível, fraca, em pânico.

— Fique comigo, Corvo. *Fique comigo.*

Tento parar o sangramento, mas não consigo tocá-lo. É como se eu fosse um espírito novamente, e, quando Corvo olha para mim, apenas as nuvens e o céu nadam em seus olhos.

Suas palavras finais ainda estão na minha cabeça quando acordo, encharcada de suor.

Toque aquela música no meu funeral.

Aperto meu rosto nas mãos.

Ele não está morto.

Não está morto.

Não está morto, confirma Gota de Orvalho, e eu tremo — primeiro de alívio, depois, de raiva. Saio do quartel e vou para o lago. Toco a maldita música, uma vez, depois outra, como se ele pudesse ouvir e se arrepender de pedi-la. Mas, eventualmente, minha raiva esfria, e eu estremeço. Mesmo que eu não seja mortal, todos ao meu redor são. Tão frágeis. *Eu sou* frágil se estou tão abalada por causa de um sonho. Toco mais alto. Mais rápido, como se cada nota pudesse ser minha última...

Crack.

二十一

CAÇADA

*C*rack.
Meu olhar salta sobre meu ombro e pousa no galho, antes de subir para a pessoa que o quebrou.

Manto azul, trança escura, ombros largos.

Nuvem.

Eu me levanto da cítara, mas não há para onde ir, e o estrago já está feito. Está na expressão de Nuvem. Ela sabe. Quanto, não tenho certeza.

— Você... não é Lótus. — Sua voz oscila, caindo um tom antes de subi-lo. — Quem diabos é você?

— Nuvem, eu posso explicar...

— Não se aproxime.

Meus pés paralisam. O mundo se aquieta, como se estivesse ouvindo nossa interação.

Então os sons se derramam: a água, o vento, o chiado da respiração de Nuvem.

— Eu não queria acreditar. — Os cordões em seu pescoço ficam tensos. — Não sabia em *que* acreditar.

Seus punhos se movem, mas ela não ataca. Meu pânico diminui. A situação pode ser recuperada?

Depende. Esta é a primeira vez que ela me segue ou é uma de muitas? Tento descobrir pelas próximas palavras, mas a voz dela está muito irregular.

— Você não disse as coisas certas. Agiu de forma estranha. Aquela luta... você não deveria ter perdido.

Eu sei, penso em dizer. Quase o faço quando os olhos de Nuvem se enchem de lágrimas.

— Então, à noite, você estava saindo sem me dizer. Lótus nunca guarda segredos. Eu deveria ter percebido, então. Mas não. Não desconfiei de nada.

— No entanto, você me seguiu.

— Porque queria saber para onde você estava indo. — Nuvem esfrega os olhos, que ficam vermelhos. — Você sabe a que distância fica este lugar? Quantos lǐ você tem que cavalgar para vir até aqui e voltar? Mas não pensei em nada enquanto cavalgava. Não pensei que você viria tão longe porque tinha algo a esconder. Pensei... — Ela engasga. — Eu pensei...

Não importa o que ela pensou. No momento em que ouviu a música, Nuvem teria sabido. Lótus nunca tocaria uma cítara.

Minha esperança de aliviar o dano se desfaz com o rosto de Nuvem. Ela avança. Eu recuo.

— Devolva-a — rosna, e meu calcanhar atinge a água. — *Devolva Lótus.*

O lago se fecha sobre meus tornozelos, e seu aperto é congelante.

— Não posso.

Para quem não acredita no sobrenatural, Nuvem soa perturbada. Eu poderia usar isso.

— Não posso. Lótus não está mais aqui — digo, mais alto e com mais clareza, quando Nuvem não se move.

Não sei por que acabei de admitir isso.

— Então onde ela está?

— Ela está morta, Nuvem.

Ou isso.

Nuvem balança a cabeça.

— Você... seu corpo...

— É apenas um corpo. Sua alma se foi. E não vai voltar.

— Quem é você para dizer isso?

Nuvem olha de mim para a cítara. Sua fúria reacende.

— Quem é você? — As ondas lambem minhas panturrilhas enquanto Nuvem entra na água, fraturando as estrelas espelhadas ali. — Quem é você?

Mantenho-me firme, e meu silêncio também. Uma coisa é ouvir alguém dizer meu codinome, outra é eu mesma dizê-lo. Mas, quando Nuvem está perto o suficiente para me estrangular, não tenho mais escolha. Lótus era sua irmã de juramento.

Eu lhe devo a verdade.

— Sou a outra pessoa que morreu naquele dia — digo, e Nuvem congela na água. O lago se torna um espelho mais uma vez, refletindo nossos rostos. — Sou a Brisa.

As estrelas brilham na superfície de obsidiana. Nenhum corpo celeste a menos, nenhum a mais. A Mãe Mascarada não sabe que estou aqui, mas a Mãe Mascarada nunca foi minha única inimiga. Nuvem não vai me perdoar por usar o corpo de sua irmã de juramento. Ela vai me matar. Eu deveria me defender.

E posso. Eu espero. Espero por sua raiva. Raiva é emoção, e a emoção pode ser manipulada.

Ainda estou esperando quando Nuvem se vira.

Ela volta para a margem.

Desamarra Bolo de Arroz.

E o leva embora.

✟ ✟ ✟

Levo a noite toda e o dia inteiro para voltar ao acampamento a pé. No momento em que tropeço pelos portões, estou ressecada e tonta pela falta de sono.

— Lótus!

Alguém se enfia debaixo do meu braço para me apoiar, e, em um segundo de realização satisfatória, acho que é Nuvem. A noite passada não aconteceu. Tive uma alucinação.

Mas minha ajudante é uma das subordinadas de Lótus.

— O que há de errado? — pergunta ela.

Tudo.

— Água — resmungo.

Nós mancamos até um poço. Os soldados de Ren se aglomeram. O ar fica denso, fétido.

— Deem espaço — ordena a subalterna.

Um balde é puxado e colocado em minhas mãos. Bebo até meu estômago ameaçar se rebelar e jogo o resto no meu rosto. Preciso estar alerta.

Preciso pensar.

Pela preocupação que estou recebendo, deduzo que Nuvem *ainda* não disse nada. É apenas uma questão de tempo até que ela o faça. Mesmo que as pessoas não acreditem nela, a semente da dúvida será plantada. Vou cair sob um escrutínio mais atento. Meu ato será desvendado.

Tenho que falar com Nuvem antes disso.

— Onde está Nuvem? — pergunto, quando alguém me entrega um pão de gergelim.

— No campo de treinamento número três.

Enfio o pão achatado na boca, engulo-o com mais água, depois me levanto mesmo com as objeções da subalterna.

Nuvens de poeira pairam sobre o campo de treinamento três. Soldados se debruçam sobre a meia parede coberta de paliçadas, observando as duas figuras que se enfrentam. Turmalina e Nuvem. Os aplausos aumentam enquanto Nuvem dança atrás de Turmalina, batendo a ponta de sua vara nas costas da guerreira. Ela ganha a rodada, mas seu olhar é desinteressado. Quando Turmalina vem até ela novamente, Nuvem bloqueia, apara, gira e me vê. Sua atenção vacila.

A vitória é de Turmalina.

Sem reação à perda, Nuvem me observa como uma caçadora enquanto eu me balanço sobre as paliçadas. Espectadores gritam, e Turmalina olha para cima, franzindo a testa diante da minha presença.

O que você está fazendo?, perguntam seus olhos.

Pego uma vara do estande.

— Vou entrar na próxima partida.

Não é a resposta que Turmalina estava esperando, e sua carranca se aprofunda quando Nuvem chuta a vara em sua mão.

— Pode vir.

Confie em mim, penso para Turmalina enquanto ela se junta aos outros espectadores.

Encaro Nuvem.

As apostas voam sem parar. A excitação é tangível, o ar zumbe. É uma batalha entre irmãs de juramento. Uma luta para ser lembrada ou, no meu caso, uma luta para consertar a bagunça que fiz ontem à noite.

O subir e descer do peito de Nuvem sincroniza com minha própria respiração, como se nossos qìs estivessem alinhados e meu corpo soubesse exatamente como responder quando ela vem na minha direção. Minha vara encontra a dela no alto. Lótus deve ter bloqueado esse movimento uma centena de vezes.

Bloqueio o próximo também, mas Nuvem pressiona. Seu rosto eclipsa o sol.

— Por quê?

A palavra queima minha bochecha. Lembro-me de sua forma curvada sobre a cabeceira de Lótus. Sua alegria quando abri os olhos.

Eu a empurro.

— Estou aqui — ela golpeia ao meu lado, eu bloqueio de novo — por Ren.

Ela bate minha vara no chão.

— Lorota.

Eu a puxo para libertá-la.

— Ela precisa de...

Nuvem salta para trás, para frente. Eu me esquivo, encontro-a novamente no meio do ataque.

— ...uma estrategista. Ela já tinha partido, Nuvem — apresso-me a dizer. — O corpo dela era uma concha. Quando meu espírito voltou...

Nuvem se afasta.

— Era tarde demais. Me...

Empurro a vara para cima enquanto Nuvem repete o movimento inicial. Nós nos chocamos.

...perdoe.

A vara de Nuvem quebra. Uma metade cai no chão. A outra, Nuvem joga fora.

Abaixo minha própria vara.

— Nuvem...

Suas mãos se fecham em volta do meu pescoço.

Há gritos e movimentação — de pessoas ao redor, correndo em nossa direção. Mas perco a guarnição de vista. Minha audição fica confusa, até que tudo o que consigo captar é o som do meu pulso e do de Nuvem, tamborilando juntos naquele lugar macio onde seus dedos escavam minha mandíbula.

O pânico me perpassa. O corpo mortal não aceita bem um estrangulamento. Então o pânico é superado pelo alívio. Eu estava esperando por este momento. Agora que finalmente chegou, não luto contra ele. Tenho uma boa noção de como isso vai acabar.

Acontece como previ. Assim que as primeiras pessoas nos alcançam, a expressão de raiva de Nuvem se desfaz. Ela se afasta, o rosto aflito. As imagens ficaram marcadas em sua mente: suas mãos no meu pescoço. Meus lábios ficando azuis. Sua irmã de juramento à beira da morte.

Ela vai ver essas cenas toda vez que fechar os olhos.

Nuvem não vai fazer ou dizer qualquer outra coisa para me prejudicar. Meu segredo está seguro. Mas, quando Nuvem se vira e foge, uma parte de mim — ou de Lótus — quer correr atrás dela e pedir desculpas.

Conheço Nuvem melhor do que antes.

Sei o quanto essa luta a machucou.

✧ ✧ ✧

Nuvem pode estar ausente do jantar naquela noite, mas está presente na mente de todos. É só por respeito que as pessoas não perguntam o que aconteceu. É assunto nosso. E, como nossa irmã de juramento, é assunto de Ren. Na verdade, se Ren estivesse aqui em vez de estar com Xin Gong, ela exigiria respostas. Agradeço às estrelas por ela não estar.

Ao amanhecer, Nuvem ainda não voltou. Ren está no arsenal do acampamento quando presto minhas honrarias matinais. Seus lábios se comprimem quando me aproximo e ajeito, nervosa, o cachecol que esconde os hematomas no meu pescoço.

Mas a fonte do descontentamento de Ren é um pedaço de papel em sua mão. Ela lê a mensagem para mim — *preparativos do Norte para a batalha completos* —, escrita por nosso batedor há duas semanas. Ele o enviou de Dasan, um centro comercial a 1.500 lǐ, ao sul da capital do império. Miasma deve lançar sua ofensiva a qualquer momento.

— Já era hora — diz Ren, em tom leve.

Mas ainda ouço a promessa que ela fez no santuário, a promessa de fazer Miasma sangrar.

Ren não é vingativa. Não vou deixá-la se perder por isso. Começo a adverti-la, mas ela já está caminhando para o estande de armas. Ren desengancha suas espadas duplas.

— Pronta para a caçada?

Caçada? Que caçada? Depois me lembro. A caçada de Xin Gong. Aquela para a qual ele nos convidou durante o almoço, há quatro dias.

O império está despedaçado, Miasma está em marcha, e Xin Gong escolhe atirar em cervos. Minha expressão azeda, e Ren ri.

— Uma caçada, eu disse! Não é uma negociação.

Certo. Eu sou Lótus. *Ainda Lótus*. Minha garganta aperta, como quando Nuvem estava apertando. *Seja Lótus*.

— Aiya, quanto tempo faz desde a última vez que caçamos por diversão? — reflete Ren, esfregando seu pescoço. As picadas de mosquito do pântano desapareceram desde a última vez que estive ao lado dela, como Brisa, na torre de vigia do Sul. — Quem você acha que vai atirar no primeiro cervo, eu ou Nuvem?

— Lótus vai.

Ren sorri de forma conspiratória.

— Então você irá. E eu vou ajudar. Vou roubar as flechas de Nuvem para você. Acabar com a concorrência.

Eu deveria estar rindo dos truques indiscutivelmente desonrosos de Ren, mas em vez disso estou fixada na palavra *acabar*. Acabar com Nuvem. Manter meu segredo para sempre. O lenço em volta do meu pescoço parece uma corda. Estou aqui como Lótus para ajudar Ren a ter sucesso, *sem* perder nenhuma de suas irmãs de juramento.

— Ei. — Ren segura meu cotovelo. — Você não está com frio, está?

O estômago de Lótus rosna em meu socorro.

— Apenas com fome.

Não me importo se é irrelevante. Desde que funcione.

E é o que acontece. Ren relaxa. Essa é a Lótus que ela conhece.

— Acho que sinto cheiro de algo cozinhando. Pode ir. — Ela sai comigo do arsenal. — Encontro você na Cidade de Xin, ao meio-dia.

Assentindo, sigo para os refeitórios.

— Espere, Lótus.

Eu me viro.

Com suas espadas, coque e roupas simples, Ren parece uma de nós, com partes iguais de guerreira e de irmã.

— Por falar em Nuvem... você a viu hoje? — questiona, uma pretensa pergunta casual, marcada, naquele exato momento, pela entrada de Nuvem.

As costas de Ren estão voltadas para os portões do acampamento, mas as minhas, não. Meu olhar encontra o de Nuvem, e, mesmo dessa distância, eu a vejo congelar.

— Não — concluo. — Acho que ela saiu para passear.

Então fujo antes que Ren possa dizer mais alguma coisa.

Claro que, uma vez que partimos da Cidade de Xin, Nuvem e eu devemos cavalgar juntas. Se as coisas parecem estranhas entre nós, Ren não percebe. Normalmente atenta, ela parece preocupada com as notícias dos preparativos de Miasma.

Nós saímos da enseada e entramos nas florestas das terras altas. Nuvem avança, e Turmalina toma seu lugar.

— O que aconteceu ontem? — murmura baixinho.

— Ela descobriu.

O crepitar da vegetação rasteira ajuda a mascarar minhas palavras, embora eu duvide que alguém, exceto Turmalina, entenda o significado. Quando lhe garanto que tenho a situação sob controle, ela parece cética. Suponho que seja justo, dado o ataque de Nuvem no campo de treinamento, no dia anterior. Mas Turmalina precisa lembrar que sou uma divindade. Quase morrer é um pequeno contratempo.

É fascinante, pensa Gota de Orvalho.

O quê?

O quanto você está disposta a sacrificar.

Não pode ser chamado de sacrifício se não sofro danos permanentes, penso, desafiando-a. As contusões, os arranhões — tudo isso vai curar. Mas o tempo perdido não pode ser recuperado, e, à medida que a caçada se arrasta, meu aborrecimento aumenta. Isso foi ideia de Xin Gong, e ele nem está matando nada. Apenas Nuvem e Sikou Dun estão. Quando Sikou Dun atira em um coelho, Nuvem o supera, atirando em uma perdiz. Aposto que ela gostaria de poder atirar em mim.

— Você tem muitas guerreiras impressionantes em suas fileiras — diz Xin Gong para Ren.

Seu humor está bom — bom até demais —, e meu foco gira de Nuvem para o governador das Terras do Oeste.

Seria agora? Será que ele fará um movimento contra Ren nesta caçada? Em termos de local, é adequado. Todo mundo que é importante na corte das Terras do Oeste está presente, exceto Sikou Hai, que teve a ideia certa ao pular o odioso compromisso. Pelo menos cinquenta criados nos seguem, carregando baús e varas para levar qualquer caça abatida, e duas fileiras de soldados nos cercam, portando a insígnia de Xin Gong. É um milagre que tenha sobrado alguma presa na vegetação rasteira.

A menos que sejamos a presa.

Não, isso não faz sentido. Xin Gong está muito calmo. Esse não é o comportamento de um homem numa caçada.

É o comportamento de alguém que já ganhou.

Mas como? Ele não lutou na Batalha da Escarpa nem negociou uma aliança com o Sul. Não pode reafirmar o poder sobre suas terras sem suas próprias vitórias para se gabar. Perco um tiro fácil, e Sikou Dun se regozija. *Tente de novo*, os lábios de Ren formam as palavras. Antes que eu possa, Xin Gong já está falando.

— Ren, por que você não tenta a sorte?

Ele oferece a ela seu arco dourado.

Não é a arma preferida de Ren, mas ninguém poderia dizê-lo pela facilidade com que ela aceita e ajeita uma flecha. A floresta estremece, silenciosa, enquanto ela examina as árvores.

Ren vê o cervo ao mesmo tempo que Sikou Dun. Suas flechas voam em uníssono, riscando a mata.

Ao sinal de Xin Gong, todo o nosso grupo se move. Atrás do arbusto, encontramos o cervo de lado, a flecha de Ren brotando de seu pescoço.

Ren desmonta e se aproxima. Puxa a flecha. Um servo lhe passa um pano de linho, e ela limpa a haste antes de entregá-la ao seu tio.

— Um sinal de nossa gratidão, pela hospitalidade que você nos mostrou até agora e por nos dar força quando mais precisávamos.

Xin Gong acena com a mão.

— Não vamos falar sobre isso. Somos uma família, não somos?

— Somos.

— Então você deve saber que, ao investir em você, também estou investindo em toda a Xin.

Enquanto Xin Gong fala, Sikou Dun desmonta. O guerreiro corpulento fica diante de Ren, parecendo um touro.

Lembro a mim mesma que Ren é mais velha. Para ela, Sikou Dun é apenas um menino. Mas a diferença de idade não impede Xin Gong.

— Filho, você aceita este cervo como dote?

— Aceito.

— Então, em nome do clã Xin, tenho o prazer de anunciar este noivado. Vinho!

Tunc. Os servos pousam os baús e trazem cântaros de cerâmica com vinho. Um cântaro é passado para mim. Ele se quebra em meu aperto quando Xin Gong continua falando.

— Achei que não encontraria nenhuma mulher digna do meu filho antes de completar 40 anos. — Ele ergue seu vinho, e Sikou Dun pega a flecha de Ren. — Mas você, Ren, provou que eu estava errado. Amanhã será meu presente e uma honra presidir esse casamento.

二十二

PRIMEIRO SANGUE

Casamento. Amanhã.
Eu deveria ter previsto isso. Eu teria, se fosse eu mesma e não estivesse ocupada me disfarçando de Lótus e sonhando com Corvo. Em vez disso, sou tão pega de surpresa quanto todos os outros. Algemar Ren ao filho e se ungir como sogro é o plano perfeito e tão dolorosamente óbvio agora que percebi.

Cavalgamos em silêncio durante todo o caminho de volta ao acampamento.

✝ ✝ ✝

No quarto de Ren, Nuvem se vira para ela.
— Você não vai aceitar esse noivado.
Ren desafivela a armadura e a pendura em sua cômoda.
— Isso é uma decisão minha.
— Não há *nada* para decidir.
— E não há nada para debater. — Quanto mais calma a voz de Ren, mais vermelho fica o rosto de Nuvem. — Quando pedi ajuda a Xin Gong na Batalha da Escarpa, concordei com uma futura condição de sua escolha.
— Como você pôde?
Nuvem agarra a haste de sua glaive.
Ren se move em direção à janela, seu olhar duro.
— Precisávamos de um exército adequado — diz ela. — Qilin foi a razão pela qual duramos tanto tempo sem um.

— Ela é a razão pela qual Lótus... — Nuvem se interrompe, sua expressão atormentada.

— Pavão fez o que tinha que fazer — falo rapidamente, cobrindo os rastros de Nuvem.

— Você está certa, Lótus — diz Ren. E acrescenta para Nuvem: — Qilin arriscou sua vida e sua reputação para enganar Miasma. Ela garantiu uma aliança com as Terras do Sul, mesmo quando não tínhamos nada a oferecer. O mínimo que eu podia fazer era mostrar à Cigarra que podíamos suportar nosso próprio fardo.

— Mas...

— *Chega*. — Nuvem fica em silêncio. Eu nunca ouvi Ren vociferar assim. — Estamos, mais do que nunca, em uma posição melhor para esmagar Miasma. Nossos nomes são conhecidos pelo reino. Nossas forças estão treinadas. Minhas núpcias são um pequeno preço a pagar por essas conquistas.

— Não vamos manter essas conquistas — rosna Nuvem. — Não se estivermos sob o controle de Xin Gong.

— Ele não vai trair uma nora.

— *Ele traiu sua...*

Esmago meu pé sobre o de Nuvem. Sei o que ela ia dizer. *Ele traiu sua mãe. Sua irmã.* Se ela quiser fazer Ren mudar de ideia apenas com a persuasão, pode ficar à vontade.

Tenho minhas próprias táticas.

Seus planos, pensa Gota de Orvalho quando deixamos a casa de Ren. *Suponho que este casamento irá atrapalhá-los?*

Será? O casamento está marcado para o banquete de aniversário de Xin Gong. Isso não mudou. Quanto a como o golpe pode ser interpretado, eu já cortei a conexão de Ren com ele, fazendo com que todos os participantes escrevessem seus nomes e confiando tal registro tangível a Sikou Hai. A insurreição, se descoberta, estaria ligada a ele, não a Ren.

Mas isso foi antes do noivado. Agora, reviso a cena: Ren, vestida de vermelho no casamento. Nossos soldados saltando, matando Xin Gong e Sikou Dun. O vermelho deles sangrando no de Ren, seus destinos entrelaçados para sempre. *Ela assumiu o controle das Terras do Oeste para romper o noivado*, escreverão os historiadores. Não retratarão a aquisição como um movimento estratégico, necessário para marchar ao norte e restaurar Xin

Bao. Eles vão pintar as ações de Ren como reações às de um homem. Que os céus não permitam, mas eles podem até dizer que ela cumpriu a profecia.

O sol começa a se pôr, deixando as figueiras ao meu redor bronzeadas. Pego um figo carmesim e o rolo na palma da mão.

Sangue *será* derramado. É inevitável. Mas quanto a quem derramará o de quem... a narrativa viraria a nosso favor se Xin Gong atacasse primeiro. Então não seríamos as agressoras. Qualquer violência que acontecesse seria por legítima defesa. O problema é que Xin Gong não tem motivos para atacar. A menos que eu crie um. Ou...

Mordo o figo, deixando a doçura do mel lavar minha língua. Minha mestre de xadrez sempre comia ameixas. *Quando encurralados, os amadores se sentem limitados pelo que está no tabuleiro*, dizia ela, uma mão segurando uma peça, outra segurando a fruta. *Mestres veem potencial nas condições existentes*.

Do que eu preciso? Ou melhor, *de quem?* Alguém que não toleraria um insulto. Alguém com os defeitos de Lótus, mas nada de seu altruísmo.

Alguém assim já existe do lado de Xin Gong, eu acho. Mas como provocá-lo?

— O que está fazendo aqui?

Volto-me para minha resposta.

Sikou Hai, parado a seis passos de mim no caminho das figueiras. Ele acabou de ouvir falar do noivado de Ren, a julgar pelo olhar mortífero em seu rosto. Mas não reage. Seus olhos, duros como sílex, não brilham. Chame isso de derrota, ou de autocontrole nascido da necessidade. Não há muito que se possa fazer contra um irmão como Sikou Dun. Confronte-o, e ele pode quebrar suas costelas, quebrar seus dentes da frente.

Derramar o primeiro sangue.

— Eu lhe fiz uma pergunta. — Sikou Hai faz uma careta, avançando. — O que está...

— Esperando por você.

Deixo cair o figo, meus dedos já manchados pelo suco.

Sikou Hai passa rapidamente. Eu o sigo, avaliando a ideia. Poderia funcionar. É implacável, sim, mas Matar com uma Faca Emprestada quase sempre é.

Chegamos à sala subterrânea, e todos se levantam.

— Jovem mestre...

Sikou Hai caminha em silêncio. Ele chega à cabeceira da mesa, mas não se senta.

— Agimos como planejado, começando com o banquete de Xin Gong. Samambaia e Turmalina, vocês notificaram os soldados em quem confiam sobre nossos planos?
— Sim.
— Áster, suas forças foram instruídas a reprimir a desordem nas prefeituras vizinhas?
— Sim, jovem mestre.
Sikou Hai assente.
— Bom. Então tudo está resolvido...
— E quanto ao seu irmão? — interrompo.
— O que é que *tem* o meu irmão?
— É do interesse dele ficar do lado de Xin Gong. Como devemos tratá-lo?
— Da mesma forma que trataremos o resto dos apoiadores do meu pai — retruca Sikou Hai.

Em sua voz, ouço a raiva e a dor que ele transmitiu em sua canção de cítara, o rancor que carrega, crescendo com ele como as cicatrizes de varíola que Sikou Hai provavelmente esconde sob sua máscara.

Mas também ouço uma falta de consideração por Ren. Sua adoração por ela a objetifica. Ele acha que Ren é imune à narrativa do público. Mas não é, e eu perco minhas reservas sobre usar o estratagema quando a reunião termina. O golpe não entrará para a história como um conflito entre Xin Gong e Xin Ren, não quando eu fizer o que pretendo. Será irrevogavelmente lembrado como um conflito entre Sikou Dun e Sikou Hai.

Momentos depois, tenho a sensação de que estou sendo seguida.

Você está certa, pensa Gota de Orvalho.

Quem é?

Acho que você já sabe.

Ora, obrigada, que irmã útil eu tenho.

Não há de quê.

Por mais irritante que seja, tenho mesmo uma noção de quem pode estar me seguindo e, quando a pessoa continua de uma distância cautelosa, paro no meio do caminho.

— E então? O que você ouviu foi do seu agrado?

Nuvem emerge de trás de uma pedra na frente do penhasco.

— Então é aqui que você tem vindo jantar.

— Um passatempo que vale a pena, eu diria. — Um veio de quartzo flui entre nós, brilhando como uma galáxia. Quando Nuvem não fala, eu continuo: — Se você quer romper o noivado de Ren, é o único jeito.

— Derrubando Xin Gong. Roubando suas terras.

— A guerra não é fácil, Nuvem. Nossos meios não podem ser tão honrosos quanto nossa causa.

— Sabe quem mais diria isso? Miasma. Então, por que você não vai servi-la, hein? — Nuvem balança a cabeça. — Não. Não é assim que Ren iria querer.

— Então ela quer esse casamento?

— Não. Ela...

— ...está em apuros porque é uma líder, sempre considerando muitos fatores. — As pessoas que ela teme decepcionar. A profecia que ela teme cumprir. — Você acha que eu não entendo? — Cruzo o veio de quartzo e paro diante de Nuvem. — É justamente porque entendo que escolho ficar ao lado dela, mesmo que seja em um corpo que não é meu. Pela dor que esta decisão lhe causou, sinto muito. Mas não me arrependo de fazer o que a própria Ren não pode e não quer. Ela precisa de uma terra para chamar de sua. Ela precisa de mim e precisa de você.

Uma fina garoa cobre a enseada, abafando a noite.

— E a reputação de Ren? — pergunta Nuvem, por fim.

— Está protegida.

— E se você estiver errada em confiar em Sikou Hai? Ouvi tudo naquela reunião. Ele está disposto a trair o próprio pai e o irmão por Ren, mas não temos ideia do porquê.

Nuvem é mais astuta do que eu imaginava. Eu mesma já me perguntei qual seria essa razão. Quais são as chances de Sikou Hai ser como eu, um deus disfarçado, destinado a servir Ren? *Quase zero*, penso, ao mesmo tempo que Gota de Orvalho pensa de volta: *Ele não é. A questão é, você quer saber por que ele serve Ren?*

Hesito por um instante antes de pensar: *não*. Estratagema Vinte e Oito: Remova a Escada após a Subida. Uma vez que a decisão tenha sido tomada, informações irrelevantes só complicarão as coisas.

— Se tudo correr conforme o planejado — digo para Nuvem —, as motivações de Sikou Hai não irão importar. Então, você está conosco ou não?

Tenho certeza de que a convenci. Meu argumento veio do coração. Mesmo o mais ferrenho crente dos códigos de conduta virtuosa de Mestre Shencius seria influenciado.

Mas Corvo fez uma descoberta importante sobre a previsibilidade das pessoas: assim como fez à beira do lago, Nuvem sai sem dizer uma palavra.

A garoa se torna um aguaceiro. Em segundos, estou encharcada até os ossos. Suspirando, começo a descer a enseada. Nuvem sempre foi obstinada. Sou a última pessoa por quem ela quebraria seus ideais. Pensando bem, não sei o que eu estava esperando.

Felizmente, não preciso da cooperação de Nuvem.

— Gota de orvalho — digo quando chegamos à Cidade de Xin.

Falar consigo mesma deveria estar fora dos limites.

Pedir favores provavelmente também.

— Você pode voar?

Quem você quer que eu espione?

— Não tire conclusões tão precipitadas *Sikou Hai?*

Ela está certa e sabe disso. Consigo perceber em sua presunção.

— Essa é uma emoção muito humana, só para você saber.

Por que os imortais não podem ser presunçosos?

— Porque você tem a eternidade para provar que está errada.

Eu nunca estive errada.

— Agora vejo de onde puxei minha arrogância.

Você poderia ter se tornado humilde como Nadir.

Relâmpagos piscam ao invocarmos nossa irmã, deixando a noite prateada. Meu coração treme com o trovão que vem depois. Quanto mais rápido eu puder entregar as Terras do Oeste à Ren, mais cedo marcharemos para o norte. E mais cedo deixarei o reino mortal e voltarei para os céus. Uma tristeza inexplicável me preenche com esse pensamento.

Sikou Hai, incita Gota de Orvalho enquanto caminhamos para a cidade interna, onde vivem Xin Gong, Sikou Dun e Sikou Hai.

— Você consegue descobrir onde ele está guardando essa faixa larga com os nomes?

Não preciso voar para isso. Ele pendurou atrás do seu poema.

— Perfeito.

Viro à esquerda quando chego aos limites externos do enorme complexo de Xin Gong.

Essa não é a direção do escritório de Sikou Hai, pensa Gota de Orvalho.

— É claro que não.

Por que sujar minhas mãos quando posso usar as de outra pessoa?

Mas, enquanto ando por um corredor ao ar livre, meu estômago ronca. Posso saber a origem da animosidade entre Sikou Hai e Sikou Dun, mas não sei seu fim. Eles poderiam cair na desonra — como tantos irmãos através das dinastias, que mataram por tronos, terras e esposas — sem minha ajuda. Ou não. Uma coisa é certa: se o relacionamento deles não era um caminho sem volta antes, será depois desta noite.

Aproximo-me dos pátios de Sikou Dun.

— Você sabe o que é engraçado, Gota de Orvalho?

O quê?

— Quando eu era mortal, eu me considerava um deus.

Achava que sabia tudo. Era como um sapo no fundo do poço, pensando que o círculo do céu acima de mim era o cosmos. Agora vejo o quão limitada eu era. Sei muito mais sobre mim e sobre este mundo e, mesmo assim, me sinto mais fraca. Emoções mortais como culpa e perda pesam no meu coração. Os próprios céus me subjugam quando passo sob o portão da lua.

Localizo Sikou Dun imediatamente. Mesmo com todo o vapor subindo da fonte termal, seria difícil não encontrá-lo graças às suas garotas, tantas quanto as pétalas de rosa que flutuam na água leitosa. Bandejas de bambu deslizam, carregando jarros de vinho e pratos de nozes besuntadas no azeite. A conversa bêbada continua enquanto desço o caminho de seixos. Só quando estou na fonte é que uma das meninas me vê com o machado na mão. Ela grita e sai da água, fugindo com o braço pressionado sobre os seios.

A forma humana madura parece pouco prática, pensa Gota de Orvalho, enquanto o resto das meninas também voa, como um bando de pássaros alertado por um chamado de aviso. Elas abandonam Sikou Dun na fonte. Seu olhar de total perplexidade é inestimável, embora de curta duração. Seu olhar malicioso retorna quando me vê.

— Decidiu que queria minha companhia, afinal? — diz ele lentamente, enquanto caminho pela distância restante. — Tarde demais. Estou me mantendo puro para sua irmã de juramento.

Desta vez, estou preparada para a agitação do temperamento de Lótus. Minha empunhadura se funde ao cabo do machado, mas minha voz é firme quando começo a falar.

— Continue cuspindo mentiras enquanto ainda pode.

Então, lenta e deliberadamente, toco seu pescoço com a ponta do machado de Lótus.

Nunca tirei uma vida. Nunca enfiei aço na carne. Orquestrar mortes é mais a minha especialidade, e é um desafio firmar minha mão quando Sikou Dun ri. As veias de seu pescoço saltam na borda afiada.

— Você não faria isso.

— Experimente.

Aplico um pouco mais de pressão, e sangue escorre pelo seu peito.

— Mas você sabe o que será mais satisfatório? — Mantenho o machado no lugar por mais um segundo para mostrar que falo sério. Então, retiro a lâmina. — Ver você morrer pelas mãos de seu irmão.

— Meu irmão, é?

— Sim.

Sikou Dun sorri.

— Lembre-me de não golpear sua cabeça da próxima vez.

Eu poderia responder com algo espirituoso, mas por que desperdiçar intelecto com alguém como Sikou Dun? Simplesmente me afasto, sabendo que ser ignorado o irritará mais do que qualquer resposta.

Como previsto, estou a dois passos da fonte quando a água espirra atrás de mim. Três passos, e seu braço trava meu pescoço.

— O que exatamente você está sugerindo?

— Descubra por si mesmo.

— Estou pedindo com jeitinho.

— Não precisa. Pode me bater. Pode me matar. Faça o que quiser. Mesmo assim, amanhã você ainda vai cair.

Sikou Dun está quieto. No dia seguinte, é a festa de Xin Gong e o casamento, uma cerimônia épica com mil oportunidades para o desastre. Até ele deve entender isso.

— Vou perguntar mais uma vez. — Seu braço empurra minha traqueia. — Do que você está falando? O que vai acontecer na cerimônia?

— Pergunte… irmão. — Eu responderia mais rápido se ele me deixasse respirar. — Ele está… planejando… sua… morte… dentro… das… paredes… do… escritório.

Com o pouco ar que me resta, enfatizo *paredes* e *escritório*, e, quando Sikou Dun não me solta, continuo tentando.

— Ele… não… está… sozinho. Ele… tem… apoio…

Sikou Dun me empurra para longe. Caio de joelhos. Ele entra na casa atrás da fonte — presumivelmente para se vestir —, e eu me levanto.

E agora?, pensa Gota de Orvalho enquanto saio correndo das fontes termais.

— Agora salvamos Sikou Hai.

✢ ✢ ✢

Qualquer outra pessoa esperaria antes de agir ao escutar minhas palavras. Mas não Sikou Dun. No momento em que estiver armado, ele invadirá o escritório do irmão. O primeiro sangue pode acabar sendo derramado ali mesmo.

Tenho que chegar a Sikou Hai primeiro.

— Hora de tocar a cítara — digo, sem preâmbulos, quando chego ao escritório dele.

Eu o levanto de sua cadeira como da última vez. Mas hoje ele não resiste. Ainda pode achar que sou uma bruta, mas uma bruta que não vai feri-lo.

— Posso pelo menos pegar um manto? — pergunta, mas não há tempo.

Eu o coloco em Bolo de Arroz, e saímos da cidade, subindo a enseada e entrando na floresta. A cerca de um lǐ do lago de Corvo, eu desacelero. Esta distância deve ser o suficiente para ocupar Sikou Hai por um tempo.

Derrubo-o no chão sem cerimônia e incito Bolo de Arroz em um galope.

— Espere! Volte aqui!

Eu cavalgo. *É a única maneira*, penso por sobre seus gritos, antes que o vento os engula. Lealdade significa colocar uma pessoa acima de tudo. Infelizmente para Sikou Hai, essa pessoa para mim é Ren.

E agora?, pensa Gota de Orvalho enquanto saímos das árvores e galopamos sobre o cerrado.

Agora esperamos. Caberá a Sikou Hai voltar para a cidade. Se ele mantiver um ritmo constante, chegará bem a tempo do banquete e perceberá que era melhor ter ficado na floresta.

二十三

CONVIDADOS DE HONRA

Agora esperamos.
Nunca fui a um casamento. As poucas procissões que vi de passagem apenas me faziam lembrar do caos que varreu Kan, uma tempestade que não deixou nada além de detritos em seu rastro.

Hoje, eu faço a tempestade. Enquanto os servos de Xin Gong enfeitam os pátios com buquês de seda vermelha, vejo o vermelho do sangue. Quando os artesãos chegam com tapeçarias com o caractere de *união*, penso na única união que vai acontecer de fato: a de uma senhora da guerra e sua terra.

Nos quartéis, vestimos nossas armaduras cerimoniais e amarramos nossas armas. Aqueles que sabem guardar segredo entendem o que está por vir. Aqueles que não sabem descobrirão em breve. Amarro minha saia de pele de tigre, ergo meu machado e vou para a Cidade de Xin. A procissão do casamento está marcada para começar e terminar ali. Ren já foi para lá ao amanhecer.

Ela está em um dos poucos complexos de pátios de Xin Gong quando chego, sentada em uma penteadeira e cercada por servos de Xin Gong. O alfinete manchado de seu coque, que ela geralmente usa, fica no topo da penteadeira, assim como seu pingente Xin. Cruzo a soleira, e Ren, me vendo pelo espelho, manda os criados saírem. Ela se levanta, seu vestido tingido de um vermelho ofuscante. A cor permanece em minha visão mesmo depois que levanto o olhar para Ren.

Eu falei sério quando conversei com Nuvem. Prefiro servir à Ren como Lótus do que não servi-la. Prefiro dar a ela uma falsa felicidade, do que ser a causa da dor em seus olhos.

— Acho que Nuvem ainda não mudou de ideia.

— Ela irá.

Ou, se tudo correr conforme o planejado, ela não precisará.

— E você, Lótus? O que acha?

— Acho que você merece ser imperatriz.

Não percebo muito bem o que falei até que, de fato, o dissesse. Com a língua de Lótus. A boca. O coração. Ou talvez com o meu coração.

— Aiya, insubordinação, Lótus! — diz Ren, brincando amorosamente. Ela não me leva a sério porque tudo o que vê é sua irmã guerreira, com um coração de ouro. — Deixe-me dizer-lhe uma coisa, Lótus. — Ren pega seu pingente e o coloca nas dobras de seu vestido vermelho. — Uma imperatriz tem suas guerras travadas por outros. Eu posso travar minhas próprias batalhas.

Ouvir Ren desprezar Xin Bao, de maneira direta ou implícita, é surpreendente. Mais inesperado ainda é o meu sentimento de frustração. *Como você marchará para o Norte, sabendo que suas rotas de retirada e seus depósitos de grãos estão sob o controle de Xin Gong?* Ren começa a desamarrar suas espadas duplas, e eu gostaria de poder dizer a ela para mantê-las ali. Então minha mente se tranquiliza. Ela estará bem protegida no local. Eu garanti isso.

Por que seu estômago está revirado, então?, pergunta Gota de Orvalho enquanto ando com Ren até o palanquim do lado de fora. Uma criada coloca a seda nupcial vermelha sobre sua cabeça. Logo antes do pano cair, Ren encontra meu olhar.

— Você é minha família, Lótus. Este casamento não muda isso.

A seda cai sobre seu rosto.

Em outra vida, Sikou Dun tiraria o véu de sua noiva em seus aposentos após a cerimônia. Mas não será nesta. Antes que a noite caia, ninguém se atreverá a arruinar Ren outra vez.

✝ ✝ ✝

Cornetas e fogos de artifício explodem em meus ouvidos enquanto marcho para o pavilhão da Cidade de Xin, com o resto dos guerreiros de Ren e de Xin Gong. Uma tensão compartilhada paira entre todos nós, mas, enquanto os outros foram instruídos a sacar suas armas quando Sikou Dun e Ren fizerem suas três reverências às divindades ancestrais, eu sei que o banho de sangue começará muito, muito mais cedo.

Tomamos nossos lugares ao longo do perímetro. A guarda pessoal de Xin Gong se posiciona na base do palco erguido — uma coisa maciça de ouro e pedra, dividida longitudinalmente por uma mesa diante da qual Ren se ajoelha. Sikou Dun, que deveria estar ao lado dela, fica mais atrás, para que Ren também se ajoelhe diante dele. Xin Gong fica no centro, ladeado por altas placas de figos vitrificados. Nenhuma quantidade de fruta, no entanto, consegue esconder o espaço vazio à direita do governador. Ele se vira a fim de sussurrar para Sikou Dun, e não preciso ler seus lábios para saber o que ele deve estar perguntando.

Onde está seu irmão?

Agora? Deve chegar a qualquer momento.

Sikou Dun não sabe disso, é claro, e seu rosto fica obscuro com a pergunta de Xin Gong. Quando voltei, mais tarde, na noite anterior, ouvi os criados murmurando sobre como ele havia derrubado cada centímetro do escritório de Sikou Hai. Teria derrubado o próprio Sikou Hai se ele estivesse presente. Quando verifiquei o escritório mais tarde, a faixa com os nomes havia sumido, e, esta manhã, Sikou Dun supostamente ordenou que um empregado provasse tudo que estava sendo preparado na cozinha.

Mas o veneno nunca estaria na comida ou na bebida. Um jogo sujo nesse sentido seria atribuído à Ren com muita facilidade. Não, o veneno está — sempre esteve — na mente de Sikou Dun. Tudo o que fiz foi despertá-lo, mostrando a ele os guerreiros que seguem um irmão que ele considera inferior e os muitos supostos aliados que trocaram de lado. Um guerreiro como Dun não tolerará o desrespeito.

No fim das contas, Xin Gong desiste de esperar por Sikou Hai e encara seus vassalos reunidos.

— Bem-vindos! Bem-vindos! Mais um ano, mais alguns cabelos brancos...

Seguro o machado de Lótus e examino o pavilhão. Nada de Sikou Hai ainda. Enviei Turmalina para dar uma olhada nele ao amanhecer. Pelo relato dela, ele estava perto.

Vamos. Uma gota de chuva cai no meu nariz. *Se eu consegui fugir de Miasma, você consegue chegar a este banquete a tempo.*

— ...mas os dons da vida melhoram com a idade, de modo que não consigo pensar em nenhum presente melhor do que a união de um jovem casal. Este brinde é para eles. À família e aos nossos convidados de honra...

Há uma agitação perto da parte de trás do pavilhão. As vozes aumentam. Xin Gong interrompe seu discurso, e as taças se abaixam enquanto todos se voltam para contemplar o último convidado, atrasado para o banquete.

Finalmente.

Sikou Hai cambaleia pelo pavilhão. A lama gruda em seus sapatos. Folhas podres estão presas na bainha de suas vestes. Ele tropeça quando está quase no palco, e os servos o resgatam de uma queda prematura. Enquanto o seguram de pé, seu olhar gira sem parar de rosto em rosto.

Como era de se esperar, ele me encontra.

Seus olhos inflamam. Sikou Hai começa a vir em minha direção, mas nunca me alcança.

— Afaste-se! — grita, quando Sikou Dun bloqueia seu caminho, a mão empurrada sobre o peito de seu irmão mais magro. — Tenho negócios a discutir.

A mão se fecha em um punho, puxando o tecido com ela.

— Não acha que já discutiu negócios o suficiente?

O céu está tão escuro agora que poderia ser noite.

— Do que você está falando? — pergunta Sikou Hai, com impaciência.

— Não me trate como idiota — rosna Sikou Dun.

Sikou Hai afasta a mão do irmão.

— Então não aja como um.

É agora. Por mais que eu tenha desejado isso, quero desviar o olhar. Não sinto o prazer perverso em ver alguém ser estripado, muito menos Sikou Hai, cuja coragem aprendi a respeitar.

Mas, antes que Sikou Dun possa se mover, Xin Gong os interrompe.

— Filhos, vocês estão se desonrando. Você especialmente, Sikou Hai, aparecendo em tal estado...

— *Ele traiu você, pai!* — A voz de Sikou Dun está bem arrastada. Sangue, pelo visto, não é o único líquido avermelhado em seu rosto. — Ele planeja matar você. Todos eles!

No silêncio, uma folha de figueira seca que corre pelas pedras arenosas soa como uma cobra deslizando. A brisa assobia.

A espada de Sikou Dun guincha para fora de sua bainha.

— Vamos lá! — provoca, pressionando a lâmina no pescoço de Sikou Hai. Ele gira seu irmão junto, gritando para toda a assembleia: — Mostrem suas verdadeiras intenções!

Os vassalos das Terras do Oeste imediatamente se levantam, protestando contra Sikou Dun, implorando para que ele tenha bom senso. Mas nenhum dos membros da reunião secreta se move ou fala. Sei o que eles estão pensando: como Sikou Dun descobriu? E o quanto ele sabe? Um movimento prematuro e o derramamento de sangue pode começar.

Então, Máscara de Tigre — Áster — dá um passo à frente.

— Solte-o, general Sikou.

Sikou Dun se vira. Quando vê quem é, uma guerreira sob seu comando, cujo nome estava na faixa, seus lábios se contraem.

— E se eu não fizer isso? Você vai morrer por ele?

Áster não responde.

— Solte-o — repete ela, enquanto fecha o punho com a mão direita atrás das costas.

Um sinal. Os soldados ao meu redor ficam tensos. Outra gota de chuva cai, desta vez na minha testa, enquanto Sikou Dun abaixa lentamente a lâmina curva do pescoço de seu irmão. Ele se afasta.

E então empurra.

Um raio de sol nos surpreende através das nuvens. Ele pega na ponta da cimitarra, que se curva nas costas de Sikou Hai como uma garra. O escarlate se derrama em sua frente. Já vi sangue antes, mas, de alguma forma, isso parece demais. Mais do que guerra, honra e orgulho.

Parece assassinato.

Você já cometeu muitos, pensa Gota de Orvalho, em uma suposta tentativa de conforto. E é verdade. Centenas morreram quando a armada de Miasma pegou fogo. Mas eu puxei minhas cordas de longe. Não ouvi os gritos nem vi a carne enegrecer no osso.

Desta proximidade, posso ouvir a dor na respiração de Sikou Hai e o *ruído* da cimitarra de Sikou Dun quando ela sai das costas de seu irmão. A cimitarra se transforma em uma ponta de lança, e, de repente, estou de volta naquela rua, fugindo do rastro de guerra dos soldados furiosos.

Então a realidade me inunda. *Eu* sou a guerreira agora. A percepção estremece através de mim, e quase dou um passo para trás quando Sikou Hai cambaleia em minha direção. Ele ainda estava caminhando até mim quando se dobra, suas vestes se amontoando em volta dele: uma bandeira caída no campo de batalha. A luz do sol queima através do resto das nuvens.

O inferno desce com a chuva.

Mesas capotam. Pratos se quebram. Figos rolam pelo chão, espirrando a água da chuva e o sangue, enquanto os soldados se chocam — os nossos, os de Sikou Hai, os de Sikou Dun. Sou imediatamente enredada em uma luta com membros da guarda pessoal de Xin Gong. É melhor que estejam preocupados comigo do que com o palco, que nosso pessoal deveria estar protegendo. Um grupo especial, liderado por Turmalina, levará Ren em segurança, enquanto outro, liderado por Samambaia, lidará com Xin Gong.

Mas alguém grita meu nome. Eu olho para cima e encontro Turmalina derrotando seus oponentes, antes de gritar outro nome.

Ren.

Meu olhar corta pelo palco. Ali, há um emaranhado de corpos retorcidos e aço reluzente, cortinas vermelhas caídas sobre a mesa e sobre os mortos. Vejo Xin Gong e seu guarda. Vejo Samambaia e seus homens derrubando Sikou Dun.

Mas não vejo Ren.

Relâmpagos rasgam o céu já ensolarado. A chuva bate em meus ombros enquanto procuro freneticamente por Ren, meu coração como um pilão batendo no meu peito.

Outro trovão. Outro relâmpago. Outro soldado que derrubo antes de vê-la. Ela está arrastando um corpo para fora da batalha. Parece o de Sikou Hai.

Deixe-o! Ele está morto! Mas essa é Ren, que insistiu em evacuar os camponeses quando mal conseguíamos retirar a nós mesmas. Ren, que paga suas dívidas, não importa a que custo pessoal. A honra é o seu trunfo. Sua maldição.

E vai matá-la.

Começo a golpear qualquer um, cortando todos os obstáculos no meu caminho. Ossos. Tendões. Artérias. Sangue espirra em meu rosto. Eu mal pisco. Tenho que chegar à Ren. Tenho que proteger...

Brisa, interrompe Gota de Orvalho.

— O que é?

Atrás de você.

Eu me viro, o machado estendido. Todos estão envolvidos na batalha.

— Gota de orvalho, o que...

Eu estaco.

Uma fera, não muito maior do que um cão selvagem. Ela abre caminho sobre a carnificina. As escamas turquesa protegem seu corpo. Cascos de cabra cobrem seus pés. Chifres de touro se retorcem de cada lado de sua cabeça, que se levanta para farejar o ar com seu focinho de dragão. A criatura não se parece com nada que já vi em carne e osso — nem como humana nem como divindade. Mas algo nela me é familiar, e, lentamente, me lembro dessa semelhança pintada em vasos, tecida em tapeçarias, esculpida em estátuas. Gravei meu nome na garupa de uma. É o homófono do nome de Qilin, uma criatura quimérica que anuncia a morte ou o nascimento de um governante.

Um qilin.

Não, pensa Gota de Orvalho, soando quase assustada. *É...*

A cabeça do qilin gira para nós. Ele nos observa com seus grandes olhos claros. Sua face muda... para a de Sikou Hai.

Minha visão fica turva. Olho para o céu antes de lembrar que ainda é dia. Nenhuma estrela à vista. Não que isso faça um pingo de diferença. A besta desaparece no ar, e o pavor se espalha pelo meu sangue como tinta.

A Mãe Mascarada esteve aqui.

Ela sabe que *estou* aqui.

O zumbido de uma espada força o corpo de Lótus a reagir. Mas meu aperto está frouxo, o cabo do machado está escorregadio, e meu atacante é muito rápido. Quando sua lâmina desce, percebo que não vou alcançar Ren. Este corpo mortal irá expirar. Minha alma será levada para alguma prisão feita pela Mãe Mascarada, ou para onde quer que os deuses sejam banidos. Solto um rugido — de fúria, de dor. Mas a dor não acaba. Fica reverberando continuamente em meu crânio...

Meu crânio. Eu ainda tenho um crânio. Meu olhar se concentra em duas linhas perpendiculares que dividem minha visão. Uma é brilhante: a espada que vinha atrás de mim. A outra, batendo contra minha cabeça, a única coisa entre a lâmina e eu, é a haste da glaive de Nuvem.

Com um grunhido, Nuvem solta meu atacante... Sikou Dun. Tropeço para trás, encarando enquanto a lâmina crescente corta debaixo do braço dele. Membro e espada batem no chão. Ele grita. Assim como Nuvem.

— *Vai!* — Ela derruba outro guerreiro que avançava em nossa direção, criando uma abertura. — *Fique com Ren!*

Corro pelo resto do caminho, aliviada por encontrar Ren lutando contra nossos inimigos mortais em vez de contra algo divino. Ela corta um dos soldados de Xin Gong com uma espada que encontrou. Eu retalho o outro nas costas. Ele leva o machado de Lótus consigo enquanto cai. *Ugh.* Apoio um pé contra o cadáver e arranco a arma dali, espirrando sangue em mim. Estou farta de ser uma guerreira.

Mas, sem a força e a coragem de Lótus, eu não seria capaz de proteger Ren. Eu a encaro.

— Você está ferida?

Atordoada, Ren balança a cabeça. Ela olha para Sikou Hai, uma poça de sangue se formando embaixo dele mais rápido do que a chuva pode lavar e, então, para a batalha que ainda se desenrola no pavilhão.

— Por quê, Lótus? Por que isso está acontecendo?

Antes que eu possa explicar, um grito emerge do palco. Sobre ele está Samambaia, os punhos voltados para o céu. Um deles segura uma espada. O outro segura a cabeça decepada de Xin Gong.

A luta diminui com a chuva. Sob o sol radiante, a atmosfera brilha e evapora. Arco-íris gêmeos aparecem no céu. Aliados e inimigos olham para cima. A admiração apaga o instinto assassino de seus olhos, pois os arco-íris devem parecer um sinal enviado pelos céus. E são mesmo. É por isso que minha boca está seca. Os dois arcos de cor têm uma estranha semelhança com Qiao e Xiao. Assim como as serpentes da Mãe Mascarada, não posso escapar. Se ainda estou aqui, é por uma razão de sua escolha. Ela é uma força que não consigo enfrentar, um fenômeno que não consigo discernir. Meu maior medo ganha uma vida imortal.

Um inimigo que ninguém mais pode ver.

— *Todos saúdem a governadora!* — grita um dos subordinados de Lótus.

O cântico se espalha, até que todas as vozes o cantam e todas as cabeças se inclinam para Ren.

Só ela e eu estamos em silêncio.

二十四

O INIMIGO NÃO VISTO

Todos saúdem a governadora.
 Quando reunimos os feridos e contamos os mortos, Ren não está conosco. Normalmente, ela é a primeira e a última figura no campo de batalha, garantindo que ninguém seja deixado para trás. Mas ela precisava de um tempo sozinha para digerir o que acabou de acontecer. Eu esperava por isso.
 O que eu não esperava era que Sikou Hai sobrevivesse.
 Até Sikou Dun sucumbiu aos seus ferimentos, mas Sikou Hai... Corro para a enfermaria quando ouço a notícia, passando por várias camas ocupadas até encontrá-lo, deitado, no fundo. Por um instante, vejo Corvo. Está na sua forma imóvel, em seu peito que foi cortado. Se fosse Corvo, e não Sikou Hai, eu conseguiria sacrificá-lo por causa do meu estratagema? Por Ren?
 Nem deveria ser uma dúvida. Meu coração endurece enquanto fico de pé, ao lado da cama de Sikou Hai. Um lençol de linho branco foi puxado até o queixo. O fato de não estar sobre seu rosto é a única coisa que o distingue dos mortos. Sua máscara foi removida. Eu sabia que escondia suas cicatrizes, mas isso não as torna mais fáceis de ver. As manchas reveladoras de corpúsculos de varíola demonstram meses de dor.
 Não faço ideia do que me leva a tocá-lo.
 Talvez seja porque sei que Sikou Hai preferiria que suas cicatrizes estivessem escondidas ou porque uma parte de mim já sente o vazio, esperando para ser preenchido. Independentemente disso, no momento em que cubro o lado esquerdo de seu rosto, estou caindo de novo. Já tenho uma forma humana,

mas meu qì ainda é o de uma divindade e corre para um corpo oco como a água corre para uma esponja do mar.

Estremeço, ofegante. É tarde demais. Eu já vi. As partículas de sua alma ainda se segurando, as memórias ligadas a elas. Memórias nebulosas, como se estivéssemos tocando a cítara. Memórias distorcidas, como se eu as estivesse assistindo através dos olhos de Sikou Hai.

Uma mulher, curvada sobre nossa cabeça.

Um pingente Xin — igual ao de Ren — pendurado em seu pescoço.

A mulher se endireita. Ela se afasta de nós e coloca uma bolsa de ervas nas mãos de nossos pais, balançando a cabeça quando eles tentam lhe oferecer uma bolsa de dinheiro em troca. *A vida não tem preço.*

Ela sai, mas nós nos lembramos. Ela nos salvou quando ninguém mais conseguiria. Prometemos encontrá-la e recompensá-la. Mas, anos depois, ficamos sabendo que ela morreu na mesma epidemia de febre tifoide que atingiu nossos pais. Então, mudamos nosso voto de mãe para filha. Nós aguardamos, pacientemente servindo a nosso novo pai, coletando as cartas de Brisa Ascendente que ele descarta, formando alianças pelas suas costas. Esperamos pelo dia em que Xin Ren, a senhora sem-terra, a filha de nossa salvadora, precisará de nossa ajuda.

Eu perguntei se você queria saber, pensa Gota de Orvalho enquanto olho para Sikou Hai com crescente horror.

E estou feliz por ter dito não. Mantenho-me alerta. O que está feito está feito. Por mais macabro que seja, Sikou Hai acabou ajudando. Ele ajudou mais do que jamais saberá.

Seu espírito pode voltar?, pergunto à Gota de Orvalho.

É incerto. O tempo dirá.

Você sabia sobre o de Lótus.

Porque já fazia semanas. Quanto mais tempo a alma ficar longe, menor será a probabilidade de ela retornar.

Então quais são as chances?

Escassas.

Escassas, mas não impossíveis.

A menos que eu torne impossível.

Descarto o pensamento. O destino pode decidir se Sikou Hai vive ou morre.

Ren se junta a mim. Ela se parece tanto com a mãe. Os mesmos olhos, nariz e lábios. O mesmo pingente, fechado em sua mão, enquanto ela olha para

Sikou Hai. Sua expressão é ilegível, mesmo quando Nuvem se aproxima com um batedor em seus calcanhares.

— Relatório! Miasma marchou para Dasan!

Bem na hora, penso, de maneira inflexível. Temos menos de um mês para consolidar o poder de Ren sobre as Terras do Oeste.

Ren dispensa o batedor. Ela se vira para mim e Nuvem.

— Expliquem o que aconteceu hoje.

Nuvem faz uma careta para o chão. Eu finjo confusão.

— Falem — comanda Ren.

— Não sabemos de nada — murmura Nuvem.

Uma criança saberia mentir melhor.

— Você se lembra de quando juramos nossa irmandade debaixo do pessegueiro?

— Sim...

— Você se lembra do nosso juramento de falar a verdade, e somente a verdade, uma para a outra?

Nuvem fica quieta.

— Todos os nossos soldados pareciam bem preparados para lutar — diz Ren, em uma voz sem tom.

— Porque você estava em perigo — replico.

— E como você explica o número de homens de Xin Gong lutando do nosso lado? Como explica o agravamento da situação, a ponto de Sikou Dun perder a vida e Xin Gong perder a cabeça?

Quanto mais rápido Ren enfrentar a realidade — que vivemos em uma era de guerras e senhores da guerra, na qual o exército é tudo e a terra é a força —, mais preparada estará quando eu me for.

— Foi para colocá-la no trono do governador.

— O quê?

— Foi para dar a você uma terra que pudesse chamar de sua própria fortaleza, assim como Brisa pretendia.

Se Ren ouve a última parte, ela não reage.

— Então a morte de Xin Gong foi orquestrada.

Eu assinto.

— E Sikou Hai... isso foi orquestrado também?

Outro aceno.

— Por quem?

Ren olha de mim para Nuvem. Sua expressão se fecha.

— *Quem?*

— Eu. — A resposta vem tão naturalmente... mas não de mim. — Foi ideia minha — continua Nuvem enquanto a encaro. — Eu não queria que você se casasse com Sikou Dun, mas você não quis ouvir. Então resolvi o assunto com as minhas próprias mãos.

— Você agiu pelas minhas costas. — A voz de Ren é silenciosa como os céus antes de uma tempestade.

— Ela...

— Sim — fala Nuvem alto e claro, me interrompendo.

— Ren...

Ren levanta a mão, e sou silenciada outra vez.

— Gao Yun. — O som do nome de nascimento de Nuvem paira entre nós, enquanto Ren respira, inspira e expira. — Você *conhecia* a profecia — diz finalmente, e há uma grande mágoa em sua voz. — Todos no meu clã pensavam que eu iria traí-los...

— Você não traiu Xin Gong — disparo. — Nós...

— Eu traí — interrompe Nuvem.

— *Nós somos uma* — troveja Ren. — Sua vida é minha, e a minha é sua. Você sabe qual é a punição militar por instigar a rebelião? Por agir pelas minhas costas?

— A morte — diz Nuvem, inabalável.

No silêncio, meu coração bate forte. Ren não faria isso. Não com uma de suas irmãs de juramento.

— E você pensou em alguma maneira de controlar *essa* narrativa também, para quando eu poupasse você? — Eu expiro, mas Ren ainda não terminou. — Como eu explico para meus inimigos, que adorariam nada mais do que me declarar incapaz, que tenho favoritos?

— Eu vou matá-los — diz Nuvem.

— Eles não vão — digo, ao mesmo tempo que ela.

Nós olhamos uma para a outra.

É possível... é possível que eu tenha cometido um erro. Estava tão focada em recuperar minha identidade como estrategista de Ren que esqueci que não sou a única que tem um relacionamento com esse corpo. Para o povo, sou mais que uma guerreira. Eles veem a mim e a Nuvem como extensões de Ren. É como Ren disse.

Nós somos uma.

A fúria nos olhos de Ren vai e vem, um fogo lutando contra uma chuva de gelar os ossos.

A chuva vence. Não há raiva em sua voz quando ela finalmente volta a falar.

— Saiam. Vocês duas. Nuvem, amanhã você deve cavalgar até os Pântanos e dar a notícia da morte de Xin Gong. Você vai ficar lá para manter a paz. — Só existe dor. — Não deve voltar aqui sem minhas ordens.

✥ ✥ ✥

— Por quê?

Nuvem não responde, embora estejamos sozinhas no quartel. Ela tira a armadura e a pendura na cômoda antes de sair.

— *Por quê?* — insisto, seguindo-a.

Nuvem me salvar no calor da batalha, eu consigo entender. Mas isso? Reivindicar a responsabilidade pela manipulação que ela tanto detesta?

— Para alguém tão inteligente, às vezes você é mais grosseira que pasta de feijão.

Começo a disparar algo de volta, então penso melhor. Sigo Nuvem pelo acampamento, esperando que ela explique.

Ela para no arsenal. Está vazio. Assim como os santuários ancestrais além do cemitério. Apesar de nossos melhores esforços para limitar a desordem, alguns soldados ainda lucraram com o caos causado pelo estratagema.

— Olhe — começa Nuvem. — Toda aquela história de ficar ao lado de Ren? Requer que Ren confie em você.

— Já fiz pior como Brisa, e ela confiou em mim.

— Mas Ren pensa que você é Lótus. — O rosto de Nuvem se anuvia. — E, aos olhos dela, Lótus nunca faria uma coisa dessas.

— Você também não — murmuro.

Mas, agora, estou apenas sendo obstinada.

— Você não me conhece, então não presuma. — Saímos do campo de sepulturas, descendo o caminho das figueiras. — Quero apoiar Ren tanto quanto você — diz Nuvem —, mas sob meus próprios termos e sob meus próprios valores. Só porque acompanhei você desta vez, não pense nem por um segundo que vou apoiar seus esquemas novamente.

Ela para. Chegamos ao meu santuário.

Está queimando.

Nuvem desamarra sua capa e começa a apagar as chamas que lambem os degraus de bambu. Corro para o lado dela.

— Deixe queimar.

— Não dá. Ren já está triste o suficiente.

— Mas é o meu santuário.

— Que pena. Sou eu quem foi exilada. — A fumaça sopra no rosto de Nuvem, e ela tosse. — Você vai ajudar ou não?

Com um suspiro, arranco um galho de figueira e apago as chamas com Nuvem.

— Pelo menos está mais feio do que antes — diz ela quando terminamos.

— Eu não sabia que isso era possível.

Nuvem bufa, e eu quase sorrio. Mas ainda há sangue endurecido sob minhas unhas, e, quando um farfalhar vem das árvores, me viro, esperando ver outro *qilin* mudando de rosto. Mas é apenas um corvo, pulando de galho em galho.

Nuvem joga de lado seu manto queimado, e juntas entramos no santuário. Agora cheira a fumaça em vez de incenso. Uma pequena melhoria. Os pedaços quebrados do leque de pavão de Corvo ainda estão no chão. Eu os pego, e meu coração dá um nó. Nossa revanche contra Miasma é iminente. Estou ansiosa, mas com medo.

Lentamente, coloco os pedaços do leque no baú que contém o resto dos meus pertences. Nuvem observa, quieta. Um momento depois, como se sentisse minha necessidade de ficar sozinha, ela se retira.

Eu deveria fechar o baú. Mas a aparição da Mãe Mascarada me lembrou da imprevisibilidade desta vida. Pelo que sei, posso estar olhando para meus pertences pela última vez.

Então deixo meu olhar se demorar. Depois, em algum momento, faço o mesmo com minhas mãos. Traço minhas vestes brancas manchadas de lama, o leque com penas de pombo que substituiu o de garça-azul. Só está faltando o grampo que eu usava no meu rabo de cavalo — perdido, provavelmente, no campo de batalha. A mestre de xadrez me deu aquele grampo quando suas próprias tranças começaram a afinar. Penso em todos os mentores que me acolheram depois que perdi Kan, todos os mentores que morreram. Quando me refugiei em Thistlegate e adotei a vida de reclusa, eu realmente acreditava que estava escrito nas minhas estrelas que eu perderia as pessoas próximas a mim.

Estava.

O quê?

Para Qilin, esclarece Gota de Orvalho. *Seu destino, assim como o destino de todos os mortais, foi escrito pelos escribas da Mãe Mascarada. Ela estava fadada a perder todos que amava.*

Por um segundo, pisco, incrédula. Então começo a rir. Faz todo o sentido. O motivo de meus mentores, jovens e velhos, morrerem antes de mim. O motivo de eu ter perdido Kan para um caos ilógico.

Um dia desses, a razão pela qual a Mãe Mascarada ainda não me chamou para responder pelos meus pecados se revelará também. Até lá, vou superar o que quer que os céus joguem no meu caminho.

Ou melhor, *nós vamos.*

Fecho meus olhos, deixando a força do corpo de Lótus fluir por mim. Quando os reabro, percebo que minha mão parou na flecha que tirou minha vida.

Retiro-a do baú. As penas são como me lembro: pretas e vermelhas. Mas, quando rolo o eixo entre meus dedos, vejo uma marca que não percebi antes.

Gelo rasteja pela minha espinha.

— Nuvem. *Nuvem!*

Nuvem entra, e eu levanto a flecha.

— Isso foi extraído do meu corpo?

— Sim.

— E a marca no eixo sempre esteve aqui?

— Acho que sim.

— Sim ou não?

Nuvem pensa por um momento.

— Sim, estava. O que há de errado? É uma flecha do império, não é?

Sim, é uma flecha do império.

Especificamente, é uma flecha do império que peguei emprestada, marcada pelos contadores de Cigarra com uma faixa de alcatrão.

A bile sobe pela minha garganta. Não pode ser. Eles nos ajudaram a vencer a Batalha da Escarpa. Kan trabalha para eles.

Eles são aliados.

Mas nenhuma aliança é inquebrável. O que está unido deve ser dividido. É a primeira regra que todo estrategista aprende.

— Brisa?

Eu deveria repreender Nuvem por usar meu nome. Mas não consigo falar.

Levanto-me do baú, sem me preocupar em fechar a tampa, e caminho até a entrada do santuário. Lá fora, a água da chuva pinga das largas folhas da figueira. O ar está úmido. Tem cheiro de terra.

Tem gosto de sangue.

— O império não estava por trás da emboscada, Nuvem — digo, por fim.

— Mas os sobreviventes disseram que sim — diz Nuvem, juntando-se a mim. — Os soldados usavam uniformes do império e carregavam armas do império.

É claro que sim.

Quando as cigarras começam a cantar, eu aperto a flecha.

— Isso é no que o Sul queria que você acreditasse.

INTERMEZZO

Cigarra

Tudo cheira a cavalo no Norte, pensa Cigarra, *inclusive as pessoas*. Os servos têm um odor que não se mascara pelo incenso defumado em suas sedas. Esta sala de estar cheira a feno. Aço. Guerra.

— A primeira-ministra se juntará a vocês em breve — diz a criada, servindo o chá.

Cigarra não toca nele nem nos bolos empilhados diante delas. Ela impede que Novembro pegue um bolo de lótus. As Terras do Sul são especialistas em venenos e têm todos os antídotos possíveis, mas é melhor não arriscar.

Irritada, Novembro empurra sua xícara. O chá se derrama, a poça no tampo da mesa crescendo com o passar dos minutos.

— Ela está atrasada.

De fato, Miasma está. Se se prendessem ao relógio de água no meio da sala, ela deveria ter chegado dez minutos antes. Mas, se considerarem o status e o poder, ela não está atrasada. Ela é a primeira-ministra do império. Pode se dar ao luxo de fazer seus visitantes esperarem.

Momentos depois, Miasma emerge de trás de uma tela de seda na frente da sala. Seus passos são fantasmagóricos. Apenas o sino vermelho-sangue em sua orelha anuncia sua chegada.

— Você viajou muito para vir até aqui. — Ela se senta na almofada em frente à Cigarra e à Novembro, cruzando as pernas, sua postura aberta. — Não gostaria que você saísse de mãos vazias. Por favor, fale com franqueza: o que posso fazer por você?

Sua voz é agradável, de uma anfitriã para seus convidados. Se Cigarra não a conhecesse de antes desta reunião, não seria capaz de dizer que Miasma é a mesma pessoa que parte os senhores da guerra adversários ao meio e os incendeia com sua própria banha.

Mas Cigarra estava lá, dez anos atrás, quando Miasma, uma mera guerreira, prestou honrarias na corte da mãe de Cigarra. Desde então, os ossos de seu rosto se afinaram. Ela tem quase tudo o que poderia desejar, mas ainda parece faminta.

Estou lidando com um lobo, pensa Cigarra.

— Acho que podemos nos ajudar — diz ela.

— Ah? — Miasma sorri. — Mudou de ideia depois de queimar minha frota?

Uma pergunta ardilosa. Cigarra faz a própria pergunta em vez de responder.

— Você sabe como Brisa Ascendente morreu na Batalha da Escarpa?

A primeira-ministra ri. Ela levanta um bolo e dá uma mordida. Novembro lança um olhar pesaroso para Cigarra.

— Uma pessoa com aquela compleição? Poderia ter sido um resfriado comum.

Fingir ignorância seria uma coisa, mas mentir tão descaradamente na cara de Cigarra? É mais do que insultante. Ela *sabe* que os soldados de Miasma recuaram por aquela passagem, antes que os reforços de Ren chegassem. A própria primeira-ministra viu os cadáveres, os restos de uma emboscada já travada.

Ela até levou algumas cabeças como troféus, de acordo com os olheiros de Cigarra.

Mas, se Miasma quer jogar este jogo, então Cigarra vai jogar com ela.

— Não foi um resfriado comum. Ela morreu porque eu quis. Mandei fazer uma emboscada que parecesse uma emboscada do império. Todo esse tempo, Xin Ren pensou que *você* estava por trás da morte da estrategista dela. Mas foram nossas flechas que a mataram.

A mastigação da primeira-ministra diminui, seu interesse despertado. Cigarra finalmente disse algo que merecia atenção.

— Você espera que eu acredite em você.

Você estaria morta se eu estivesse mentindo.

— Por que não pergunta ao seu estrategista? Ouvi dizer que ele fez uma viagem para as Terras do Oeste recentemente.

Outra faísca de interesse. A rede de informações de Cigarra é mais ampla do que Miasma supunha.

— Convoque Corvo — ordena.

Pouco tempo depois, ele entra. Cigarra não olha para ele, para que sua expressão não a traia.

Ele é um estrategista do Norte. Não é ninguém para você.

Mas, enquanto a primeira-ministra termina seu doce com calma, Cigarra não consegue se conter. Ela arrisca um olhar para seu amigo de infância.

Então os rumores eram verdadeiros. A primeira-ministra puniu seu estrategista pela perda da frota. As mãos de Cigarra se apertam em seu colo, e Corvo, como se sentisse a fúria dela, enfia as dele nas mangas. *Um dedo por sua armada?* Cigarra quase pode ouvi-lo dizer. *Eu consideraria uma pechincha.*

Mas ele desistiu de muito mais durante os anos que passou espionando o Norte para ela, e sua fúria ferve quando a primeira-ministra lambe os *próprios* dedos, um por um.

— Finalmente — diz ela para Corvo. — Uma oportunidade para tornar sua pequena viagem útil. Você olhou alguma das recordações enquanto prestava homenagem ao santuário de Brisa Ascendente?

Cigarra não deixa de notar o jeito como Corvo paralisa ao ouvir o nome da estrategista. O plano sempre fora se desfazer de Brisa. Ela era uma arma simplesmente muito perigosa para estar em qualquer arsenal que não o da própria Cigarra. Mas, antes da Batalha da Escarpa, Cigarra recebeu um lenço numa pomba. Uma mensagem, codificada. Ainda era arriscado enviá-las — seus espiões, disfarçados de servos de Miasma, já tinham sido pegos no passado —, e basta dizer que Cigarra ficou surpresa ao ver o conteúdo da mensagem: Corvo estava pedindo uma chance de poupar Brisa.

Sendo sua amiga, Cigarra concordou. Brisa selou o próprio destino recusando-se a se juntar às Terras do Sul.

— Sim — diz Corvo. — Encontrei uma flecha entre as coisas dela.

— Descreva-a — ordena a primeira-ministra.

— Foi feita no império, com penas pretas e vermelhas.

— Mas havia uma marca de alcatrão na haste? — pergunta Cigarra.

Corvo pondera por um segundo — tudo parte da encenação. Ele já sabe.

— Sim, de fato.

— Pode parecer que não está relacionado, mas poderia explicar à sua senhora como Brisa reagiu quando o império disparou flechas pelo rio?

Fingindo um olhar de leve confusão, Corvo obedece. Ao fazê-lo, Cigarra pensa em todos os vassalos de sua corte que a aconselharam a não vir para o Norte. Eles molhariam as calças se soubessem que ela estava quebrando sua aliança com Xin Ren. Então, se ela dissesse a eles que era tarde demais, que já havia matado a estrategista de Ren, eles implorariam para que ela considerasse como essa mesma traição poderia acontecer a ela. E pensar que estavam tremendo de medo com o pensamento de se juntar à Ren apenas alguns meses atrás.

Mas não sou como Brisa, pensa Cigarra. *Eu não me aliaria ao inimigo sem ter olhos dentro de suas terras.*

Corvo termina de contar sobre o comportamento de Brisa, e agora é a vez de Cigarra. Ela explica o acordo que havia feito com Brisa, ilustra como o Sul marcou cada flecha "emprestada" com uma faixa de alcatrão. O tempo todo, a primeira-ministra esfrega a unha do polegar sobre o lábio inferior. Ela dispensa Corvo, e Cigarra tem que prender a manga de Novembro para impedi-la de correr atrás dele.

Em breve, pensa, apertando a mão de Novembro por baixo da mesa.

Em breve, todos iremos para casa.

— Vamos imaginar essa aliança por um segundo — diz a primeira-ministra assim que estão sozinhas. — O que você precisa de mim, o que daria em troca, e qual, no fim das contas, seria seu objetivo?

Para Cigarra, uma audiência com a primeira-ministra não é diferente de uma audiência com seus vassalos. Ela diz o que esperam que diga. Responde como se espera que ela responda. Cigarra mantém seus verdadeiros motivos ocultos, seus verdadeiros aliados distantes. Ela extingue ameaças antes que saiam do controle, como Brisa. Reserva sua energia para o verdadeiro inimigo: a mulher sentada à sua frente, a patrocinadora secreta dos piratas Fen.

Primeiro, Cigarra esmagará a imperatriz e seus apoiadores, pois o império é cúmplice, e então ela matará Miasma, bem devagar.

Cigarra mostrará a este reino, cheio de pessoas que agem como deuses, que ela não deve ser subestimada.

CONTINUA NO
PRÓXIMO VOLUME

✣ ✣ ✣

NOTA DA AUTORA

Três Reinos, o romance no qual *O Soar da Cítara* se inspira, é uma obra de ficção histórica — com ênfase na ficção. Para registro histórico, Zhuge Liang[1] não pegou emprestadas cem mil flechas de Cao Cao[2]. Não sabemos se o verdadeiro Zhou Yu[3] tossia sangue sempre que Zhuge Liang o provocava, ou se Liu Bei[4] era realmente tão honrado.

Mas sabemos que o romance se baseia na Era dos Três Reinos (220–280 d.C.), surgida após o colapso da dinastia Han, uma dinastia longa e próspera que, como muitas dinastias longas e prósperas, desmoronou ao perder os Mandatos do Céu, conflitos e guerras. Esse é um tema da história chinesa.

É também um tema no romance de Luo Guanzhong[5].

Luo Guanzhong viveu durante a dinastia Ming (1368–1644 d.C.), uma dinastia que finalmente viu histórias dos *Três Reinos* já dramatizadas e conta-

---

[1] A principal inspiração para Brisa.
[2] A inspiração para Miasma.
[3] A principal inspiração para Corvo. Zhou Yu tossindo sangue sempre que Zhuge Liang o superava foi ajustado em *O Soar da Cítara* para ser um reflexo menos dramático da doença sem nome, "tosse com sangue", que assolou a China Antiga. Hoje sabemos que é tuberculose. O tema é predominante na literatura e na mídia.
[4] A inspiração para Xin Ren.
[5] Luo Guanzhong é frequentemente creditado como o autor de *Três Reinos*, mas Mao Zonggang e outros também fizeram contribuições.

das como narrativas orais,[6] adaptadas à escrita. Assim como a história de Luo Guanzhong sofreu uma mudança em seu formato, a minha também. *Três Reinos* tem oitocentas mil palavras. *O Soar da Cítara* tem oitenta mil. Alguns detalhes ficaram: a juventude e a ascensão de Sun Quan[7] após a morte de seu irmão mais velho, o próprio irmão de Zhuge Liang[8] trabalhando para Wu (o Sul em meu livro), o icônico cavalo branco de Zhao Zilong[9], a implantação dos Trinta e Seis Estratagemas de Zhuge Liang e a lealdade da grande maioria ao imperador, sem outra razão que não a tradição e o confucionismo.

Mas muitos outros detalhes mudaram, começando pelo confucionismo — particularmente, sua visão e sua forma de tratar as mulheres. *Três Reinos* apresenta poucas personagens femininas, e menos ainda com protagonismo.[10] Minha história não desvenda o patriarcado tanto quanto imagina um universo alternativo, em que os papéis sociais são abertos a qualquer pessoa, independentemente do gênero atribuído em seu nascimento.

Minha história também é muito diferente a nível de eventos. Zhuge Liang nunca deserta para Cao Cao. Permanecendo como estrategista de Liu Bei, ele convence Sun Quan a ficar do lado de seu senhor. Aqui, achei a glorificação da proeza verbal de Zhuge Liang (e a submissão de Sun Quan a ela) bastante tendenciosa em relação aos óbvios heróis da história. O Sul realmente seria convencido a apoiar um azarão com poucos subterfúgios e ilusões? Certamente não, se *eles* fossem os heróis da história.

Por uma questão de simplicidade, Hanzhong e Yizhou foram transformados em Terras do Oeste, e Liu Zhang[11], em um tio. Enquanto Sikou Hai é baseado em Zhang Song (e em alguns outros personagens que não vou entregar agora), Sikou Dun é, em grande parte, minha criação, e seu conflito no terceiro ato com Ren é meu breve assentir para o enredo do casamento político de Liu Bei — que eu, pessoalmente, não tenho interesse em explorar

---

[6] A transferência de palavras do final de um capítulo para o início do próximo é o assentir de *O Soar da Cítara* para as origens de oralidades da história. Algumas edições nativas também mantêm a tradição oral, terminando cada capítulo com: *o que aconteceu depois? Leia a seguir.*

[7] A inspiração para Cigarra.

[8] Kan é vagamente baseada em Zhuge Jin.

[9] A inspiração para Turmalina.

[10] O protagonismo feminino em *Três Reinos* geralmente acaba com as mulheres morrendo por seus homens. Veja Lady Gan e Lady Sun como exemplos.

[11] A inspiração para Xin Gong.

mais. A traição do Sul no final é algo com o qual tomei liberdade também, para prenunciar uma grande reviravolta em *Três Reinos* — fiquem atentos.

A estética dos personagens (como roupas, penteados e armas preferidas) também foi ajustada, abandonada ou simplificada. A lista de mudanças aqui não é exaustiva.

Claro, se você leu *O Soar da Cítara* e *Três Reinos*, saberá que existem três grandes diferenças narrativas que eu deixei por último.

Um: Zhuge Liang não morre — não tão cedo. Entretanto, inúmeros outros estrategistas morrem. Pang Tong[12] de maneira mais notável. Um de seus codinomes é Jovem Fênix. Brisa ganhou sua arrogância.

Dois: Zhuge Liang nunca viveu um dia no corpo de outra pessoa. Mas, se ele precisasse, então a escolha mais humilhante parece óbvia, já que você não poderia obter um personagem mais diferente de Zhuge Liang do que Zhang Fei[13].

Três: Zhuge Liang não é explicitamente deificado nas páginas de *Três Reinos*, embora seus feitos, como a invocação de névoa, estejam envoltos em misticismo. Além das páginas, no entanto, ele e Guan Yu[14] são idolatrados. Eles com certeza foram imortalizados na cultura chinesa. Assim como a muitas crianças da diáspora, me contaram histórias deles antes mesmo de eu encontrar o texto. Como uma sino-americana da segunda geração, elas fizeram com que eu me sentisse conectada aos meus pais e à minha identidade.

Mas essa identidade nem sempre foi celebrada. Lembro que, desde muito jovem, fui avisada por meus pais de que *eles a verão primeiro como asiática, depois como pessoa*. "Eles", aqui, refere-se às outras crianças, professores e, mais tarde, colegas de faculdade. Em qualquer atividade neste país, minha identidade seria julgada antes de mim. Seria quantificada. Simbolizada. Por isso, sempre lutei para ser mais do que a identidade com a qual nasci, a que era mais visível, a que um estranho poderia perceber antes de saber meu nome. Na escola, construí uma persona baseada em minhas habilidades e personalidade. Eu gostava de ser notada como *a quieta, a artista, a boa aluna*. Mas,

---

[12] Pang Tong, que inventa o estratagema dos barcos conectados, morre atingido por uma flechada perdida.
[13] A inspiração para Lótus.
[14] A inspiração para Nuvem.

como resultado, também me sentia encurralada. E se eu quisesse ser diferente? Agir de outra maneira?

E se as pessoas pudessem ver todas as minhas personalidades, em vez de me conhecer por apenas por uma?

Se formos acreditar no ideal confucionista, um governante deve agir como um governante; um ministro, como um ministro; um pai, como um pai; um filho, como um filho. Mas, como Luo Guanzhong explorou em seu romance, um romance moldado pelas únicas lutas de *sua* vida na dinastia de um governo autoritário, tais ideais serão desafiados pela guerra e pela política. E agora, na minha ficção da ficção, exploro uma história que também foi colorida pela minha própria experiência. Apresento a vocês Brisa — a estrategista, a deusa, a guerreira.

A pessoa.

AGRADECIMENTOS

Sei que nós, como autores, não devemos escolher favoritos entre nossos livros, mas eu, assim como Brisa, tenho algo a confessar: *O Soar da Cítara* talvez seja meu livro favorito.

Digo isso tendo escrito muitos. Escrevi livros na adolescência e escrevi livros inspirados no que estava sendo publicado quando eu era adolescente. Mas *O Soar da Cítara* é, sem dúvida, o livro que escrevi *para* minha versão adolescente. A história está repleta de tudo que amo, e, por incutir esse amor, tenho que agradecer aos meus pais. Mamãe e papai, assistir aos velhos épicos com vocês sempre será uma das minhas lembranças de infância mais felizes.

Também tenho que aproveitar este momento para agradecer à Jamie Lee: você é a razão pela qual eu tropecei na minha primeira aula de Línguas e Civilizações do Leste Asiático, na Universidade da Pensilvânia. O resto, podemos dizer, é história.

Aos meus primeiros leitores mais vorazes, Heather e William. Heather, por amar o tuberculoso Corvo. E William, que lê todos os meus livros, mas devorou este de uma só vez.

Um dos apelidos de Brisa é Transformadora de Destinos, um título que também deveria ir para minha editora, Jen Besser. Jen, obrigado por ver algo que vale a pena na minha mente esquisita e por defender essa história em particular. Carrego sua voz na minha cabeça quando escrevo sobre Brisa e Corvo esses dias.

Agradeço ao meu agente, John Cusick, por estabelecer essa conexão mágica. À equipe da Macmillan, com cumprimentos à Luisa, Kelsey, Teresa, Johanna, Jackie Dever, Taylor Pitts e Kat Kopit. À Aurora Parlagreco e à

Kuri Huang por mais uma bela capa. As ilustrações retratando as personagens são de uma joia humana: Tida Kietsungden. O mapa é de Anna Frohman.

Agradeço a todos os primeiros olhares sobre este trabalho, particularmente os de Jamie, Kat, Leigh, June e Em. Hafsah, você e eu parecemos destinados a sermos parceiros de prazos, e eu não gostaria que fosse de outro jeito.

Por fim, aos meus leitores: se você me acompanha desde *Descendant of the Crane* ou de *Aqueles Que Deveríamos Encontrar*, eu os aplaudo. Obrigada por lerem até aqui, apesar de saberem que tipo de final estava reservado. Uma série é uma coisa especial e não é algo que desvalorizo. Farei o possível para surpreendê-los no livro dois.

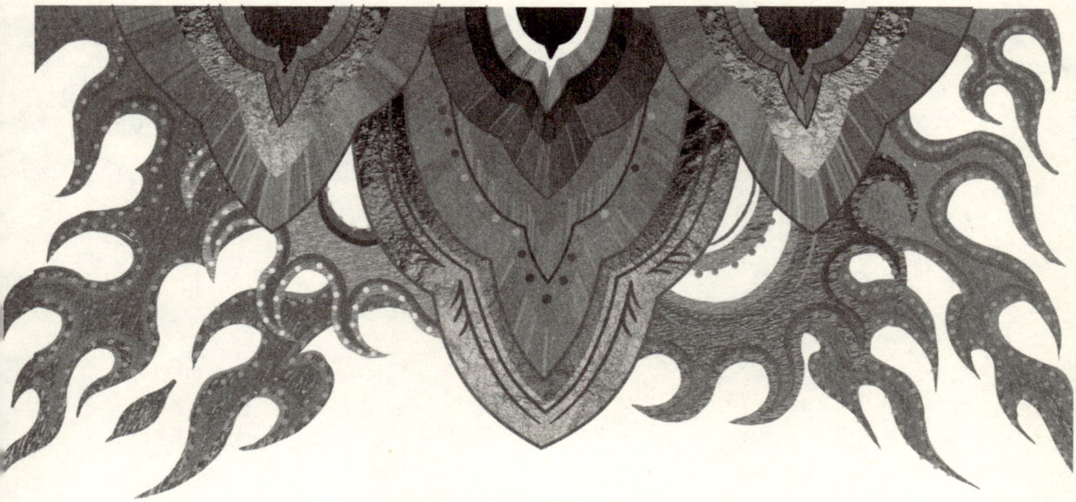

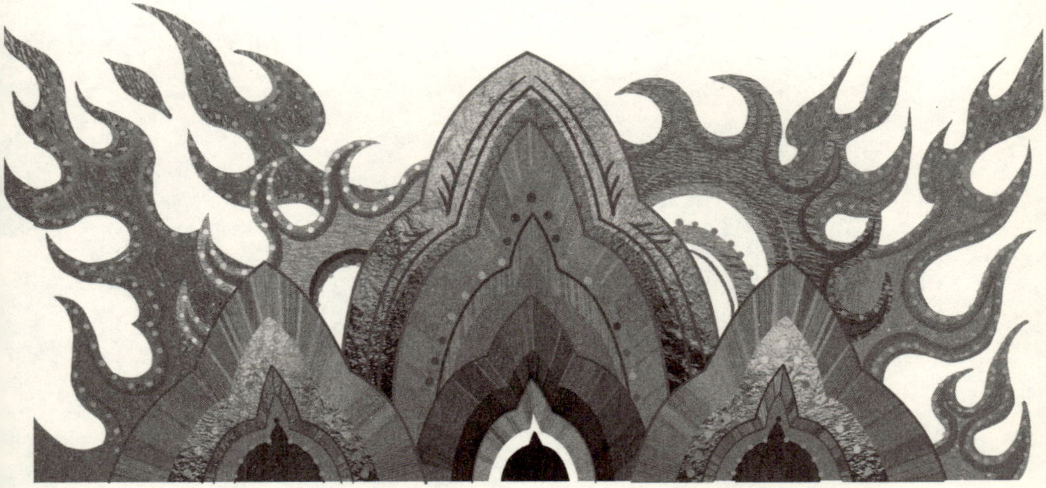

ROTAPLAN
GRÁFICA E EDITORA LTDA
Rua Álvaro Seixas, 165
Engenho Novo - Rio de Janeiro
Tels.: (21) 2201-2089 / 8898
E-mail: rotaplanrio@gmail.com